お狐様の異類婚姻譚

元旦那様は元嫁様を盗むところです

糸　森　環
T A M A K I　I T O M O R I

一迅社文庫アイリス

CONTENTS

白月《しろつき》
八尾の白狐の大妖で、雪緒の元夫。人型時は白髪金目の美丈夫の姿。紅椿ヶ里の長で、郷全体の頭領である御館の地位にある。一見穏やかそうだが、本性は怪らしく苛烈で残酷。
お狐様の異類婚姻譚
元旦那様は元嫁様を盗むところです
雪緒《ゆきお》
幼い頃に神隠しにあい、もののけたちが暮らす世界で薬屋をしている少女。黒髪黒目。素直な性格でのんびりしている。人間の世界にいた当時の記憶はほとんどない。

宵丸《よいまる》

大妖の黒獅子。人型時は目元の涼しい文士のような美男子だが、手のつけられない暴れ者として悪名高い。白月との離縁後、雪緒に絡んでくることが多くなった。

三雲《みくも》

祭事で雪緒が出会った鬼。角や牙はなく、一見すると人間の青年に見える涼やかな目元の美丈夫。胸に梵字の刺青を入れている。

千速《ちはや》

白月の配下の愛らしい姿の子狐。子狐たちのまとめ役(?)。雪緒を慕っている。

耶花《やか》

美しい姿をした鬼。見た目は若いが、格が高く鬼たちの上位に位置する。

鈴音《すずね》

白月の妹。四尾の妖狐で酷薄非情。人型時は妖艶な美女の姿。白桜ヶ里を崩壊させる原因となった。

由良《ゆら》

白桜ヶ里の元長の子。本性は鵺。口は悪いが、良心的で誠実な性格。過去に雪緒に救われたことがある。

設楽《しだら》の翁《おきな》

童子の姿をした古老の怪。雪緒の育ての親。

天昇「てんしょう」
怪が地上での死ののち、天界に生まれ変わること。怪としての格が上がる。

十六夜郷「いざよいごう」
七つの里にひとつの鬼里、四つの大山を抱える地。

紅椿ヶ里「あかつばきがさと」
十六夜郷の東に位置する、豊かな自然に囲まれた里。

梅嵐ヶ里「うめあらしがさと」
十六夜郷の南に位置する里。梅の花が咲く風流な地。

白桜ヶ里「しろざくらがさと」
十六夜郷の南東に位置する里。

綾槿ヶ里「あやむくげがさと」
十六夜郷の西に位置する里。

葵角ヶ里「きづぬがさと」
鬼穴の向こうにある鬼の里。

御館「みたち」
郷全体の頭領のこと。それぞれの里には長が置かれている。

耶陀羅神「やだらのかみ」
怪が気を淀ませ変化した、邪の神。自我がなく、穢れをまとう化け物。

悪鬼「あっき」
他者を害することにためらいがなく、災いをもたらす存在。

獬豸「かいち」
郷に存在する瑞獣。頭頂部には角があり、犬のような羊のような体をしている。

イラストレーション◆凪かすみ

お狐様の異類婚姻譚　元旦那様は元嫁様を盗むところです

OKITSUNESAMA NO IRUIKONINTAN

◎壱・兎《うさぎ》、兎や　神見て葉隠る、

白月《しろつき》様、と座敷牢《ろう》の外から、腹心の楓《かえで》が呼びかけてくる。

気は静まりましたか。そう問う楓に、白月は視線を返す。

楓は、いつものように穏やかな表情を浮かべて、牢の格子の前に姿勢よく座っていた。

「静まらん」と、白月は素っ気なく答え、目をそらした。牢の内部に置かれている文机の上の明かりを見る。蝋燭《ろうそく》の火が、ゆらゆらと、風もないのに大きくゆれていた。

「とても静まらん。が、正気のふりはできる。よくも俺《おれ》を牢に入れたな。手当たり次第、噛《か》みついてやりたいぞ。まずおまえを噛んでやろうか」

「なるほど、いつもの白月様に戻りましたね。冷静になられたようだ」

噛みつくと脅したというのに、楓は微笑《ほほえ》んだ。白月も、微笑み返す。

「そろそろここから出せ。俺にはやることが山ほどある」

「手始めに、なにを？」

「俺のもとから逃げやがった人の子を奪い返しに。——夢に見るほどこわがらせてやらねばな」

「鬼里《おにざと》で雨退治って、どういうことです？」

雪緒《ゆきお》は耳を疑い、聞き返した。


九月。色取り月。

木々の葉も黄色く染まる秋の月だ。といっても、秋の息吹によって木々が鮮やかに彩られる様を実際に目にできるのは、あと少し日が巡ってからの話となるだろう。

雪緒は渡廊の欄干《らんかん》に手を預け、遠方を眺めた。冷気を孕《はら》んだ風が通り抜け、前髪をゆらす。

もふっと肩に乗っていた子狐《こぎつね》の千速《ちはや》があくびをし、身軽な動きで欄干の上に飛び移った。眠気覚ましにぶるりと頭を振り、全身の毛を膨らませている。雪緒がその背中を撫《な》でつけてやると、千速は気持ちよさそうに目を細めた。太い尾で、雪緒の手の甲を優しく叩《たた》く。

「落ちるなよ、毛玉。薬屋もあまり欄干のほうに身を乗り出すな」

隣に佇《たたず》んでいた黒髪の青年が、雪緒たちにはそう忠告しながらも、だらしなく欄干にもたれかかり、緊張感のない顔であくびをする。先ほどの千速につられたようだ。

「落ちませんよ！　おれはそれほど間抜けではありません！」

千速が勢いをつけて、きゃんっと言い返す。

「どうだか」と、こちらに視線を流した青年が、鼻を鳴らす。

雪緒は返事をせずに笑みだけを返し、ちらっと彼を見た。文士のごとく涼しげな目元をしている、このすらっとした長身の青年を、宵丸《よいまる》という。彼の本性は、人ではない。黒獅子《くろじし》の大妖《たいよう》だ。二十歳をすぎたばかりというような若々しい顔立ちをしても、実のところ雪緒より長く生きている。力あるあやかしは、長寿か、不死に近いような得体の知れない者も多い。

一方の雪緒は、この十六夜郷《いざよいごう》では珍しい純血の人間である。そして神隠しの子でもあった。

――ここは人と異形がともに暮らす、ふしぎふかしぎの世界だ。

雪緒は幼い頃《ころ》、この異界に迷いこんだ。忙《せわ》しない毎日をすごすうち、元の世界も忘れてしまった。いまではもう、自分の本当の名前さえ思い出せない。雪緒という名は、郷で暮らし始めてからつけられた。

十六夜郷は、一国に等しい。七つの里にひとつの鬼里、四つの大山。方位盤を連想させる配置で設けられた里の外周には、険しい連峰が聳《そび》え立つ。

ほかの郷もどこかに存在すると聞くが、基本的に互いに干渉することはない。

これらの郷をすべて越えた向こうには、〈外つ国《とつくに》〉があるという。

その謎《なぞ》めく〈外つ国〉を、こちらでは〈藩《はん》〉と呼ぶ。もしかしたら〈藩〉こそが、雪緒が本来生きるべき世界だったのかもしれないが、そちらへは渡るすべがなく、また知るすべもないというのが現状だ。ただ、こちらとあちらで、多少は似通った思想なり風俗なりがあるのではないか、と雪緒は推測している。とくに文字、学問などの分野では強くそう感じる。

言葉が通じるというのは大きなことだ。正確に言えば、雪緒が本来知る文字とは微妙に異なる――崩れているのだが、まったくの別物というほどではないし、話し言葉のほうも問題がない。もう慣れたというべきか。もしもここが、完全に言語を異にする世界だったなら、雪緒は早い段階で心を壊していただろう。

幸いにも雪緒は、東に位置する紅椿ヶ里《あかつばきがさと》で設楽《しだら》の翁《おきな》という怪《かい》に拾われ、ここまですくすくと健康に育った。だが、その育て親の翁もとうに天昇《てんしょう》を果たし、この世にはいない。

天昇とは即ち転生のこと。怪は死して格を上げるため、翁の天昇をとめることは許されなかった。一人になったあとは、翁が開いていた〈くすりや〉という屋号の見世《みせ》を継ぎ、薬師として生計を立ててきた。そうしてこの先も平穏な生活を送るはずが、運命はいつだって皮肉に満ちている。境界を越えた女に、平和は不釣り合いなのか。

郷の頭領たる白狐《びゃっこ》の大妖と結婚したり、離縁したり……鬼に攫《さら》われたり、過去を何度も繰り返したりと、雪緒は兎《と》にも角にも波乱に満ちた日々を送っていた。

その極めつけが、現在の状況だ。

先月開催の、『ゐぬゐぬげじきゑ』という火渡り祭が絡んだ騒動が発端となり、雪緒はろくに政《まつりごと》も知らない身でありながら、綾槿ヶ里《あやむくげがさと》の長《おさ》の座につくことが決まった。

雪緒たちは現在、故郷の紅椿ヶ里を出て、西に位置する綾槿ヶ里に来ている。いや、雪緒に関しては、紅椿ヶ里を『故郷』と言い切ってしまうと、語弊があるかもしれない。

本物の故郷は、この地にないからだ。

「……なんだよ、そんなに俺をじっと見ちゃって」

今日《きょう》の宵丸は、金と銀の楓模様が施されたぼかし染めの黒地の羽織りに、同色の袴《はかま》という出で立ちだ。肩の下まで長さのある髪は、いつかの世で『夫』だった頃を思わせるように、黒い紐《ひも》ですっきりと結い上げられている。

「いつかの世」——雪緒は、その言葉を心のなかで噛みしめる。先月に開催された祭事が原因で、雪緒は幾度も過去をやり直すという、信じがたい経験をした。

その繰り返しの世で一度、宵丸と祝言を挙げている。だがそれは、あくまで幻の世にすぎない。いまの宵丸に、二人が夫婦だった頃の記憶はない。

(にしたって、格好いいんだよねえ、宵丸さん)

気を取り直して、雪緒は感嘆する。黙っていれば、悪事の類《たぐ》いとは無縁の、慎み深く実直な美男子にしか見えない。しかし、これまでの付き合いで、彼がその容姿から連想できるような穏和で無害な怪ではないことを、雪緒は骨身にしみて知っている。

趣味は悪鬼狩りだし、悪食の極みというほどなんでも齧《かじ》るし、全身血みどろになることも、他者の恨みを買うことも厭《いと》わない。強者《きょうしゃ》なことは事実なので、厄介な問題が生じたときには頼りになるし、親切な面だってあるにはあるのだが、いかんせん野蛮さが先に立つ。

無意識にじろじろと見つめたせいか、宵丸は、あざとくも、きゅうっと困り眉《まゆ》を作り、ささやかな溜《た》め息を漏らした。

「んもう、そんなに熱烈な眼差《まなざ》しを向けられると、いかな俺でも照れちゃうだろ」

なんて嘘《うそ》臭い恥じらいだろう。びっくりする。欄干の上で危なげなく足踏みしていた千速も動きを止め、「うわあ……」と、引いた様子で宵丸を見つめている。

「ほかのものが目に入らなくなるほど、俺の顔が好きかよ。知ってたけど。やだあ、俺、視線に裸にされるうっ」

「変な声を出すの、やめてもらっていいですか」

「今日の俺って、いつも以上に男振りがよいもんなあ。日頃から俺にときめいてる雪緒なんか、もういちころだよな。わかるわかるわかる」

雪緒の訴えを無視して、むふふと宵丸が笑う。

確かに今日の彼は、普段と比べてずいぶんと身なりを整えている。が、それは雪緒にも同じことが言えた。上は大袖《おおそで》、下は薄絹を重ねた裾《すそ》ぼかしの裳《も》で、まるで宵にかかる煙雨のような儚《はかな》い色合い。薄墨色のそれに、鮮やかな青の帯を合わせている。腕に垂らすのは、天衣のような薄紅色の領巾《ひれ》だ。髪にも、咲きこぼれる青い花を大胆にあしらった銀の簪《かんざし》が飾られている。

華やかな意匠で、顔まわりが明るく映るが、とても重い。

（飾り物の重量で、そのうち首が取れそう）

顔をしかめながら、雪緒は指先で簪の端に垂れ下がる絹の房に触れた。

そのささやかな仕草を、宵丸が引き寄せられたかのように視線で追う。

「……今日の私も、いつも以上に女振りがよいでしょう。日頃から私を愛《め》でている宵丸さんなんて、いちころですね」

雪緒は、自分も相手からじっくりと見られる恥ずかしさをごまかすために、いましがたの宵丸の言葉を真似《まね》た冗談を返した。が、言ったあとで後悔した。

かつての世で『夫』だった宵丸を、ここでもまた思い出したからだ。

幻にすぎないはずのその思い出は、しかし色褪《いろあ》せることなく雪緒の心に刻まれている。後ろめたさを伴う胸の痛みが、確かにある。あの『夫』はどこか不器用で、献身的だった。

こわい面を隠し持っているところは、『夫』も、目の前の『夫ではない宵丸』も、一緒だ。

けれどもこの宵丸とは違って、『夫』だった彼は、ほかの者を脅すことはあっても、雪緒をこわがらせる真似だけはしなかった。縦横無尽に野山を駆け回ることもなく、雪緒を強引に狩りの場に同行させることも、荒事に巻きこんで危機に晒《さら》すこともなかった。

こうした雪緒の複雑な感情など知るよしもない目の前の宵丸は、まさか冗談を返されるとは思ってもいなかったのか、珍しく純粋に驚き、目を丸くしている。それから、今頃気づいたという様子で、ふたたびじろじろと雪緒の全身を眺めた。なんだか居心地の悪くなる視線だった。

「まあ……、いいんじゃないか？」

なにが、と雪緒は一瞬戸惑った。

「美しいものが似合うのは、おまえが自身そうだからだろ。……あん？　なんだよ、その正気を疑う目は」

「いえ、すみません。でも」

こちらが返した冗談に対して、てっきり「人の子ごときが調子に乗りやがって。罰として夜は蟹飯《かにめし》作れ」というような、からかいまじりの反応でもされるに違いないと軽く考えていたのに、予想する以上の好意的な感想を聞かされてしまった。

「なぜそんなにうろたえるんだ。やめろ。って、袖の端を揉《も》むんじゃない。皺《しわ》ができる」

「はい、はい……」

「だから、おまえなあ……」

宵丸までぎこちなくなり、口のなかにめいっぱい苦い薬草でも詰めこまれたような表情を浮かべる。そんな様子を見せられると、こちらもなおさら羞恥《しゅうち》で頬《ほお》が熱くなる。本心からの言葉だったのだと、気づいてしまう。先ほどの冗談返しは宵丸の言い方を真似ただけで、とくに深い意味などない。こうも素直に肯定されると、本気で困る。

(本当はこういう、ちょっと四角四面な感じが、宵丸さんの元来の性格なんだろうなあ)

普段はだらだらとすごしている彼だが、ふとしたとき、人でいう「育ちの良さ」のような雰囲気を漂わせることがある。怪の多くは、自身の強さを誇示したがるものだ。しかし、そうした性分からくる気位の高さとはまた違った端正な面が、言動の端々に見え隠れしているというか。そういえば以前に、宵丸は高らかな生まれなのだと聞いた覚えがある。

――あの話は、いつ、どこで耳にしたのだったか。

「べつに俺はそれほど見てくれなんか、気にしないけど。そういう恰好《かっこう》も、似合うに越したことはない。……変なことは言ってないだろうが」

「そうですか、はい、ありがとうございます」

しどろもどろに応じるうち、雪緒は首筋が汗ばんできた。宵丸と視線を合わせられなくなる。

(違います、求めているのは、そんな甘い反応じゃない。いつものように弱者扱いして、からかってくださいよ！)

妙な沈黙が雪緒たちのあいだに落ちる。宵丸まで不自然に黙りこんだ。

「甘酸っぱい雰囲気にはさせませんよぉ！　雪緒様は、白月様のお嫁様！　たとえ紅椿ヶ里を離れようとも、そこだけは譲れませんからね！」

愛らしいもふもふにあるまじき凶悪な目つきになって、千速が、ぎゃうっと唸《うな》った。

正直に言えば、このぎくしゃくした空気を変えてくれて、助かった。

心なしか宵丸も、ほっとしているように見える。

「そもそも宵丸様に披露されるために、雪緒様は正装したわけじゃないですし！　勘違いしないでくださいね！」

千速が両耳を前方に倒して、威嚇する。まあ、所詮《しょせん》は丸いもふもふなので、こわくはない。

「はー毛玉うるせ～、潰《つぶ》そ～」

いつもの調子を取り戻した宵丸が物騒な発言を繰り出し、千速の耳をつまむ。

「潰すってなにをですか！　宵丸様は日々野蛮さを増していく……！」

太い尾をばしんばしんと欄干に打ちつけながら、千速が怒りを迸《ほとばし》らせたが、

「雪緒様は綾槿ヶ里の長となるために、ここに来たんですよ。正装のひとつや二つ、して当然！　……う。……うう、どうしてこんなことに」

話の途中でしゅんと耳を垂らし、嘆き始めた。

（本当に、運命とはわからない）

千速の言う通りだ。どうしてこんなことに。

雪緒はただ――ずっと恋をしてきただけだ。いまもしている。結婚後、すぐに別れて、でもまた再婚を申しこんできた元旦那《だんな》様のことが、是も非もなく好きでたまらなかった。

この恋はいつだって、雪緒の理性を、夏に降る雪のように一瞬で溶かした。

けれども元旦那様の大妖は、我を失うほど雪緒を強く求めてはくれても、恋着だけはしてくれない。どこまでいっても雪緒は彼にとって、必要な駒《こま》のひとつでしかなかった。宵丸に何度も呆《あき》れられるくらい足掻《あが》き、懇願しても、白月に恋してもらうことはできなかったのだ。

それをいやというほど思い知った。だから、成就はあきらめた。

とは言っても、恋心自体は、どうしても消えてくれそうにない。ならもうこのまま、気のす

むまで好きでいよう。雪緒はそう考えた。そうして最後は白月のために死ぬ。たぶんなんらかの理由により、自分の死、それも非業の死が、白月の未来には必要だ。あれだけ頻繁に、「こわがれ」と脅してくるのだから、最終的な目標はそこだろう。

――ゆるやかな自殺のようだ、と雪緒は心の片隅で感じている。

そもそもが、この世界に迷いこんだ時点で、本来の雪緒は死んだも同然だった。

「でも千速、私と一緒にこっちへ来てよかったの？　……おまえは白月様の一族のお狐様なんだから、あの方のおそばにいたほうがよいのではない？」

しとしとと涙で毛を濡《ぬ》らしている千速に、雪緒はためらいながら尋ねた。

白月。雪緒の元旦那様であり、十六夜郷の御館《みたち》でもある白狐の大妖の名だ。

かわいいもふもふの千速は白月の眷属《けんぞく》だが、この頃はずっと雪緒にくっついて離れない。

「おれはこう見えて、気高く妖力《ようりょく》も豊かな狐なんですよ、雪緒様の護衛と補佐をするんです！……んんっ、雪緒様が不慣れな地で過ちを犯さぬよう、しかと監視するお役目があるんです」

素直に心配でついてきたのだと言えばいいのに。雪緒は微笑み、威厳を出そうと苦心している千速の鼻を、軽くつついた。千速が照れ隠しのように雪緒の指を甘噛みした。

「あの狐野郎、這《は》いずってでも薬屋を追いかけてくるかと思っていたんだけどなあ。影も形も見えやしねえ。まさかどこかでくたばってんのか？」

宵丸が眉をひそめて言った。整ったその面に、嫌悪と不信感が乗っている。こちらも素直に心配だと言えないへそ曲がりだ。

「白月様は、本来冷静な方です。一時は私たちに出し抜かれたと知って怒りに燃えたとしても、すぐに己を取り戻したはず。むやみに私を追うより、しばらく自由にさせたほうが、結果的には得になると納得されたんじゃないでしょうか。御館という立場を考えれば、古老の方々を刺激するのも、なるべく避けたいところでしょうし」

雪緒が考え考え、そう告げると、宵丸も千速も揃《そろ》って「ないわ」と言いたげに、鼻の上に皺を作った。ひどい表情だ。

「あのな、あいつはあんなにおまえを行かせまいとしていたんだぞ。たとえ頭で納得しようが、あきらめるものか。仮に冷静であっても、それ以上に強欲だ」

「雪緒様ったら、そんな達観した寂しいことをおっしゃる。我らの白月様が、雪緒様を手放すわけがありませんよう。こちらの里へ渡られるという雪緒様のご決断が、白月様をお救いするためのものだとはいえ……、やあ、お救いするためだと理解されていたからこそ、なお許しがたいのでしょうねえ」

二人にきっぱりと考えを否定され、雪緒は黙りこんだ。

(どうだろう。白月様の行動は、正確に読み切れない)

綾槿ヶ里に移動する前、白月は、雪緒に降って湧《わ》いた里長就任の話に猛反対していた。だがその判断だって、もちろん恋情ゆえではないのだ。利用価値のある人の子を手放したくないという激しい執着からくる、ただの欲にすぎない。雪緒はもうそこを履き違えたりはしない。

「んまー、白月がどこぞで野たれ死にしようが、どうでもいいや」

宵丸は口調を変えて会話を勝手に終わらせると、雪緒の領巾の端を指先でつまんだ。

「道中、白月に邪魔されぬようにと警戒して、ろくに準備もせずに急いでこっちへ来たからなあ。大戴《だいたい》の儀の予定すら立っていない。せっかくのお披露目の儀式なのに、残念だな」

大戴の儀とは、里長就任の儀式のことだ。長は里を守る翼、そのたとえをもって就巣《しゅうそう》の礼とも呼ぶ。これと区別して、新たな御館が立つときは戴天《たいてん》の儀と呼ぶ。

「儀式はしないほうがいいと思いますよ。私の場合はあくまでも一時的というか……特殊な条件による就任ですしね」

雪緒が困惑とともに答えると、宵丸は苦笑いのような、曖昧《あいまい》な表情を浮かべた。

「わかった上で、とぼけているのか。軽く考えすぎているのか。それとも本当になにも考えていないのか」

「……なんですか？」

「そう簡単におまえが綾槿の頂の座から離れられるとは思えない」

こう不安を煽《あお》ってくる宵丸も、千速同様、周囲の思惑に翻弄《ほんろう》され続ける雪緒の境遇を憐《あわ》れみ、護衛役を引き受けてくれた。彼の話には、意外にも重要な内容が含まれることが多々あるので、流さずにしっかり聞いておいたほうがいい。

「なにしろ、この里には鬼が出るからな」

宵丸は目に危惧《きぐ》の色を浮かべ、欄干の向こうを見やった。

綾槿ヶ里は、六月に行われた『鬼の嫁入り行列』の祭事で、民が浅慮《せんりょ》にも禁忌を犯し、ひどく荒れるようになった。正確には、神使《しんし》に選ばれた鬼を襲撃した咎《とが》により、新月のごとに里に鬼穴《きけつ》が生じるようになった。鬼穴からは、文字通り鬼が湧く。

鬼は、時に神使にも選ばれるような謎めいた定めを持つ種族だが、普段は忌み嫌われる恐るべき存在だ。怪を襲い、人を食う。基本的には相容《あいい》れぬ相手と考えるべきだった。

「鬼が出るとは言いますが――それにしても綾槿の上里《かみさと》は、奥深い眺めの地ですね。幽玄の里という言い方がぴったりです」

雪緒もまた欄干のそばに佇んで、遠方に広がる景色を目に映し、感嘆する。

「そうか？　紅椿ヶ里と大して変わらんだろ。上里があって、木がいっぱい。んで、下里《しもさと》があって、そこもまた木がいっぱい。それだけだ」

宵丸がつまらなそうに答える。

「確かに基本の形はどの里も一緒だと思いますが……」

宵丸の身も蓋《ふた》もない言い方に、雪緒は眉を下げて微笑んだ。

どこの里も、政に携わる古老の怪や長が暮らす上里と、一般の民が暮らす下里に区分されている。紅椿もまた、御館でもあり里長でもある白月が住む上里の屋城《やしろ》のまわりには、宵丸がいまざっくりと話した通りに、『木がいっぱい』――多層を描く深い森が広がっている。

綾槿の上里も森に囲まれているが、生育つ木々の種類が少数のためか、樹高がだいたい揃っている。そこに注目すれば、高木も低木も混生している紅椿ヶ里側とは違って、こちらは背の高い針葉樹が繁茂しているようだ。どうもこの綾槿ヶ里特有の光景であるらしい。

あとは、とにかく川が多い。蛇のようにぐるぐると上里に巻きついている。それが下里との境界代わりにもなっており、水田の用水路につながっている。

「やっぱり紅椿ヶ里とは気候が違いますね。ちょっとこっちの里のほうが寒いのかも」

雪緒が思いつきを口にすると、千速がふんふんとうなずいた。

「そうです。郷のなかでも北側と西側に位置する里は、寒い期間が長いんですよ！　夏が短くて、昼夜の大気の様子もかなり変わるんです」

「へえ。じゃあ民の生活もけっこう限定されそうだね」

寒冷地に相当し、気温差も激しいというなら、必然的にそうなる。

怪たちの大半は、ふしぎを生み出す『妖力』を持つが、決して万能というわけではない。特殊な場合を除き、彼らだって無からはなにも作れない。そもそも妖力は、木火土金水の五行と密接な関係にある。極端な話、自然の豊かな場所のほうが、怪の能力が上昇する。

「はい。ですので、こっち側の里は、収穫できる作物の種類も少ないんですよね」

「水田……稲作が中心の里だったっけ」

「ほかに甘藷《かんしょ》や瓜《うり》、豆類なんかが作られているそうですよ」

綾槿ヶ里は、寒暖の差を利用した特定の灌漑《かんがい》農業が盛んのようだ。

「なるほどね。千速は物知りだね」

耳の付け根を優しく掻《か》いてやると、「当然です！　おれは優秀な狐ですので！」と、元気な言葉が返ってきた。

「田畑もだけど、このお屋城の造りも、紅椿ヶ里とはずいぶん様子が違う」

雪緒はふたたび視線を欄干の向こうへ投げた。自分たちが滞在中の屋城は、遠目からだと、雲を貫くほどの巨大な赤い鳥居が上里の中央に立っている、という形に見えていたが、もちろんそうではない。大雑把《おおざっぱ》に言うと、波を描く瓦屋根を重ねた壮麗な二本の多層塔と、そのあいだに横木のごとく渡された渡廊、といった造りで構成されている。二塔をつなぐ渡廊も、上下に二本ある。ちなみに雪緒たちが立っているところは、まさにこの横木めいた渡廊の上部側だ。

渡廊の中心部には、扁額《へんがく》の見立てなのか、これも巨大すぎるほど巨大な朱色の鈴が吊《つ》り下げられている。この二本の多層塔が政の場であり、長たちの住まいともなっている。

「鳥居に似た造りの建物を屋城にするなんて、厳《おごそ》かですね」

「ただ見栄をはって塔を高く築いただけだろ」

宵丸がツンと言った。

「違いますよ、宵丸様！　昔の綾槿には、翼持つ種族が多かったんです。その時代の名残で、こういう止まり木みたいな高い建物が数多く見られるんですよ」

物知りな千速先生が、得意げに豆知識を披露する。

(前に、鬼の嫁入り行列に巻きこまれてこっちへ来たときは、下里の一部しか見られなかったものなあ。上里がこんなに珍しい形をしているとは思わなかった)

雪緒はしみじみとした。特徴的なのは建物だけではない。欄干から軽く身を乗り出して、遙《はる》か下の地上に顔を向ければ、棚引く霞《かすみ》の合間に見事な満月――黄金色をした一叢《ひとむら》のすすきがうかがえる。要するに、この独特な構造の屋城は、群生するすすきで丸くかたどられた広い丘の中央に建てられている。すすき群の外側には秋の色に染まる前の、緑輝く樹林。いまは時間帯の関係で、木々は夜空のように青く沈んで見える。

紅椿の上里にある森には東西南北に鳥居の列が作られていたが、こちらの場合は橋だ。密生する木々のあいだを縫うようにして四方に長い橋が築かれ、下里にまで延びているのが見て取れる。里を象徴する木槿《むくげ》の花は、どうもこのあたりには植えられていない。

高所の渡廊の周辺には絶えず薄紅色の霞がかかっていることもあり、雪緒はなんだか空の城に佇んでいるような気分になってくる。まさに麗しい月宮というか。この場合は、月の上に宮が建造されたとたとえるべきだろうか。周囲に浮遊する紙風船のような提灯《ちょうちん》も、幻想的な雰囲気を盛り上げるのに一役買っている。これらの提灯は、妖術《ようじゅつ》で浮いているそうだ。

「美しい里ですね、綾槿は」

「感心するのはけっこうだが、これはまだ上里に敷かれた護《まも》りが残っているから平穏に見えるだけだぞ、薬屋」

月の宮の壮麗さに酔いかけていた雪緒を見て、宵丸が意地悪く口の端を歪《ゆが》める。

「気づけよ。この一見平穏な上里付近ですら瑞雲《ずいうん》が流れてこず、精霊も姿を現さない」

「……ああ、本当に」

雪緒は、先ほどとは違った目でもう一度、上里の森を見下ろした。

十六夜郷を彩るふしぎのひとつに、宙をゆるりゆらりと泳ぐ精霊や瑞雲の存在がある。

精霊は、鯉《こい》の姿だったり蟹だったり海老だったりと千差万別で、たまに雷神や風神も屋根の上でうたた寝していたりする。おもしろいことに、まじりものではない生粋の精霊は、民の姿をはっきりと認識しない。というより、こちらを風景の一部のように思っているきらいがある。

舟雲《ふなぐも》とも呼ばれる瑞雲は、通常の雲とは違って五色を持つ。

瑞雲も精霊も、善きものなら、その存在は里に豊かさをもたらす。その地を治める里長の、力の強さの指針にもなる。急増したり、逆に激減したりするのは凶事の先触れとされる。

「ここが高所だから……というわけではないみたいですね」

「違うな。――そうだろ？」

冷淡な口調で否定した宵丸が、ふいにだれかに呼びかけるような言い方をし、視線を渡廊の先へ向けた。つられて雪緒も振り向いた。

いつの間にか、少し離れた位置に二人の怪が立っていた。一人は見覚えのある女妖《にょよう》だ。

「お久しぶりです、雪緒様。お会いできて嬉《うれ》しい」

女妖がこちらへ歩み寄り、親しげに挨拶《あいさつ》して、はにかむ。

「井蕗《いぶき》さん」

雪緒は口のなかでつぶやき、彼女をしげしげと見つめた。

この女性は、七月の撫子御前祭《なでしこごぜんさい》で知り合った赤蛇の妖だ。鮮烈な金色の瞳《め》に、ひとつにまとめられた薄茶色の長い髪。見た目は二十歳前後で、女武者のようなきりっとした顔立ちをしている。橙《だいだい》色の花模様が入った紺色の水干に白袴という組み合わせも、彼女を凛々《りり》しく見せている。雪緒のまわりではあまり見かけない、硬派な雰囲気の美女である。

(そうだった、井蕗さんは綾槿ヶ里の出身だったか)

撫子御前祭後は、彼女と顔を合わせる機会がなく、煩雑な日々を送っていたこともあって、文のひとつも出さないまま今日を迎えてしまった。

不義理なことだ、と雪緒はほろ苦い気持ちを抱いた。

「ええ、お久しぶりですね。……あの後、大丈夫でしたか」

近況を詳しく訊《き》きたかったが、彼女のそばにはもう一人、男の怪がいる。こちらは初対面だ。

雪緒はさりげなく視線を彼に移した。外見は三十前後だろうか。井蕗と色違いの緑色の水干に白袴。痩身瘦軀《そうしんそうく》で色白、短めの髪も白いが、ひどい癖毛であっちこっちに飛び跳ねている。

瞳は……なんというか、すっきりとした一重なのだが、淀《よど》んだ桃色だ。淀み切っている。唇は薄い。いかにも一筋縄ではいかないひねくれた雰囲気が漂っている。

なにしろうっすら笑いながらも、あからさまに非友好的な眼差しをこちらに向けてくる。

（うーん、これはきっと厄介な相手だぞ）

愛想笑いを顔にはりつけて身構える雪緒に、男が目礼した。

佇まいは美しく洗練されている……が、隠し切れぬふてぶてしさに、不安が募る。

「私は六六《ろくろ》。本性は、無為に日々をすごしていただけなのに、気がついたらなぜか、自我が目覚めてしまった変わり種の上位精霊だ」

彼の――六六の挨拶内容の濃さに、雪緒は笑みを凍らせた。

「が、所詮は気まぐれに孵化《ふか》した魚類の精霊にすぎない。いわば魚霊だな」

「魚霊……」

そんなのある？　雪緒は心のなかでそう言い返した。

「……わあ、六六様は、知恵と情の両方を知る高貴な精霊の方でいらっしゃるのですね」

苦心して世辞を絞り出せば、六六は明らかに心を閉ざし、冷え切った眼差しを寄越す。

「まったくもってありがたみのある種ではないので、嬉しくもなんとも。一口に精霊と言っても玉石混淆《こんこう》。あなたは河原に落ちている小石と、輝ける翡翠《ひすい》を、同等の価値と思うのか？」

この魚霊様、舌打ちした！　しかも挙げる例が際どい。謙遜という範囲ではおさまらない。

「ともかく、私のことは、この綾槿の柱たる古老の一人と思いなさい」

雪緒は必死な思いで、にこっとした。

(情報が多い！)

自我を持つ希少だけどもありふれた魚霊の古老、という異例と異例の合わせ技みたいな説明に、千速たちも目を丸くしている。

「どうせ卑屈なおまえなど毎日暇だろうと、抜け目のないほかの古老どもに足元を見られ、里長の就任を目論《もくろ》むあなたの補佐を押しつけられるはめになった。私の眷属までも、あなたを支えるべきだと、せっついてきた。ひたすら恨めしいが、よろしく頼みたい」

あっ礼儀正しい。発言内容は失礼だし、怪しさしかないけれど、深々とお辞儀された……。

「こちらこそ、はい、ふつつかな人の子ですが、よろしくお願いします」

雪緒も、簪が落ちないよう気をつけて、おずおずと頭を下げた……ら、鼻で笑われた。

「ふつつかでない人族などいるものか。基本的に人族は図々しいし、無知だし、魚霊に容赦がないんだ。たかが魚のくせに偉ぶるなと、本音では疎んじているのだろう？」

「とんでもない！」

雪緒は焦りながら、顔の前で両手を振った。どうだか、という顔をされてしまった。

「井蕗はあなたと顔見知りだというので、護衛として働かせる。好きに使い捨てるがいい」

「ありがとうございます……、待って、使い捨てたりしませんよ！」

ぎょっとするようなことを言わないでほしい。

（……って、この方は本当に精霊なの？　本来は稀《まれ》な存在……のはずなのに、予期せず自我を持ってしまったから、しかたなしに里に籍を置いているってこと？　それに居丈高なのか自虐的なのか、わけがわからない）

雪緒は、六六に対して最初に抱いた印象が、少しも間違っていなかったことを確信した。これはそうとう手のかかる相手だ。

「むろん私もあなたにまとわりつく。補佐だから」

六六が億劫《おっくう》そうに言う。まとわりつくという表現が、もうおかしい。

「だが私に過剰な活躍は期待しないでほしい。古老の一人ではあるが、精霊という格の高さだけでその座に置かれた、ただのお飾りだ。小魚のごときささやかな能力と思ってしかるべき」

雪緒は愕然《がくぜん》とした。自分でそれを言う？

「凡庸な魚霊だぞ。弱い。すごく。自我持ちと言えども、野心なんか抱けるわけもない」

雪緒だけでなく、千速たちも絶句している。

「しかし私を井蕗のように使い捨てることは、許さない。捨てたら、祟《たた》ろう。私を大事にせぬ者に明日《あす》はないぞ。わかったな」

言い方……。

（井蕗さんの扱いもひどくない？）

いいの？　この方にこんな発言をされて大丈夫？　と、雪緒は目で井蕗に訴えた。

当の井蕗はとくに気にする様子もなく、「妖術は苦手ですが、あなたの盾にはなれますので、ぜひ私をお使いください」と、嬉しそうに自身を売りこんでくる。本当にいいのか、それで。

（そういえば、彼女は怪力特化の方だったか……）

半ば茫然《ぼうぜん》と話を聞いていた千速が、ふいに悟りを開いた目つきになり、「大丈夫ですよ雪緒様、おれがついていますからね」と、気遣わしげに囁《ささや》いた。正直を言うと、この個性的な面子《メンツ》で、補佐として最も頼りになりそうなのは、千速な気がしてならない。あとで千速に団子を作ってあげようと雪緒が考えていると、六六が小指の先で耳を掻きながら嫌そうな顔を見せた。

「うつおの獣類の怪よ、かりそめと言えども、雪緒様は私の長となる。小さきものが、馴《な》れ馴れしく名で呼ぶな」

突然、罵《のの》りまじりに六六に叱《しか》られて、千速が目を見開いた。うつお、とは、空っぽの意だ。

（一応、私の顔を立ててくれたんだろうけれども……上位精霊の方の目線がすごい）

おそらく六六に、千速を侮辱したという認識はない。彼にとっては事実を口にしたにすぎないのだ。言われた千速のほうは、目をうるうるさせている。反撃したいようだが、さすがに馴《な》染《じ》みのない上位精霊相手に軽率な真似はできないのだろう。

「……千速は私の身内のような子ですので、名で呼ばれても大丈夫なんですよ」

雪緒は落ち着いた口調を心がけた。顔を合わせたばかりの六六と、親しい間柄の千速、どちらの心情に寄り添うかと言えば、当然のこと後者だ。

しゅんと耳を下げていた千速がこちらを振り向き、「雪緒様ぁっ、好きぃ……！」という、初恋を知った少年のような表情を浮かべた。

「私、獣臭いのは好かぬのだが」

六六は眉をひそめた。ちらりと恨めしげに宵丸のほうも見やる。

どうやら獅子の大妖の宵丸のことも気に食わないらしい。

(上級の位を冠する方々は、本当に妖怪《ようかい》嫌いが多い！)

獣形の妖怪相手だと、顕著というほどに。

沙霧《さぎり》という名の半神を思い出し、彼もそうだったと雪緒は頭を抱えたくなった。

六六とは相容れぬ気配を感じ取った宵丸が、大仰な仕草で腕を組み、「こいつ嫌ーい。こーろそっ」という冷え切った目つきをする。

「千速にはいつも助けられているし、宵丸さんは強い方だし、精霊の六六様にも補佐をしてもらえることになって、すごく嬉しいなあ！」

雪緒は必死にご機嫌取りをした。そうしないと、あとで痛い目に遭うのは自分だ。

てっきり「当然の感謝だ、もっと喜べ」というような返事をされるかと思いきや、六六はなぜか雪緒にまで恨めしげな視線を向けてくる。

「は？　こんな海藻のごとくゆれるだけの魚霊に補佐をされて、なにを喜ぶ？　わざとらしい。

仮に本気でそう思っておられるなら、正気ではない」

　お世辞も効果なしか！

「薬屋ぁ、今日の夕餉《ゆうげ》は魚霊の刺身にしよ？」と、宵丸が無邪気を装ってねだった。

「かわいく言っても殺気が隠し切れていませんよ、宵丸さん。少し静かにしていましょうね」

「おれのかわいさで、こいつを火あぶりにできないかな……」

　この黒獅子様も、なにを言っているのだろう。

「無礼な怪獣を、なぜこうもつけあがらせる？　獣は躾《しつ》けるべきだ」

　六六も純粋な目を向けてこないでほしい。

「怪獣⁉　俺のこと？　……はー‼　魚野郎め！　なあなあ薬屋、もしかしてこの辺に精霊や瑞雲が流れてこねえのって、こいつが食い散らかしたからじゃない？　やっぱ今日の夕餉、刺身か天ぷらにしよ」

　宵丸が目尻《めじり》をぎゅんと吊り上げて、勢いよく六六を指差した。

（気持ちはわかりますが、精霊相手に堂々と喧嘩《けんか》を売るの、本当にやめてください）

　いまの会話の流れだけで祟られてもおかしくはない。

　そう思って、雪緒は青ざめた。が、意外にも六六は冷静だった。

「里の守り手の一人たる私が、恩恵をもたらす者どもをなぜ無意味に食さねばならない？　先ほどから刺身だのなんだのと……獣類は、食欲と結びつけてしか話ができないのか」

「薬屋、こいつを俺はここで噛みちぎります。そうします」

畏《かしこ》まりながら物騒な予告をする宵丸の前に出て、雪緒は場の空気を取りなすべく、すばやく口を開いた。

「お二方とも、冗談はそこまでにして――ええ、その、こんなにも素敵な里ですのに、空を泳ぐ精霊たちの姿がちっとも見えないのは、やはり奇異なことに思えます。鬼穴発生の影響で、精霊の渡りも遮られたのでしょうか？」

鬼衆の気配を嫌がって近づかない、という理由でも、不自然はないが……なんとなく納得できない気持ちになるのは、精霊の多い紅椿ヶ里が雪緒の判断基準になっているからだろう。

（やっぱり変だよねえ。まじりものじゃない精霊が、鬼様方をいちいち忌避するかな）

雪緒は考えこみ、むむと眉根《まゆね》を寄せた。

「玖月祭《くげつさい》のせいだ」

六六は端的に答えると、なぜか雪緒を中心に、悠然とした態度でくるりと回った。

……会話中に、無意識に歩き回る癖でもあるのだろうか？

目が合うと、今度は反対回りをされる。

「玖月祭がどういったものか、雪緒様は……長はご存じでしょうか？」

井蕗が、はにかみながら雪緒にそう尋ねた。

六六の謎の挙動に触れようとしないあたり、無視して平気らしい。とはいえ、彼にまわりをうろつかれるのは気になる。外で立ち話を続けるのが嫌なのかもしれない。

ならどこかゆっくりと話し合いのできる場所に移動しようと、雪緒はさりげなく皆を促し、塔のほうへ足を向けた。簷の端に垂れ下がる絹の房が、さらさらと耳の横でゆれた。

左手側に聳える塔が、長をはじめとした妖たちの住まいになっている。雪緒もいま、そちら側で一室を借りている。

「いままで通り雪緒と呼んで大丈夫ですよ。――玖月祭という呼称は、いわば総称ですよね?」

貞淑な妻のごとく後ろを歩こうとする井蕗に、隣に来るよう視線で訴えながら雪緒は確認した。六六も、すすすと雪緒のそばに寄ってくる。

宵丸と千速もついてきたが、怪しい挙動の六六を平たい目で見ている。

「ええ、そうです。九月は祭事の宝庫、毎日のように行われますので、それらを一括りにして玖月祭と称しますね。ほかにも確か、別称があったかと」

井蕗はそこで言葉を切ると、袖で口元を覆い、頼りなげに雪緒を見た。怪力特化の美しい赤蛇様は、妖術のみならず祭事関連も苦手らしい。

「小祭以外に重要な大祭が九つも揃っているから〈九豊祭《くぶさい》〉とも言うし、長雨のごとく毎日が祭続きになるってんで、〈雨月祭《うげつさい》〉とも呼ばれる。ただし、これらの祭りの大半は隠祭《いんさい》だ。上里のやつらのみで、密《ひそ》やかに取り仕切る。民向けの祭りはべつに用意されているぞ。……で、玖月祭が、いったいなんだって言うんだよ?」

宵丸が、嫌がる千速を鞠《まり》のように両手で丸めて、もふもふ感を楽しみながら尋ねた。

「せっかちめ」と、六六が邪魔そうに井蕗を押しのけ、雪緒の横に並びながらつぶやく。

「話には順序というものがある。……雪緒様は、上里で執り行う雨月祭の全容をご存じか？」

「各々の名称ならわかりますが、詳しい内容はあまり……。民が楽しむ側の祭りでしたら、知っています。月見祭《つきみさい》とか」

月見祭とは、十五日の夜にお月見をして楽しむものだ。雪緒は少し落ちこんだ。薬師の立場上、呪術《じゅじゅつ》や神事関連の事柄には通じている、という自負が密かにあったのだが、隠祭についてはいことのほうが多い。虫食い状態の知識であると、とくにこの頃は痛感している。

思い返せば、設楽の翁と暮らしているときにも、引っかかることがあった。翁は九月になると、頻繁に外出していたのだ。上里に赴き、神事の手伝いをしていたのだろう。

（たぶん鬼と深く関係する祭りがあって、翁は私に隠そうとした）

翁は可能な限り、鬼関連の話を雪緒に知られまいとしていた。

だから自分の知識には大きな偏りがある。そうした裏の事情も、雪緒は理解し始めている。

「よければ、玖月祭……雨月祭の内容を教えてもらえますか」

雪緒は気持ちを立て直して尋ねた。

呼称は複数あるが、六六がここであえて「雨月祭」と口にしたことが、気になる。

「いいだろう。まずひとつ目が、白峰祭《しろみねさい》。遠方より訪れる神霊の話を、一字も漏らさずに獣皮紙に書き留めるというものだ」

六六が淡々と説明する。

彼は最初、雪緒の補佐役を嫌がっているようにも見えたが、きちんと教えてくれるらしい。

「白峰祭……」

雪緒は口のなかで繰り返した。やはり記憶にない。

見世に保管している祭事関係の書物に、そのくだりの記載はなかったはずだ。

「祭りを成功させれば、褒美として、よく肥えた鹿《しか》や羊《ひつじ》の群れが麓《ふもと》に下りてくる。このときばかりは山神の機嫌を気にせずに、好きなだけ狩猟を楽しむことが許される。が、一文字でも神霊の語る言葉を書き漏らした場合は、大変だ。獣皮紙からすべての文字が抜け出す。それらが災いに転じて小鬼に化け、里の家畜を食い荒らす。一夜で里の大半の家畜が骨となる」

「祭りってどうしてこう、失敗したときの罰が強烈なんでしょうね……」

「家畜の犠牲のみですむなら、優しいほうではないか?」

ふしぎそうな顔をされてしまった。

(そう言われたら、そうかな? ……そうかも。祭りは、即ち祀《まつ》ることだ。敬うべきなにかがあるから祀る。それを疎かにすれば、咎められるのは当然か)

雪緒は納得しながらも、でももう少し大目に見てくれてもいいのになあ、と考えた。

六六はなぜか、悶々《もんもん》とする雪緒の逆側へするりと移動した。

彼は、動きを止めない回遊魚かなにかだろうか？

……自分で魚類だと言っていたか。遊泳感覚でうろうろしているのかもしれない。

「二つ目が、連理ヶ淵《れんりがふち》のうきうき血染《ちぞ》め祭」

「なんて？」

反射的に雪緒は聞き返した。おかしな言葉を聞いた気がする。

「うきうき血染め祭」

六六はいたって真面目《まじめ》に繰り返した。

「二つ目にして、さっそくわけのわからない不気味な名称の祭りが来ましたよ。物騒なのか楽しいのか、はっきりしてください」

雪緒は表情を消した。

「薬屋、〈うき〉とは〈泥〉の意だぞー。泥には、悪しきもの、恥辱、執着なんかの薄暗ーい意味が含まれるだろ。盗賊や妓女にも通じる語だ。やらしく、深く、濁っている」

後ろから宵丸が内緒話でもするように自身の口に片手を当て、小声でそっと教えてくれる。

へえ、と感心したあとで、雪緒はふたたび表情を無にした。意味がわかるとこわい話にしか思えなくなってきたし、〈うき〉を二度も唱えているあたり、悪意が冴え渡っている。

「三つ目が、わくわくすくすく祭」

「もううろたえませんよ。そのわくわくっていうのも、絶対に楽しい意味じゃないですよね。

怨霊《おんりょう》がたくさん湧いてすくすく育つとかの、不穏な感じの意味でしょう。というより、さっきのうきうき血染め祭は、いったいどういう内容なんですか」

「薬屋、ここで言う〈わく〉って、框《かまち》の意だぞー。つまり囲むこと、境界を表しているんだ」

「ええ、雪緒様。〈すく〉というのも、〈宿〉のことですよー。なにかを孕んだり、留《とど》まらせたりする、という意味では〈わく〉と同じなんですが、それ以外にも星を示したり悪を示したり、はい、色々」

宵丸に続いて、もふもふと、にぎられている千速も、そっと解説してくれた。

なにを孕む祭りだ。いらない想像を掻き立ててくれる不吉な説明に、雪緒は現実逃避したくなり、視線を周囲に向けた。

（やあ、塔の造りは本当に壮大だなあ……）

聞くところによると、左右の両塔はどちらも百七階分の高さがあるという。全部の階に、瓦屋根と濡れ縁が設けられている。

これだけの高さを持つので、各階へ移動するだけでも手間がかかりそうだが、濡れ縁の一部を取り払って、各階をつなぐ梯子《はしご》めいた軌道が上下に敷かれている。そこに小型貨車に似た昇降機が設けられている。滑車を利用した、縦長の木箱のような作りの装置だ。天井部分は蛇の目傘を載せているかのよう。出入り口には、扉の代わりを果たす、目が描かれた赤い帳《とばり》が垂れ下がっている。その独特な形の昇降機に取りつけられている舵輪《だりん》を回せば、各階へ行ける。

「――四つ目が魚々々祭《ななおさい》。魚に変じて黄泉《よみ》に落ちた恋妻を、七度見つけねばならぬという儀だ。選ばれてしまった妻役の者はかわいそうに。五つ目は、殺生救脱祭《せっしょうくだつさい》。災神を祀る神事」

雪緒が現実逃避して塔の観察に励むあいだも、六六は雨月祭の説明を続けた。

「六つ目は獅子三礼祭《ししさんらいさい》。獅子に扮《ふん》して悪鬼を追い払う祭り。七つ目は、黍《きび》の鳴釜祭《なるかまさい》。黍の粒を釜に落として、釜が鳴くようにする祭事だ。黍を入れねば、そこから災神が生る」

「どの祭りも危険すぎます」と、雪緒は突っこまずにはいられなくなった。

「八つ目が恋奈利祭《こいなりさい》。蛇神と人の異類婚にまつわる神事だ」

「異類婚。……蛇神様と人が？」

「愛憎たっぷりの伝説を数多く持つ神の代表ではないか」

「すごい代表に選ばれていますね……」

雪緒は、つい井蕗を見た。彼女は蛇の女妖だ。井蕗が視線に気づき、もじもじした。

「恋愛成就の神なので、丁重に鬼灯《ほおづき》を祀る。もしも明かりが消えたら、神使に連れ去られ、手足をもがれる」

六六もそう話しながら、雪緒につられてか、井蕗をちらりと見た。

「もがれっ……、なぜ⁉」

「蛇に手足はないだろう？」

雪緒は唖然《あぜん》と六六を見やった。そういう問題⁉

「薬屋、鬼灯のことを古くは、〈かがち〉とも呼ぶだろー。んで、蛇神のことも〈かがち〉と言うだろー。だから鬼灯を祀るんだぞ。これはな、〈かかやく〉意にも通じる。だもんで、鬼灯に見立てた提灯を飾るってことにつながるわけだ」

宵丸がまた、こそこそと解説をしてくれる。彼に撫で回されている千速もまた、「奈利とは奈落のことですねえ。地獄に落ちるほどの恋だなんて、狐は……狐には……たまりませんっ」と、前肢《まえあし》で顔を覆って恥じらっている。井蕗も一緒に恥ずかしがっていた。

(違う、そこは恥じらうところじゃないんですよ……)

六六は、三者三様の反応を見せる雪緒たちを順番に眺めた。それから雪緒の背を押し、木箱に似た昇降機に乗るようせかす。雪緒の後に自分も乗りこんできた。ついでとばかりに雪緒のまわりを一周する。宵丸たちも乗ってくると、昇降機内は一気にせまくなった。

出入り口以外の三面の壁には経文らしき文字が渦を描く形でびっしりと記されている。その中心部――背側の壁の中心部でもある――に、なぜか舌の絵が描かれていた。

六六はその舌に、七九階と刻まれた楕円形の小さな木札をくっつけた。舌がぺろりと木札を呑《の》みこむ。すぐにまた舌が出てきたが、「右に二回半」と、野太い声を聞かせた。

「九つ目がいざかし月見祭《つきみさい》。これは雪緒様も知る月見祭の、裏側の祭りだ。別名では、牛突《うしつ》き祭という」

六六が舵輪をくるりと回す。舌の指示の通りに、二回半。地面でも掘削しているかのような、耳障りな音とともに、昇降機が動き始める。下降しているようだ。

「牛突き？　牛に関わる祭りでしょうか？」

気になって尋ねる雪緒に答えたのは、千速に逃げられたため、嫌がる舌をつっく遊びに移っていた宵丸だ。

「いんや。この場合の牛突きというのは、うじがみ……産土神《うぶすながみ》を表す。生まれ育った地の神、守り神のことだな。んで、牛突きは、牛合わせともいう。これは相撲の意だぞ。神どもがひとつ箇所に集まって、すまう……競い合うわけだ」

うんうんとうなずくのは千速で、説明のあいだ一言も発していない井蕗は、表情豊かに感心している。雪緒も井蕗と同じ状態だった。宵丸は本当に、秘儀の類いに精通している。

「でな、牛突き祭では、郷の里長どもを、この産土神に見立てるんだよ」

「へえ……はい？」

納得したあとで雪緒は目を剥《む》いた。ものすごく重要な内容を、さらっと言われた気がする。

「各里の長様たちが、産土神の真似事をするんですか？」

「そうなるなあ」と、肯定しながらも、宵丸は微妙な笑みを浮かべて雪緒を見下ろした。

「牛突き祭の真意は、神々の力比べによる豊穣《ほうじょう》の祈願。産土神に見立てられた里長が、妖力合戦をする」

「――は？」

雪緒が思考を止めていると、口ごもる宵丸に代わって六六があとを継いだ。

「これに勝てば、その里に善き精霊が寄りつく。そうして精霊が居着けば、里の土地は豊かさを増す。ついでに言うと、この祭りは、表向きは月見祭と呼ばれて、大いに楽しむものだから、無礼講として『月見泥棒』が許される。それに倣い、隠祭でも、負かした里からなんでも好きなものをひとつ奪い取っていい」

「待ってください。里長たちの妖力合戦？　――それってまさか、私も参加しなければならないものですか？」

雪緒は慌てて口を挟んだ。まさかそんな、笑い話にもならない。

「当然、里の長の座を望む雪緒様が、立たねばならない」

言葉を失う雪緒を気にせず、六六は平然と肯定する。べたーっと雪緒の肩に張りつきながら。

「さて、これで雨月祭の概要をお聞かせしたわけだが――、あなたが知りたいのは、なぜ我らが里にはいま少しも精霊の姿がないのか、だったな？」

「え――はい、そうです、が」

雪緒は動転しながらうなずいた。が、妖力合戦の詳細を知るほうが先決ではないだろうか。

「七つ目の大祭、『黍の鳴釜祭』で使用される祓具《はらえぐ》の釜を管理していた怪が、まったく間抜けな真似をしてくれた。腹が減ったからと、その釜でこっそり肉を焼いて食おうとしたという」

「ばかかよ」と、呆れる宵丸に一度目を向け、六六はまた雪緒を見据えた。

「おかげで穢《けが》れた釜から悪霊が生り、禍月毘《まがつひ》へと化けて、鬼穴の向こうへ逃げてしまった」

禍月毘とは、外敵をさす。

魂が歪んで穢れた怪を耶陀羅神《やだらのかみ》というが、禍月毘とも呼ばれる場合もある。祟り神とも。

「鬼穴の……？　すると、葵角ヶ里《きづぬがさと》──鬼里へ逃亡したのですか」

「そうなる」

六六が答えたとき、大きな音を立てて稼働していた昇降機が止まった。

思わぬ話を聞いて動けないでいる雪緒の背を、井蕗が優しく押し、帳の外へ出るよう促す。

帳を手で払いのけ、昇降機を出れば、乗る前とさほど変わりのない光景が目に飛びこんでくる。赤い面格子も鮮やかな社をぐるりと囲む、高欄つきの濡れ縁。

この階は、先ほどよりもいくらか下層に当たるため、渡廊は設けられていない。

見上げれば、少し前に自分たちが立ち話をしていたその渡廊は、上空にあった。

「禍月毘の渡りが原因で鬼穴がさらに広がり、いまや悪霊どもの通り道にもなっている」

六六が雪緒の注意を引くように、顔を覗《のぞ》きこんできた。

「悪霊？　鬼様方の出没のみではすまなくなったのですか？　もっと危険な状態に？」

信じられない思いで雪緒は尋ねたのだが、六六は身を引くと、なんの感慨もなさそうに素っ気なくうなずいた。この反応を、些事《さじ》に動じぬ泰然とした態度と評していいのか、それとも単に下界で巻き起こる騒乱や民の暮らしに興味が持てないだけなのか。

なんとも掴《つか》みかねる方だと、雪緒は戸惑った。

「それでだ。雪緒様はこの迷惑な禍月毘を祓《はら》い、使者の愚行によって穢れた祓具の釜を浄《きよ》めねばならない」

「……はいっ⁉」

「放っておけば、禍月毘はさらなる化け物へと進化し、悪霊を呼び集める。そうなったら逃げた先の葵角ヶ里も、擬似的に黄泉と成り果てる」

「黄泉って、なぜです」

優美な袖のなかで、雪緒はぎゅっと拳《こぶし》をにぎった。六六は、人差し指を顔の前で振った。

「九月はとくに霊気が濁りやすいからだ。黄泉のことを、九泉とも呼ぶだろう。この月に催される九豊祭は、九泉の見立てでもある。それと鬼穴が、黄泉路の見立てだな」

呆《ほう》ける雪緒を一瞥《いちべつ》すると、六六は社の格子戸に手をかけ、無情な宣言をした。

「雪緒様は綾槿ヶ里の新たな長としてまず、小祭、大祭、牛突き祭での競い合い——つまり玖月祭のすべてを指揮せねばならない。祭りを滞りなく行うことで、薄氷の上にある里の崩壊を防ぐ。そして禍月毘を封じ、鬼をも宥《なだ》めねばならない」

「——すべて？」

雪緒は途方もない話に、目眩《めまい》がしてきた。

「とは言っても、あなたはこちらへのお渡りを終えたばかりだ。今日明日に控えている小祭の指揮をおまかせするのは、さすがに忍びない。そちらは我ら古老どもで終えておく。だが、これはあまりよい行いではないというのを、頭に入れておいてほしい。祭神に示しがつかないのでな。それ以降の祭りは里長、要するに祭主たるあなたが指揮をせねばならないぞ」

「……もしも、できぬと申しましたら？」

「我ら古老がお役目を引き受けるしかない。が、いま話したように、基本的には祭主の里長が統率せねば、祭神への侮りと取られ、怒りを招く可能性がある。とくに大祭ともなると、こわいぞ。祭主の指名が許されている祭りも、なかにはあるが。『長』とは、重い意味を持つ」

「ですが、なにも知らない私が祭主となるのも、障りが――」

「極言すると、『長』と認められ、會簿《えぼ》に名を記されたなら、それがはりぼてでもかまわない。祭主としてただ座すだけで、役目は果たしている」

「では、実際の指示は、古老の方々におまかせするというのは？」

　そこで六六は、皮肉げに唇を曲げた。

「ほかの古老どもは、はなからそのつもりでいる。他里からひょいひょいとやってきた無知な人の子に、たやすく統治などできるわけがない。だが諸々《もろもろ》の事情でその人の子が必要だ。なら、祭り支度はおのれらですませようと。しかしな、雪緒様。神は、見るぞ」

　ひたと視線を合わせられ、雪緒は息を詰めた。

（たやすく欺《あざむ》けると思うな、って忠告されている気分だ）

でもそうは言ったって、と雪緒は眉間《みけん》に悩ましく皺を寄せた。

自分が担う祭りは、いったいどれほど残っているのだろう。大祭はこれからなので九つ全部、小祭のほうは――いくつあるのか。そのほかに、妖力を持つ強大な里長たちと妖力合戦に挑み、禍月毘の封印を遂行せねばならない。さらには鬼を宥める役までもこなせと。

しかもすでに九月に突入している。悩む暇もなければ、準備をする暇すらない。

(こんなの、身体《からだ》がいくつあっても足りやしない)

無茶で無謀な要求だ。

綾槿ヶ里の民は友好的だと聞いていたが、そんなの嘘じゃないだろうか。

「祭りの指揮は長の使命でもあり、あなたがこの里の頂に座すための条件でもある。――さあ、なにはともあれ、綾槿ヶ里の元の長殿に挨拶を」

言われて、雪緒は、はっとした。

六六が格子戸を開き――。


「――やあ、雪緒」

格子戸を開いた先の、行灯《あんどん》の光がぼんやりと滲《にじ》む薄暗い一室に端然と座していたのは、元夫の白月だった。

雪緒は少しのあいだ呆けたが、すぐに我に返って背後を確認した。

（後ろにいたはずの宵丸さんがいない）

六六も井蕗も千速も、煙のように消えている。背後の濡れ縁には、先ほどよりも濃い不穏な闇《やみ》が広がっていた。魔物がみっちりと潜んでいそうな闇だった。

視線を室内に戻す。がらんとした、だだっ広い部屋だ。

実際にどれくらいの広さなのかは、正確に目視できない。闇は異様に深く、中央に一人座す白月のそばにぽつりと置かれた行灯だけでは、部屋全体を照らせないでいる。

「ほら、そうやって警戒せずに、おまえ様もこっちに座りなさい」

白月が、誘うようにぽんぽんと自分の手前の板敷きを叩く。

それに雪緒は返事もできず、ただ木偶《でく》の坊のように立ち尽くした。

混乱した頭の片隅で「なぜ」と考える。なぜ白月がここにいるのだろう。どうやって綾槿ヶ里に忍びこんだのか。彼がこちらへ来たなら、紅椿ヶ里のほうはどうなっているのか。だれも白月をとめようとはしなかったのか。そんなはずは――。

「座れ」

もう一度、白月が誘った。

雪緒は操られたように動き、彼と向き合う形で板敷きの上に直接座った。白月が微笑む。

絹糸のような白い髪に、同色の狐耳。床に垂れている狐尾もまた同じ色。目は獣らしく金色だ。見た目は二十歳ばかりの青年だが、実際はもっと長く生きているのだという。

目尻に入った赤い隈取《くまど》りが、整った優しげな顔立ちの彼に、仄《ほの》かな妖《あや》しさと色気を与えている。むしろこの妖しさこそが白月の本性だろう。衣は上下とも、どきっとするような鮮やかな真紅で、ところどころに花車の柄が入っている——が、どうもその柄は、逆さのように見えた。花にまざる鳥の図もやはり逆さだ。それに気づいて、雪緒は肌が粟立《あわだ》った。

「おや、美しい恰好をしているなあ」

白月は、じろじろと雪緒を眺めて感心した。

「でも雪緒はそういう儚げな色合いよりも、もっと赤々と燃えさかるような激しい色のほうが似合うと思うんだ」

緊張と恐怖で固まっている雪緒を気にせず、白月がむむむと眉根を寄せ、腕を組む。床に伸びていた狐尾もゆらゆら動いた。

(私の前にいるこの方は、本物の白月様なんだろうか)

妖力を持たない雪緒には、彼が偽物か本物か、すぐには見分けがつかない。

「なんだおまえ様、さっきから黙りこくって。俺がこわいのか？」

白月が楽しげに問う。雪緒は息を呑んだあと、「ええ」と肯定した。

「私が白月様を恐れぬことなんて、ありえません」

この答えは、彼のお気に召したらしい。

白月は口元に片手を当てると、「んふ」と笑って、耳をぴこぴこ動かした。

「だろう、だろう。こわがらせようと目論んでいたんだから、当然だ」

誇らしげな発言に、雪緒は反応に困り、肩の力を抜いた。

「……本物の白月様なのですよね？」

「俺を偽物と疑うのか？　見分けがつかぬなど愛が足りないぞ。傷ついた。雪緒に一目会いたくて物狂いと成り果てた、純愛に生きる狐様じゃないか。俺のいじらしさにひれ伏して、山ほど油揚げを寄越せよ」

「………本物ですね、間違いない」

「待て。なんだ、その無を極めたような顔は。俺に会えて嬉しいと、もっとはしゃげ」

狐尾が腹立たしげにばんばんと床板を叩く。

その感情豊かな狐尾を、雪緒は平たい目で見て――そして、ぞっとした。

行灯の明かりが床に尾の影を作っている。白月は、元は八尾持ち。しかし現在は、郷を維持すべく七尾を切り落として地に封じているため、一尾しか残ってない。というのに、床板に映る影は八尾で、それがぐぅんと大きく伸び、彼の前に座っている雪緒を囲おうとしていた。

「……本物ですが、現実ではない。幻術の白月様ですね？」

雪緒は気を落ち着かせるために、自分の爪《つめ》を撫でながら尋ねた。

怪のなかでも狐の種族は、とりわけ妖術の類いを好む。

（白月様の本体がここに来ているわけじゃない）

夢渡りのようなものだ。幻術でこちらの意識を乗っ取っている。

そうに違いないと雪緒は確信したが、白月は、「はは！」と声を上げて笑った。

「幻術かあ！　そんな生ぬるい方法を、かわいいおまえ様に使うかよ——祟ったに決まっているだろ！」

「——」

「いや、驚いた顔をしているが、俺こそ仰天だ。俺が、おまえ様をなぜ祟らぬと考えた？」

白月は笑いを止めると、雪緒に視線を張りつけた。金色の瞳が憎悪で黒く濁っている。

「ああ、散々、散々、俺ほどこわい怪がいるものか、とその身に教えてやったのに。一度、狐の怪に見入られて、どうして無事に逃げられると思うんだ。逃げられるものか、末代までも齧りつくのが我らという怪だぞ」

茨《いばら》の蔓《つる》のように雪緒を囲っていた影の尾が、床から浮き上がった。雪緒はおののき、とっさに腰を上げようとした。

「ひっ⁉」

影の尾が、逃がさぬというように、雪緒の足首にぎちっと巻きつく。その痛みに負け、雪緒は崩れ落ちるようにして床にふたたび座りこんだ。この様子を、白月は満足そうに眺めた。

「三日逃げたのなら、三百年祟ってやる。七日逃げたのなら、七百年祟ってやる。十日逃げたのなら、狂おしい千年が待っている」

「人は、そんなに生きられません」

雪緒が痛む足首に手をやりながら言い返すと、白月の怒りが膨れ上がった。

見通せないほど濃密な周囲の闇が、ざわざわと蠢《うごめ》き始める。そこからいくつものひそひそ声が聞こえてきた。「人風情が口答えを」「祟られてもまだ懲りぬ」「祟り足りぬと申される」「魂に墨を垂らしてやればいい、そうすれば従順になる」「箱に閉じこめるほうが」……この声の主たちは、白月の一族だろうか。それとも白月自身の心象の表れなのか。

やがて闇から、ぷつぷつと小さな粒が飛び出してきた。手足のついた、真っ黒いおたまじゃくしだった。頭部には口のみがあった。瞬《また》く間に増え、雪緒のまわりをケタケタと笑いながら駆け回る。身体に這い上がってくるものもあった。雪緒は歯を食いしばって、じっと耐えた。

「そんなに長くは生きられぬというのなら、生かせばいい」

白月が抑揚のない声で言う。彼はゆったりと目の前に座したままで、少しも動いていない。

「俺を餌《えさ》に、古老どもがおまえを鬼の贄《にえ》にすると目論んだ。その浅知恵を、俺が、諾々と受け入れたと思うのか。なぜあいつらの脅しにだけ耳を傾けた。俺はどこへも行くなと言ったじゃないか。いいや、どんな理由であろうと、逃げたな雪緒。俺に背を向けた。それがなにより許せない。許せるものか」

「逃げていません」

声を絞り出す雪緒の頭上に、雨粒が落ちてきた。――違う、天井にも広がっていた濃密な闇が、雨のごとくぽたぽたと降っている。黒い雫《しずく》が雪緒を濡らしていく。

「好きです。白月様。どこにいても私の決意は変わりません。きっとあなたの役に立てます」

視線を合わせて、祈る思いで雪緒がそう告げると、闇色の雨がぴたりとやんだ。

まとわりつくおたまじゃくしを振り払い、白月のほうへ身を乗り出す。

白月は、こちらの意気込み具合を警戒してか、眉をひそめた。

「見ていてください。私、ここでうまく立ち回ってみせましょう。民たちに、里長として認められれば、もしもの有事の際に、白月様のお力になれる。そのために、ええ、さすがはあなたが一度手を取った娘だけあると、皆の心を解いて、懐に潜りこんでみせますから」

願掛けする勢いで言い募れば、白月が怯《ひる》んだように息を呑む。

「全部、白月様のものです。私も、そのひとつ」

雪緒は、もう心を決めている。必ず白月の役に立って死のう。そう未来を定めている。

これは報われない恋だ。熟さずに終わる。それがわかっていても、白月を思う気持ちは燃え続けている。苦しくてたまらない。いつ死んでもいいけれど、せめてその前に自分の恋を、白月の目に焼きつけたい。それがある意味、白月に、一矢報いることになる。――ああ、私は狂いたい。雪緒はそう心のなかで、念じる。狂い切ってしまいたい。恋のままに。

どうしても、この恋知らずの異形の男に、人の恋をわからせてやりたいのだ。

「なんで私、こんなに白月様を好きなんでしょう？　恋って、もしかしたら白月様よりこわいものなのかもしれません」

熱に浮かされながら手を伸ばし、白月に触ろうとした瞬間――。

「――薬屋？」

突然、自分を呼ぶ宵丸の声が聞こえた。ふしぎなことにその声は、ひどく反響していた。遥か遠くから響いてきたようにも、真後ろから囁かれたかのようにも思えた。

ふっと、目の前に座っている白月の姿が歪んだ。

❁

「……白月様？」

そうつぶやき、瞬《まばた》きをした直後、雪緒の視界は元に戻っていた。宵丸たちのいる現実に。

白月は消えていた。群れなすおたまじゃくしも、闇色の雨も、行灯も、なにひとつない。

それどころか、雪緒の横に並ぶ六六は、社の格子戸もまだ開けていなかった。

雪緒は、頭では白月の祟りからひとまず逃れられたのだと理解したが、気持ちのほうがまだ追いつかなかった。

「薬屋？」

雪緒が放心し、動かなくなったためか、後ろに立っていた宵丸が不審げに呼びかけてくる。

「おい、なかに入らないのか？」

「――入ります」

雪緒は緩慢な仕草で振り向き、宵丸を見てから、嫌そうな表情を浮かべている六六に視線を移した。六六は首を振り、嘆息した。

「この一瞬で、化かされましたか」

はっ？　と驚いたのは井蕗で、いつの間にか彼女の肩の上に移動していた千速は、困ったように雪緒を見つめ、耳を垂らしている。

「しかし、よく正気を失うことなくこちらに戻ってきたな」

観察するような、冷徹な目で見られて、雪緒は肩が強張《こわば》った。

「魂にも爪を立てずに逃がしてやるとは、御館はずいぶんとあなたに甘いようだ。いや、雪緒様が彼の力を打ち破ったのか？　どちらにせよ、大妖を手玉に取れるというだけでも大したものだ。……さあ、なかへ」

六六は一人でそう結論づけると、こちらの返事を待たずに、今度こそ格子戸を開いた。

彼の視線に促されるまま、雪緒は格子戸の内側に足を踏み入れた。

社のなかは意外な広さがある。格子戸を開けてすぐのところにも廊があり、これが入側のように、部屋をぐるりと囲う形で設けられている。部屋数は横並びに三つほど。襖《ふすま》の色がそれぞれ赤、青、緑となっている。また襖絵のほうも、鶴《つる》に、アケビに、鶯《うぐいす》と、違いが見られた。

「中央の部屋に」と、六六に指示され、雪緒は夢見心地の状態で従った。白月の祟りの影響か、感覚が鈍くなっているようだ。しかし、そんなぼんやりした状態も長くは続かなかった。

青の襖を開けて室内を覗いた直後、雪緒は冷水を浴びたような心地になった。

四隅に蝋が燃えているのに、そこは寒々しく感じるほど薄暗い。

部屋の中央には、真っ赤な漆塗りの足打ち折敷《おしき》が置かれている。

その上に、黒く穢れたしゃれこうべが乗せられていた。

(これは――本物なの？　いったいだれの？)

悪趣味な演出に、雪緒は顔をしかめた。

「さあ、ご挨拶をなさい」と、六六が当然のようにせかし、雪緒の腕からずり落ちそうになっていた領巾を丁寧な手付きで戻す。

「この方こそ、釜から生った悪霊にぺろりと食われてしまった不運な元長殿だ。残念ながら口はもう聞けぬようになってしまわれたが、あなたが跡を継ぐというのなら、ここはやはり先の長殿に礼を尽くすべきだろう」

雪緒は、細く息を吐いた。冷静さを取り戻した頭が、胆の冷えるようなこの眺めの孕む意味を、正しく読み取る。うまくやらねば元長の二の舞となる、という脅しの意。そして、姿を見せる価値すらまだ「新たな長」にはない、という古老たちの手厳しい総意のしるしでもある。

それでも屋城の内部には、快く雪緒を招き入れている。

(私を試そうとしているのかあ)

ここで腹を立てるなり怖《お》じ気《け》づくなりするような、短絡な者なら無用。そういうことだろう。

ひょっとすると、はじめは友好的に迎え入れる気でいたものの、雪緒と白月のあいだに横たわる確執を知って、安易に関わるべきではないと意を翻《ひるがえ》したのかもしれない。遠回しに追い返そうとしている可能性も、じゅうぶん考えられる。

(しゃれこうべひとつに怯《おび》えて腰を抜かすほど、か弱くはない)

雪緒は背筋を伸ばした。自分を脅すのなら、白月くらい容赦なくやってくれないと。

「おい、この魚霊野郎。侮辱しやがって」

宵丸が背後から室内を覗きこんで、むっとし、六六に噛みつこうとした。その彼を止めて、雪緒は部屋の中央に近づいた。しゃれこうべの前に座り、床板に額がつくほど頭を下げる。

「雪緒と申します。人たる私が、無念の淵に深く沈んだあなたを祀って差し上げます。人の祈りほど、鮮烈なものはありません。天地四方、駿馬のように祈りが駆け巡るでしょう。どうぞご安心を」

◎弐・戎国《じゅうこく》　狂《ふ》る様《さま》、

恙《つつが》なくというには不穏にすぎるが、ひとつのけじめとして、とりあえず元長《おさ》への挨拶《あいさつ》はすませた。次は、差し迫った問題の数々を解決せねばならない。

(玖月祭《くげつさい》を滞りなく進行させるのはもちろん、鬼穴《きけつ》の消去、穢《けが》された祓具《はらえぐ》の浄化に禍月毘《まがつひ》退治、里長たちとの妖力《ようりょく》合戦も……、頭が痛い。どれから手をつけていこう)

雪緒《ゆきお》は腰を上げると、今後の対策に意識を向け、指先でこめかみを押さえた。

白月《しろつき》には見得を切ったが、本音を言えば、どれも自分の手に余るような、厄介な問題だ。妖力を持たず、政《まつりごと》の基礎すら知らぬ自分ができることなど限られている。

慎重に札を切らねば、あっという間に窮地に追いこまれるだろう。

危険が少ないのは、祭りの指揮と祓具の浄化だろうか。とくに浄化、祓《はら》えの類《たぐ》いなら、薬師を生業《なりわい》とする自分の得意分野だ。ここはすぐにでも取りかかれる。隠祭《いんさい》に関しては、そもそもの知識すらないので、まずはそこから調べる必要がある。時間がいくらあっても足りない。

あれこれと悩みながら青の間をあとにし、入側を突っ切って濡れ縁に出ようとすると、雪緒の挨拶が終わるまでそこに座していた六六《ろくろ》が立ち上がった。姿勢よく正座していた井蕗《いぶき》や、丸めた千速《ちはや》を頭に乗せて身をゆらゆらさせていた宵丸《よいまる》も、同じように腰を上げる。

「雪緒様、どちらへ？」

いぶかしげに六六が尋ねる。雪緒は、彼と向き直った。

「え？　――少し考えをまとめたいので、お借りしている部屋に下がらせてもらおうかと」

「この青の間をお使いになればよい。元の長殿の挨拶も兼ねて、仮の執務の間として案内したつもりなのだが」

顔を引きつらせる雪緒に代わって、びょんと飛び上がった千速が叫ぶ。

「しゃれこうべ部屋を雪緒様にあてがうのですか！　ええい、もうおれは黙っていられませんよう。雪緒様は人の子です、怪《かい》の怨念《おんねん》や無念に驚くほど耐性がないのです。生まれたての熊《くま》の子以下、無理やり繭《まゆ》から出された蚕より脆《もろ》いんですよ。侮るとすぐ死にます！」

「千速、私のことを蚕以下に思って……？」

「元長の無念で淀《よど》んだ部屋など使ったら、夜明けを迎える前に雪緒様なんか、からっからの干物に成り果てますよ！」

干物……、と弱々しくつぶやく雪緒を見て、ぷぷっと宵丸が笑う。

「まっさらな部屋を用意してください！」

ふんぬ、ともふもふした胸を張って要求する千速を、六六が無感動な目で見下ろす。

「甲羅を奪われた亀よりも脆弱《ぜいじゃく》というのか……？　なら、べつの部屋をご用意しよう」

六六にもひどい言い方をされた気がするが、新しい部屋をもらえるようだ。

雪緒たちは、六六のあとに続いた。

「んで、干物屋は、なにをそんなに悩んでいるんだ？」

「干物屋じゃありません。薬屋ですよ、宵丸さん」

変な呼び方をする宵丸に言い返してから、雪緒は唸《うな》り、両手で領巾《ひれ》を揉《も》んだ。

「――要は、祭主たる長が中心にいる、としっかり示せばいいわけですよね。各祭りの進行に関しては、毎年行われているのですから、手順はわかっているだろうし。必要な準備自体も、きっとすませておられるはず……と思ったんです。そうでなくては、あまりにも時間がない」

「あん？　……あー」

宵丸が曖昧《あいまい》に返事をして、先に昇降機に乗りこむ六六を見やった。六六が軽く振り向く。

「おっしゃる通りだ。雪緒様が急ぎ学ばねばならぬのは、各祭りの作法。はっきり言わせてもらえば、それらを頭に叩《たた》きこむ程度なら、一夜あれば、じゅうぶん間に合う」

そのための教育係が六六である、ということか。

「ですが……祭りの数が多いので、大変であることは変わりないと思うのですが」

井蕗がおそるおそるの様子で口を挟む。

いつの間にか彼女の肩の上を陣地としていた千速が、うむ、と厳《おごそ》かに同意する。

「私が雪緒様について、指導を行う。魚霊にできることなど、その程度だ」

隙《すき》あらば自虐に走る六六が、昇降機の舵輪《だりん》を回す。……先ほど宵丸につつかれたからか、壁の舌は、舵《かじ》の回転数を告げるとそそくさと消えてしまった。おかげで雪緒が彼にちょっかいをかけられることになった。つくつくと髪の先を引っ張ってくる。……無視しよう。

「なに、俺も神事にはそこそこ詳しいから、安心しろ」

宵丸にぱちんと片目を瞑《つぶ》られて、雪緒はそのまぶしさにうっと呻《うめ》いた。

「待て。里独自の作法があるんだ。獣臭漂う作法をまぜてくれるな」

六六に冷たくあしらわれ、宵丸が「くあー！」と叫ぶ。千速まで、揃《そろ》って牙《きば》を見せている。

「えーと！　牛突《うしつ》き祭の妖力合戦……里長の競合の件は、いまは後回しにしてかまいませんよね！　そちらは月の後半の開催だから、まだ多少は余裕があるでしょうし」

雪緒は慌てて話の軌道を修正した。気遣いのできる井蕗が、それに乗ってくれる。

「はい。早急の対策が必要なのは、禍月毘の退治ですね。祓具から生ったというのなら、放置すれば祭り全体が穢される恐れがあります」

「そっか、禍月毘退治が先……、そっかあ……」

「雪緒様、震えないで。私もお手伝いします！　存分に使ってください」

「ありがとう井蕗さん。でも……でもこれ……、楽観的に考えても、私、殺される未来しか見えないけど……それも全身ずたずたになって、血を撒《ま》き散らして苦しみもがきながら息絶える未来しか……、いや非業の死は望むところ、私は役に立ってみせる。できるできる………本当にこれ、全部こなせますかね⁉」

「えっあっ、いざとなったら、私が禍月毘を丸呑《まるの》みにしましょうか！」

雪緒と井蕗は互いの手を固くにぎった。慰め合える相手がいるのは心強い。

宵丸たちに微妙な目をされながら、停止した昇降機を降りる。

その後、六六に促されて、新たな執務の間となる社に入った。ここは六十階で、しゃれこうべの間より下層に相当する。寝泊まりしている階の、二つ上だ。

「こちらの社は、大広間がひとつに、控えの間が二つ。あとは押し入れなどだ。好きなように使ってくださってかまわない。すぐに文机を運ばせる」

簡潔に説明をすませると、六六は衣の裾《すそ》をさばいて、入ったばかりの大広間を出ていった。

隅に置かれていた紫色の座布団を引っ張り出し、ごろんと寝転ぶ宵丸の横に、雪緒も腰を下ろす。千速が膝《ひざ》に乗ってきた。

「私は白湯《さゆ》を持ってきましょう」

井蕗もはにかんで、大広間を出た。

雪緒は、知らず緊張していたのに気づき、ここで深く息を吐いた。視線を天井へと向ける。

両塔は、下層から上層にかけて少しずつ細く作られているが、それも微々たる差であり、各階の内殿の広さはほぼ同一とのことだ。襖《ふすま》などで区切られる部屋数に、多少の違いはある。

ただし九十階以上の社は、さすがに間取りが大きく変わるという。本来なら、要人たる長や古老は最上階に近い層か、渡廊のある階を使うらしいが、いまの雪緒はまだだれにも認められていない。真の味方は、ここにいる宵丸と千速のみだ。

それでも五十八階と六十階の社を気前良く貸してくれたのだから、待遇自体は悪くない。

執務と寝泊まり用の階のあいだに一層分挟まれているのには、理由がある。

といっても、これは単に構造上の問題で、寝泊まり用の階には囲炉裏が設けられている。そのため五十九階は、囲炉裏部屋の真上が吹き抜けの造りとなる。

風呂場や調理場なども、この階に作られている。こうした階がほかにもあるらしい。

「薬屋、俺がそばにいるんだから、おまえは大丈夫だ」

宵丸が寝転んだまま、眠たげな声で言った。

「俺のような、強くて恰好《かっこう》いい守り手がいて、薬屋はすっごい幸運だぞ」

「……はい」

雪緒は俯《うつむ》いて笑った。膝の上の千速が、しかたなさそうに宵丸を見やる。

「わかってないな？　いつまでもそんな硬い顔をするやつは、こうだ、こう。えい」

宵丸はがばりと身を起こすと、簪《かんざし》で飾り立てている雪緒の髪を両手でぐしゃぐしゃにした。

「きゃあぁっ」と、叫び声を上げたのは、雪緒ではない。千速だ。

「なにするんですか！」

「毛繕いしてやってんだろ、んっははは！　やっぱぁ、薬屋、ぼさぼさの毛玉女になってる」

もみくちゃにされて、雪緒は茫然《ぼうぜん》としたが、悩みで充塞《じゅうそく》していた心がなんだか軽くなっているのに気づいた。確かに息をつくことも大事だ。

雪緒は今度こそ自然に笑うと、宵丸に噛《か》みつこうとしている千速の毛も同じようにぼさぼさにしてやった。

その日は明け方まで六六たちと話し合った。

午前に少し休息を取り、また昼から意見を聞いて——そして宵《よい》の時刻。

身支度を整えた雪緒は、さっそく禍月毘退治に取りかかることにした。

最初に切る札は、『鬼』だ。

✿

「はあん、やっぱりこうなるかよ」

宵丸が額を押さえ、苦々しげな顔をした。

雪緒はいま、層塔の社を出て、宵丸と六六、井蕗、千速とともに、盛り場の近くに設けられている大橋の手前まで来ている。まだ夜の深度が浅い刻、ようやく空全体が青みを帯び始めたという頃《ころ》で、欠けて楕円《だえん》状になった朧《おぼろ》な月が、なだらかな稜線《りょうせん》の横に浮かんでいる。

「本来なら鬼穴は新月にしか生じず、その場所すらも不確定なはずだった。ところが釜から生った禍月毘の出入りで穴が広がり、不規則に、かつ発生場所も増えた上、固定されるような状態に変化した。その最も大きな穴の生まれる場所が、このあたりだ」

　六六が迷惑そうに言って、大橋を指差す。

「ここは水無月に行われた鬼の嫁入り行列……〈みかど〉と〈ものみ〉の祭事があったときに、通過したところですものね」

　鬼穴発生場所の因果を思えば、納得できる。嫁入り行列に無理やり加えられた雪緒自身も、目の前の大橋を通っている。

　凶事のきっかけを作ったのは、浅慮《せんりょ》な若い民だ。神使《しんし》の鬼衆を罠《わな》にかけたせいで、祭神の不興を買い、神罰がくだることになった。おかげで鬼が、里の内側から湧《わ》くはめに。

「祓具の異常に気づいたのは八月の半ばのことだが、その後は、ほぼ毎日のように鬼穴が生じている。……井蕗、明かりを」

　六六に指示された井蕗がひとつうなずき、大橋の起点の左右に設けられている石灯籠《いしとうろう》に近づいて、そこにふっと息を吹きかけ、明かりを灯《とも》した。いいなあ、と雪緒は淡い羨望《せんぼう》を抱いた。わざわざ松明《たいまつ》を使わずとも、妖力で簡単に火をおこせる。

「鬼穴を封じようと、桁《けた》も脚も欄《おばしま》もすべて朱色に塗り、呪《まじな》いを施したが効果がない。おまけに……まったく懲りぬ民どもだ。黄泉《よみ》路と化した鬼穴に逃げこむ悪霊の群れを、追うことはできぬ。次の策と称して、そこに汚水を飲ませようとした」

六六が不快げに吐き捨て、ぴたりと雪緒の斜め後ろに立つ。この魚霊様、回遊魚のようにくるくるするのをやめたと思ったら、今度はなぜかくっついてきてゆらゆらしている……。

（いや、いまなんて言ったの？　鬼穴に汚水を飲ませるって？）

不可解な表現に引っかかって、雪緒は首を傾《かし》げた。浴びせるとか、ぶちまけるなどと言うならわかるが、飲ませるとは？　まるで鬼穴自体が生き物であるかのような言い方をする。

「挙げ句、祓具の化け物どもに長を殺されたのですから、まさに踏んだり蹴《け》ったりですねえ」

宵丸の肩に乗る千速が、まるきり他人事《ひとごと》のような口調で言った。

いくらかの同情はあるかもしれないが、せいぜいがその程度だろう。そもそも元長が鬼穴の問題を自力で解決できていれば、雪緒がこうして里を訪れることもなかった。

雪緒は橋の手前の地面に、腕に抱えていた赤い上衣《うわぎ》を広げて敷いた。

それを茣蓙《ござ》代わりにして、正座する。

（長期戦にならないといいなあ）

そう心のなかで念じる。

雪緒が着用している水干は、上下ともに黒地のもので、単《ひとえ》や菊綴《きくとじ》、懸緒《かけお》、袖括《そでくく》りの緒は赤い。髪飾りには、「おはじき」に似た玻璃《はり》をあしらったものを使っている。これは少しわざとらしかったかもしれない。そのほかに、いつでも携帯している仕事道具の煙管《キセル》などをおさめた小袋も、帯からさげている。

雪緒以外の者たちの装束は自由だ。六六は赤い狩衣《かりぎぬ》で、井蕗は白の水干に緑色の袴《はかま》。宵丸は藍色《あいいろ》の上下。千速は雪緒に倣って、正装のつもりか、首に赤い飾り紐《ひも》を結んでいる。

「俺は反対したのに、こうなるんだもんなあ」

宵丸が先ほどと同様のぼやきを聞かせる。

不機嫌そうだ。彼の肩に乗る千速もまた、もどかしげに、ぐぬうと低い唸り声を発した。

「皆さんは少し下がっていてくださいね」

雪緒は、ここまで同行してくれた彼らをちらっと振り向き、そう頼んだ。

そのとき、周囲からたくさんの視線を感じた。

大橋からは盛り場が近い。となれば当然、民の出入りも多い。おそらくはそこここに綾槿ヶ《あやむくげが》里《さと》の民が隠れていて、こちらの挙動を熱心に観察している。

妖力皆無の頼りなげな人の娘が、本当に噂《うわさ》の通り鬼を宥《なだ》められるのか。自分たちの長に迎えるだけの価値を持っているのか。そんな疑いを胸に抱えていることだろう。

――白状するなら、雪緒自身は別段、長の地位を欲しているわけではない。

むしろ負担が大きすぎるので、遠慮したい。

それでもここへ来たのは単純に白月の尾を守るためだ。先月の祭事の掟《おきて》を破った罪で、白月は尾を落とされることが決まった。だが、荒れた綾槿ヶ里を雪緒が平定すれば、その罪を取り消してくれるという。そういう内約を古老たちと交わした。

綾槿ヶ里とは関わりが薄いこともあって、土地や民にいささかも愛着の類いを感じていない。もっとあけすけに言うなら、こんな機会でもなければ、里が崩壊しようが復興を果たそうが、どちらでもよく、世間話の範疇《はんちゅう》を超えて興味を持つこともなかっただろう。それぐらい関心も薄かった。

(愛着がないからこそ、思い切った策が取れるわけだけども)

だれに見られていようと、気にせず地面に嘆願の座りこみができる。

ずいぶんと図太くなったものだ、と雪緒は冷淡に自分を顧みる。先の火渡《ひわた》り祭《さい》で、悲劇を何度も繰り返した経験が生かされているのか。だとしたら、嫌な図太さだ。

「三雲《みくも》か、耶花《やか》さんあたりが来てくれたらいいんだけどなぁ」

雪緒はかぶりを振って無益な思考を払い落とし、小声でこぼした。

六月の〈ものみ〉と〈みかど〉の祭事を通して知り合った三雲という男鬼に、どうしたことか、雪緒は祟られるほど執着されている。その流れで、彼の姉の耶花とも顔見知りになった。

あの姉弟は鬼のなかでも比較的、会話が成立する。

「うーっ、わかってはいましたが、鬼に跪《ひざまず》かねばならないとは。おれがともにいながらこの事態、まこと面目次第もない……。雪緒様、おれも、おれが、いっそ供物に……！」

耐えかねたように千速が呻き、宵丸の肩から飛び降りた。雪緒のほうによろよろと歩み寄ると、さあ煮るなり焼くなりご自由に、というように仰向けになり、倒れこむ。

このもふもふ、ことあるごとに自らを供物にしようとする。

雪緒は片手を伸ばし、思う存分千速の腹部を撫《な》で回した。そのあと、身体《からだ》を起こしてやる。

「あっ……、わ、私のことも、供物にどうぞ……！」と、千速に続いておろおろし始めた井蕗のことは、視線で止めておく。

「じゃれ合いはそこまで。──空気がひずんだぞ」

冷ややかに千速たちを眺めていた六六が、ふと視線を大橋へ向けた。

先ほどよりも夜の度合いは深まっている。そこに突然、もくもくと分厚い雨雲が流れこんできた。あっという間に朧な月が、雲の裾に拐《かどわ》かされる。山稜《さんりょう》も暗闇《くらやみ》に溶けこめば、さあさあと糸のような雨も降り出す始末。あたりはうっすらと霞《かすみ》がかかったような状態に変わる。

妖力による石灯籠の明かりがなければ、雪緒は視界がきかなくなっていたに違いなかった。

ぴしっと家鳴りに似た音が聞こえ、それが瞬《また》く間に連続し始める。

雪緒は雨に濡《ぬ》れながらも身じろぎせず、大橋に目を凝らした。そこに怪異が生じていた。複数の大人が寝転べそうな幅広の橋桁が、雨を受けた水面のごとく波打っている。

やがて水面化した橋桁に、巨大な黄色い般若の面が浮上する。面はまるで、見えぬ膜を突き破ろうかというような動きを取った。橋桁から抜け出したがっているみたいだった。

六六が鬼穴を生き物のように表現したのは、こういう場面を目撃していたからだろう。

「鬼のみならまだしも、こうも悪霊までが湧く」

六六が心底げんなりとした様子で言った直後、橋桁に浮かぶ般若の面が激しく嘔吐《おうと》した。吐き出したのは黒水だ。橋全体を瞬く間に黒く染め上げる。

その黒水から、不気味なものがぬるりと立ち上がった。

率直に言うなら、どこか妖怪めいている「獣のなりそこない」だ。手と足の位置が不自然だったり、腰の横に頭部がくっついていたり、腹部に口があったりする。現れたのが鬼ではなかったことに、雪緒は驚いたのち、納得した。これが禍月毘についで出現し始めたという悪霊か。

「井蕗」と、六六が大橋を睨《にら》んだまま呼びかける。

「ええ！　私、力仕事なら輝けます！」

危機的な状況を前にして、井蕗が嬉《うれ》しそうに、ぱあぁっと笑った。が、はたと気づいて雪緒を見下ろし、もじもじする。

「あの、雪緒様……あれらを仕留めるときの私の姿は、あまり見ないでくださいね。悪霊退治は得意なのですが、それにしたって暴食だと、忌避されることが多くて……」

「井蕗、無駄話はやめて、早く」

彼女の恥じらいを無視して、六六が強めの口調でせかす。

井蕗はますます恥じ入る顔をした——次の瞬間、赤霧のような煙を巻き起こし、龍を思わせる巨躯《きょく》の大蛇に変じる。鱗《うろこ》は、炎で磨いたかのように真《ま》っ赤《か》で、つやつやしていた。

ぽかんとする雪緒の横を通り抜けると、大蛇は黒水まみれの大橋の中間まで進んだ。水と相性がいいのか、大蛇が黒水の底に沈むことはなかった。

その場所にいた悪霊の群れが大蛇の渡りに気づいて、飛びかかろうとする。

それより先に、大蛇ががぱっと口を開いた。悪霊たちを次々に丸呑みにしていく。

「確かにありゃ悪食の申し子だな。俺でもアレは食おうと思わない。消化に悪そうだもん」

宵丸が、雨に濡れた自分の髪の先をいじりながら、辟易《へきえき》した様子で言った。

（井蕗さん、すごいな）

見境なしに悪霊を呑みこむ姿は、豪快という以上に不気味だ。

始末し切れず逃した悪霊は、千速が狐火《きつねび》を生み出し、接近を阻止する。

あらかた悪霊を貪《むさぼ》ると、大蛇はぬらりとしたとした動きでこちらに戻ってきた。

大きな頭部を雪緒のほうに近づけてくる。ほめてほしいのかと気づいて、口回りを軽く撫でてやったら、先端が二つに裂けている細長い舌で、べろりと頬《ほお》を舐《な》められた。

ぬるぬると嬉しげに蠢《うごめ》いたのちに、大蛇はふたたび人の姿に変化した。

悪霊は大方退治できたが、橋桁に浮かんでいる般若の面はまだ消えていない。

面がまた、嘔吐するようにぐわりと口を開く。――いや、だれかが内側から、強引に両手で口を押し広げている。口角が裂けるかというほどに。

般若の舌に押し出される形で姿を現したのは、鬼衆だ。同時に、青白く燃える鬼火があちこちに出現する。鬼衆に続いて、以前に見た覚えのある獅子舞《ししまい》めいた妙な獣たちも、路代《みち》わりの般若の口から押し出された。次々とやってくる彼らを、雪緒は仰天しつつ見つめた。

鬼とは、見た目からして曲者《くせもの》だ。形は、人によく似ている。

大抵の鬼は大柄で、筋骨逞《たくま》しく、芸者のようにおのれを飾り立てることを好む。派手な柄の着物をまとい、宝玉を首や腕、腰帯に垂らす。ざんばら髪の被《かぶ》り物と、多種多様なお面も装着する。手には斧《おの》や長刀、湾刀を持つ。鬼がなぜ、こういう毒々しいまでに派手やかな恰好を好むのかは不明だ。もしかしたら歴とした由来があるのかもしれない。

先頭の鬼衆は、橋の手前に陣取る雪緒たちに気づくと、威嚇する獣のように吠《ほ》えた。

それに対抗すべく、ふたたび大蛇への変身を試みる井蕗を六六が止め、橋の手前に座りこんだままの雪緒に視線を落とす。宵丸と千速も、苦々しい表情を浮かべて雪緒を見つめた。

(私の出番かな)

気ままにそこらを浮遊していた青白い鬼火が、「……おやっ?」というように、小刻みにゆれた。雪緒のほうに近づいてきて、大きく伸びたり縮んだりする。この動きに神経を逆撫でされた千速が、「鬼火めっ」と、悪態をついた。そういえば、鬼火は狐火と相性が悪かったたか。

獅子舞めいた顔つきの獣も一頭、こちらに歩み寄ってくる。「おっこの娘、知っとる」というように、雪緒をじっくりと見て、足踏みする。

襲撃の体勢を取っていた好戦的な先頭の鬼たちが、鬼火や獅子舞もどきのやけに打ち解けた様子に気づき、次の行動を決めかねている。お面の顔を見合わせ、ぢぢ、ぢ、と舌打ちし、なにか相談し始めた。この舌打ちは鬼独特の発声法だ。

雪緒は、霞立つように濁った雨景色のなか、遅れて現れた一際大柄な鬼に目を凝らした。その鬼がのしのしとこちらに近づきながら、被り物を外す。青髪の鬼だ。見た目は三十前後で、厳《いか》めしくも整った顔立ちをしており、筋骨隆々。目も大きく眉《まゆ》も太く、唇も厚い。

青鬼は様々な角度から雪緒を見下ろすと、般若の面のほうを振り向いて、大きくぢっと舌打ちした。般若の面が、最後の鬼を口内から吐き出した。

雪緒はその鬼に目を向けた。黄色の毛の被り物に、雄々しい仁王襷《たすき》、腰には蝶々《ちょうちょう》結びの二色の荒縄。そこに適当にさしてある太刀《たち》。大胆にはだけた胸には、梵字《ぼんじ》のような入れ墨がある。

その鬼は乱暴に被り物と面を外して、こちらへ大股《おおまた》で歩み寄ってきた。

瞳と揃いの薄茶色の短い髪には、小さな白い子安貝の飾り物がある。そのひとつが、彼の動きに合わせて、ちかっと輝いた。以前に雪緒が渡したおはじきが、貝のなかにまざっていた。

「三雲」

雪緒が小さくつぶやくと、鬼は——三雲は、ぴたりと足を止めた。

少しのあいだ、雪緒たちは無言で見つめ合った。彼の目は、雪緒がこの場所にいることに驚いているようにも見えた。雪緒は膝の上で、指先をきつくにぎりこんだ。

「あなた方の訪れを、お待ちしておりました。私は綾槿ヶ里の……長の代理としてあなた方をお迎えに」

挨拶とともに平伏しかけた雪緒の腕を、三雲が慌てた様子で掴《つか》んで止める。そのままぐいっと腕を引っ張られ、立たされた。……悪気はないとわかるが、この鬼様は動きが少々荒っぽい。

「ああ、雪緒、いけない。人の子はか弱いものだ。こうも雨に濡れたら、儚《はかな》くなってしまう」

雨に打たれた程度でさすがに死にはしない……と、微妙な顔をする雪緒を無視して、三雲が宙に、ふっと黒い息を吐く。それが空中でぐるりと渦を巻いたのち、黒い蛇の目傘に変わった。戸惑いながらなりゆきを見守る雪緒を、おのれのそばに引き寄せ、ざ、と音を立てて傘を開く。

「皆、戻るぞ」

三雲が雪緒を掴んだまま、鬼衆に声をかけた。すると鬼衆は、こちらへ到着したばかりというのに、とくに異を唱えることもなく素直に三雲の命に従って、路代わりの般若の面の口に飛びこもうとする。鬼のこうした統率力は、目を見張るものがある。

「……いえ、待って！　話がしたい！」

雪緒は我に返って叫んだ。

さりげなく三雲の腕に囲われて、攫《さら》われそうになっている自分にも、焦る。

「三雲、頼みがあるんです。私をあなた方の鬼里《おにざと》……葵角ヶ里《きづぬがさと》に招いてほしいんです」

鬼衆が、揃って雪緒を振り向いた。

三雲も目をぱちりとさせた。図々しい頼みだと詰《なじ》られるかと思いきや――。

「いいぞ」

「えっ」

「さあ皆、戻ろう」

「そんなあっさり快諾……いや待って。そうなんだけど、そうじゃないっていうか！　攫ってほしいんじゃなくて、助力、手を結びたいっていう……！　まず話し合いをしましょう！」

これ絶対わかっていない、と雪緒はさらに焦りを募らせた。

獅子舞もどきが、「もたもたすんな、さっさと歩けよ」と脅すように、雪緒の膝裏を鼻でつついてくる。いますぐやめてほしい。鬼火も嬉しげにくるくると周囲を浮遊しないでほしい。

「……これは。本当に雪緒様は鬼の言葉を解し、なおかつこうも執着を向けられているのか」

六六が不吉なものでも見るような目を雪緒に向け、つぶやいた。

❁

三雲たちに協力を願うにしても、事前にしっかり取り決めをしておかないと、あとで痛い目に遭う……というのは容易に想像ができる。談合に適した宿の一室でも借りて、移動したい。

雪緒はそう提案したが、これに六六が難色を示した。

「祭りの受難が始まってから、すでに二十以上の民が鬼の餌食《えじき》になっている。より鬼を警戒している状態なのに、ほいほいと気前良く部屋を貸す民がいると思うのか。まさか屋城《やしろ》に招くつもりでもいたか。屋城は、里の要だぞ。そんな軽率な真似《まね》ができるわけもない」

綾槿ヶ里の民である井蕗も困ったように眉を下げていたが、六六の指摘を否定する素振りは見せない。当の鬼、三雲はというと、黒い蛇の目傘を傾けて雪緒を懐に抱えこんだまま、六六たちの存在をまるきり無視し、ふしぎそうにしている。

「……？　行かないのか、雪緒」

「行きます、行くんですけれども！　その前に、話しておきたいことがあるんですよね！」

雪緒は苦悶《くもん》した。本人に向かって、あなた方を心からは信頼できないので、誓約を設けて身の安全を守りたいのだ、という本音はぶちまけられない。

「話なら、三雲らの里へ移ってからでもできるのでは？」

「できますが、私のほうにも、こみいった事情があって！」

「ううん、よくわからぬが、それもあとでいいだろう。早く行こう。いつまでもここに立っていては、雪緒の身体が冷えてしまう」

優しい！　しかし、その優しさはいま、求めていない！

「あなたたちの里にお邪魔したいという希望以外にも、頼みがあるんですよ」

「そうか。なんでもかまわないが、移動しよう。……ああ、頼み事と引き換えに、過剰な見返りを要求されるかもしれぬ、と恐れているのか？　それはしない。前に雪緒を泣かせてしまったから、こたびは贄《にえ》なくとも助けよう」

「……本当ですか？」

抵抗をやめて三雲を見上げ、雪緒は確認を取る。

「嘘《うそ》はつかない」

誠実な調子で三雲が肯定してくれる。……が、念のため。

「用がすんだあと、無事にこちらへ私を戻してくれますか？」

「……そこまで誓わせるのか？」

三雲は渋面を作った。

（あっこれは、願いは叶《かな》えてくれるけれど、帰してはもらえないやつだ）

雪緒は悟った。だが、ここでまごまごしているわけにもいかない。

粘りすぎて三雲の機嫌を損ねるのは危険すぎるし、なにより、こちらのやりとりを盗み見しているだろう民たちが痺《しび》れを切らして、鬼の討伐を企《くわだ》てる可能性がある。

不要な懸念だとは笑えない。彼らには前科があるのだ。

（少なくとも、私を綾槿ヶ里に行かせたがった紅椿ヶ里《あかつばきがさと》の古老たちの望みは、これで叶っているんだよなあ）

古老たちの真の狙《ねら》いは、里長への祭り上げ後、雪緒を鬼に嫁がせることだ。つまり拐かされて雪緒が鬼里から戻れなくなったとしても、彼らの目的は果たされる。雪緒のほうも、古老たちの願いを叶えてやったことになるのだから、白月の尾が落とされる心配をせずにすむ。

「……行きましょうか」

雪緒は思案の末、諸々《もろもろ》を受け入れた。自分の望みは、白月の役に立って死ぬことだ。三雲に嫁ぐ運びになったとしても、それならそれで、郷をゆるがす鬼の脅威を多少は抑制できるかもしれない。それが現実になれば、間接的に白月の役に立っていると言えるだろう。

雪緒が従う意思を見せると、三雲はうっとりとした表情で笑った。

「待て待て。おまえたちで勝手に決めるな。薬屋を無事にこちらへ帰せ。それが誓えねば、行かせられん」

決まりかけていた流れに異論を挟んだのは、宵丸だ。雨に濡れる髪を煩わしげに掻《か》き上げると、雪緒たちを交互に睨む。

三雲は、ちらりと宵丸を見た。

それだけだった。すぐに仲間の青鬼へ視線を流し、「三雲たちは先に行く」と、伝える。

「ほかの同胞にもそう伝えろ」

三雲の命令に、青鬼が、ぢぢ、と舌を鳴らす。

彼らの無関心な態度を見て、宵丸が、ぎゅうっと目尻《めじり》を吊《つ》り上げた。

「おい、この鬼野郎が。俺を無視したな？　おまえの腸《はらわた》をこの場にばらまいてやろうか」

荒くれ者丸出しの過激な発言をする宵丸に、雪緒は慌てて手を振った。

「私は大丈夫ですよ！　宵丸さんは綾槿に残ってください」

「はああん？」

非常に柄の悪い返事をされた。

「こちらの里のうちに迷いこむ悪霊退治は、宵丸さんと井蕗さんにお願いします。六六様には祭り支度を進めてもらいたいです。……と、昨夜にそう取り決めをしたはずですが」

「俺は、許さんと答えたはずだが？」

宵丸は不機嫌さを隠しもせずに、早口で切り返してきた。

確かに宵丸は昨夜の話し合いで、三雲の協力を取りつけて雪緒が葵角ヶ里に入るという案に、一人反対し続けた。一度鬼里へ足を踏み入れれば、なんの犠牲も払わずに出るのは難しいと。

それを雪緒は、ほかの策を立てる時間がないから、という理由で押し切ったのだ。

「雪緒、行こう」

険悪な空気を微塵《みじん》も意に介さず、三雲が雪緒の肩をやわらかく押す。

促された通りに一歩を踏み出した雪緒を見て、宵丸はさらに目尻をぎゅんと吊り上げ、こちらに近づこうとした。それを六六が、すばやく止めた。

「行け」

「……あー！　魚霊野郎め、これだから心を持たぬ精霊は嫌なんだ！」

宵丸が爆発するような勢いで叫んで、六六の腕を乱暴に振り払った。

――が、次に井蕗が大蛇に変じて、宵丸をぐるりと自分の身体で囲う。

いまのうちに、とせかすように、大蛇が雪緒へ視線を流す。黙りこんだままの千速の様子が気になったが、雪緒は彼女たちが宵丸を制しているあいだに動くことにした。

「このやろっ、薬屋！　戻ってきたら、仕置きしてやるからな!!」

背中にぶつけられた宵丸の怒鳴り声に、雪緒は心のなかで答えた。

ええ、戻れたら、鍋《なべ》いっぱいに蟹汁《かにじる》を作りますね。

傘をさす三雲に導かれ、雪緒は大橋の中央を歩く。

いつの間にか、橋桁に浮かんでいた般若の面は消えていた。というよりも、細い雨が降っている状態なのに、あたりには濃霧が広がっており、自分の足元すら判然としない。三雲が「迷わぬように掴まってくれ」というので、雪緒は戸惑いを殺し、傘を持つ彼の腕に触れた。

路代わりの般若の面は消えたのに、どうやって鬼里へ向かうのだろう。

ふしぎに思いながらも、鬼衆とともに橋を渡り、向こう岸を目指す。橋桁の幅こそ広いが、下を流れる川にそこまでの太さはない。

そのため、橋も短めで、さほども経《た》たずに渡り終えてしまう。

「あの、三雲――」

まさかこのまま、徒歩で葵角ヶ里へ戻る気ではないだろう。

そう尋ねようとして、こちらを見下ろしていた三雲と目が合った。

三雲の、理性を宿すけだものめいた、澄み切った目はいま、情熱をともしたかのように光を帯びていた。歓喜が閃《ひらめ》く雄弁な瞳だ。雪緒は知らず見惚《みと》れると同時に、怯《ひる》みもした。

「……ようこそ、我らの里へ」

「――はい？」

雪緒は正気に返り、足を止めた。

前方に視線を向ける。橋を渡り終えた先にあるのは、残り香のように薄く漂う霧と、やや蛇行しながらも縦に連なる白い鳥居だ。笠木《かさぎ》の両端に反増《そりまし》が見られる。

いつかの幻の世で、半神の沙霧《さぎり》が暮らす『庭』に足を踏み入れた際、雪緒は十五尺を超える高さの鳥居を通った。目の前の鳥居もそれと同等の大きさを誇るが、あちらは全体が赤瑪瑙《めのう》で作られていた。こちらはひょっとしたら、白瑪瑙だろうか。

鳥居の手前には、青い炎を宿す火車――全身が青く燃える、あばら骨の浮いた牛が引く車――が何両も置かれている。車輪部分も、鬼火のように青く燃えていた。

その黒塗りの車は、二人乗るのがせいぜいといったところで、屋根なしの作りだ。

ぼんやりと発光する鳥居のおかげか、それとも宙を泳ぐ鬼火たちのおかげか、雨夜でありながらも周囲は仄《ほの》明るい。雪緒は放心して、この異様な光景を眺めたあと、背後を振り向いた。

そこにあるはずの大橋は、跡形もなく消えていた。霧のかかる森が広がるだけだ。

そのさらに向こうには、雄大な山々の稜線がぼんやりとうかがえる。

視線を森のほうへ戻せば、手前に並ぶ木々の幹に、赤いものが巻かれているのが見えた。標縄《しめなわ》だ。赤は魔除《まよ》けの色、悪鬼を封ずる意味を持つ。以前に雪緒は、白月の妹である鈴音の策に落ち、鬼里の近くまで連れてこられたことがある。そのときにも、赤い標縄を目にした。

（鬼里……『近道』して、葵角ヶ里に着いたのか）

雪緒はそれを理解し、背筋を震わせた。

彼ら鬼衆は、空間を捻《ひね》って本来の距離を大幅に短縮させ、『近道』をゆくという禁術を、いともたやすく操る。水無月の祭事のときに、彼らが禁術を扱う姿を雪緒は目撃している。

自分も薬師の仕事で術を使うので、鬼のそれがどれほど高度なものかがよくわかる。

「ここは葵角ヶ里の東方大路側の門だ」

三雲が鳥居を指差して解説する。が、東方大路とは。東に設けられた大門、という目印的な意味合いか。おそらくほかの方角にも、似たような場所があるのだろう。紅椿の上里《かみさと》を守る護《ご》杖《じょう》の森に設けられた、東西南北の鳥居と同様の構えと考えてよさそうだ。

雪緒は門を観察した。額には太い字体で、『東』と、大きく一文字のみが入っている。

左右の柱には、出入りを禁じるかのように、赤い標縄がはられていた。

ここで雪緒はふと考えた。鬼衆から見れば、悪たる存在は外部の者たち――つまり人や怪たちに相当するのではないか。そうなら、この標縄の在り方も逆転する。

彼らを内に封じているのではなく、外界から守護している。

「あれに乗って、ひとまず大路の宿に行こう」

三雲がそう言って、青く燃える牛車を指差す。

「……宿があるのですか？　もしかして、里でいう盛り場などが、こちらでも作られているんでしょうか。北や西にもそうした大路が？」

興味を覚えて雪緒が問うと、三雲は、ふふと意味深に笑った。

「東方の大路が、客人には一番、安全だ」

答えになっていない答えが返ってきた。

鬼里の境界に入ったことはあるが、内部を覗《のぞ》いたためしはない。

(三雲たちって、普段はいったいどんな日常生活を送っているのかな)

雪緒はちらりと三雲を盗み見た。鬼の姿は、人とほとんど変わらない。

着用する衣や装飾品も、まあ派手ではあるが、そこまで突飛なわけではない。

ということは、普段の生活も、実際は人のそれと大差がないのかもしれなかった。

「……なんだ？」と、こちらの視線に気づいた三雲が、はにかむ。

「鬼の方々は――、いえ。……三雲、肩が濡れています」

三雲は燃える牛車に近づきながら、雪緒が濡れないよう傘を傾けているので、彼の反対側の肩はぐっしょりだ。だが指摘しても三雲は取り合わず、雪緒のほうに蛇の目傘を傾け続ける。

雪緒たちに続いてこちらに戻ってきた青鬼をはじめとする鬼衆が、気まずげにうごうごしている。……まさかと思うが、「そこ、見せつけんのやめろよ」という空気なのだろうか。

雪緒は妙な考えを振り払って、もうひとつ気になっていたことを尋ねた。

「葵角ヶ里も、雨が降るんですね」

「ああ。降るんだ」

三雲が真面目《まじめ》な調子でうなずいた。

その邪気のない反応に、雪緒がわずかに唇を綻《ほころ》ばせたときだ。少し離れた場所で、空気がふっと濁った。そこらに急に濃霧が押し寄せ、流れてゆく。目を凝らせば、濃霧の晴れた場所に、新たな鬼衆が出現していた。雪緒は警戒したのち、なんとなく状況を把握した。

どうやら、こちらとはまたべつに行動していた者らのようだ。

(六六様は、鬼穴が複数出現すると言っていた。大橋以外の場所に生じた鬼穴を渡っていった鬼衆が、戻ってきたんだろう)

そう結論づけて、新たに現れた彼らを雪緒は観察する。

彼らは、こちら側の鬼たちとは違って、大袋を肩に引っかけていたり、それを重たげに引きずったりしていた。よく見ると、その大袋は生き物のように蠢いていた。確か水無月の鬼の嫁入り行列でも、彼らは怪を大袋に詰めこんでいた。

大袋には、赤く染まっているものもあった。内側から血が滲《にじ》んでいる。

「……三雲。彼らが持つ袋の中身は、なに？」

思い過ごしであってほしい。

そう願って、雪緒が震える声で問うと、三雲は当たり前のように、「餌《えさ》」と答えた。

「……餌の名は？」

「綾槿ヶ里の怪」

——甘かった。彼らは、恐ろしい鬼だ。人ではない。

別部隊の鬼衆は、綾槿ヶ里の民を攫ってくることに成功したらしい。

それをいうなら、三雲たちのほうだって——大橋で雪緒と鉢合わせしなければ、おそらく民を襲い、攫ってきただろう。

「綾槿ヶ里は、先の水無月に、三雲たちの餌場となることを水分《みくまり》様が許された。だから鬼穴があいている」

「……三雲」

呼びかけたが、すぐには次の言葉が出てこない。

水分様とは、水分神《みくまりのかみ》のこと。御名の通り水の神で、六月の祭事の祭神でもある。

（三雲たちを宥めるより、水分神が一刻も早く怒りをやわらげてくれるよう、神饌《しんせん》とかを用意して祀《まつ》ったほうが、効果があるかもしれない）

鬼穴問題も早急に手を打たないと、被害が拡大する。

雪緒はその危険をここで目の当たりにして、思い知らされた。鬼たちは人が鹿《しか》や猪《いのしし》を狩るのと同じ感覚で、怪を攫ってきている。そして皮肉なことに、本性を獣とする妖怪《ようかい》が最も多い。

白月だってそうだ。彼も人の姿を取るけれども、その本性はやはり狐《きつね》だ。

「――待て、おまえ」

三雲がふいに鋭い声を出して、こちらに近づいてきていた鬼の一人を止めた。その彼も、大袋を肩に担いでいる一人だった。

「なにを攫ってきた？」

三雲が硬い声で問う。

問われた側の鬼はおろおろと袋を地面に置き、紐で結わえていた口を開けようとした。

しかし、そうする前に、なにかに気づいたように袋から飛び退《の》く。蠢いていた大袋が、急にぴたっと動きを止める。じわりと大袋の下に黒水が広がった。――いや、黒水ではなく影だ。棘《とげ》のごとく毛の逆立った八つの尾の影。それが袋を中心にして、扇のように大きく開いた。

厚地の大袋が内側からびりと裂かれた。そこから出てきたのは、白くて細い女の指だった。

……女？　雪緒は予想が外れて、戸惑った。てっきり――白月なのかと。

「ああ、助けて！　鬼に食べられたくない！」

大袋を引き裂いて外へ飛び出したのは、黒い着物を身にまとう、緑の髪の美しい女妖《にょよう》だ。恐怖にまみれた表情で泣き叫びながら、縋《すが》るように雪緒に手を伸ばす。

見覚えのある女妖だった。

（いつかの幻の世で、宵丸さんに誘いをかけてきた美女……のような気がする）

あれ、と雪緒は引っかかった。

だとするとこの女人は、綾槿ヶ里ではなく、紅椿ヶ里の民のはずでは――。

「お願いよ、私を助けて！」

彼女は白い顔を涙で濡らして、雪緒に抱きつこうとした。

それより早く三雲が動き、雪緒を背に庇《かば》う。

「茶番はよせ、尾の影を隠せていないぞ。――三雲らの里に潜りこむため、女に化けて、わざわざ攫われたのか」

彼の牽制《けんせい》に女妖が泣くのをやめ、次いで上品に口元を袖《そで》で隠した。

その仕草だけで、雰囲気ががらりと変わる。

「やあ、めざとい！」

女妖の足元には八つの尾の影。笑って細められた目は、黄金の色をしていた。

「丁寧なお招きをありがとう、鬼どもよ」

女の変化が、ぬらりと解ける。そこには、美しい狐の男が立っていた。

「俺を里に入れてくれたおかげで、神罰の恐れもなく、自由自在におまえたちを蹂躙《じゅうりん》できる」

彼は――白月は、嬉しげに物騒な言葉を放った。

珍しい水干姿だ。上も袴も深黄色で、全体に蝶の紋様が施されている。

雪緒の装束とは違って、袖の緒や菊綴はない。それに、本来の姿に戻っても、雨に濡れた地に落ちている影の尾は八つのままだ。だが実際にふさふさゆれているのは一本のみ。

そもそも雨夜の地面に普通、これほどはっきりと影が落ちるわけがない。

鬼衆が、ぢ、ぢ、と警戒の舌打ちをする。対する白月は悠然と微笑《ほほえ》んでいるが、尾の影がふたたび変化し始めていた。八本が絡み合い、いびつに伸びて、化け狐のような形を描く。

その前肢《まえあし》が、自我を持つ一個の生き物のように地面から浮き上がってきた。

「──白月様」

とっさに雪緒が呼びかけると、影の動きがとまった。

「もしかして昨夜、千速から報告を受けましたか？　私が葵角ヶ里へ向かうって。さっき、千速の様子が変でした。いつもなら必ずくっついてくるのに、来なかったですし」

白月はこちらを見ようともしなかったし、表情も変えなかった。

その代わり、狐尾が不自然に、もよもよとゆらめいている。

「お会いできて嬉しいのですが、私、禍月毘退治でちょっと忙しくて」

「……会って、最初に言うのがそれか！」

耐え切れない様子でこちらを勢いよく見た白月が、ぎゃんっと吠えた。

「祟《たた》っているのが、わからないか!?」

「悪夢を見せるのは、やめてほしいです」

本気で言ったのに、白月は狐耳をぴーんと真横に倒し、衝撃を受けた表情を見せた。

「おまえ、悪夢の一言ですませるのか……！　だれのせいで、ここまで来たと思っている!!」

私ですよね、という意味でおそるおそる挙手すると、白月は、獣のようにぐあっと歯を剥《む》き、威嚇してきた。雨に濡れていなければ、狐耳の毛も逆立っていたに違いない。

「私は紅椿ヶ里を離れたって、ずっと白月様が好きですのに、なぜわざわざここに……？」

「お……おまえ、おまえは、俺がこれほど、祟るほどに、俺を、狂わせておきながら……！」

こんなに怒りに震えて言葉が支離滅裂になっている白月を見るのは、はじめてだ。

恐れよりも物珍しさのほうが先に立って、雪緒はまじまじと彼を見つめた。

「紅椿ヶ里に戻られたほうがいいのでは……。また古老の方々に陥れられるかもしれません」

「雪緒!!」

「大丈夫です、私がどこで生きて、どんな苦しい死に方をしようとも、白月様に全部捧げるつもりです」

こちらの決意を疑っているから、こうして本人が直接乗りこんできたのだろう。

そう思えば、彼の行動にも納得がいく。

「——そんなもの!!」

拒絶の口調で吐き捨てられたが、しかし、彼が雪緒に執着する理由は、人間から捧げられるもの……信仰のような強い献身、それと恐怖心のはずだ。彼の妹の鈴音も、かつての幻の世で、雪緒の恐怖をうまそうに平らげていた。それで、身も心も神饌のごとくすべて差し出せ、と要求され続けてきたのではなかったか。なのに自分は、まったく見当違いな恋を求めた。噛み合わないはずだ。信仰と恋は、一途《いちず》さと情熱という点では優劣などないが、辿《たど》り着く場所が違う。恋は二人で高め合うもので、信仰は一人、たった一人で、高みを目指すもの――。

ここで雪緒は、あっと気づいた。

何気なく到達した自身の考えに、天啓を受けたような心地になる。

血肉をゆらがすほどの痺れが、指の先まで駆け抜けた。目が、ちかちかするような衝撃だった。もしかすると、解脱者はこんな心境になるのかもしれないとも思った。

（ああそうか！）

信仰のような、ではない。

事実、信仰だ。

恋に似た、恋よりも強烈な信心。

（白月様は、きっと神格を上げたいんだ。大妖《たいよう》以上の存在に、生まれ変わろうとしている）

そしてそこが最終目標だ。天昇《てんしょう》を果たした設楽《しだら》の翁《おきな》のように、いまよりもっと。かつての幻の世で鈴音が言っていたような、「月を覆うほどの巨躯」の存在に近づきたがっている。

だから比喩《ひゆ》ではなく、まさしく言葉の通りに、人間からの『信仰』を求めている。見返りを求めず祈るように一心に、絶対のものとして信じ祀ることを。

その相手として、純血の人である雪緒はうってつけだ。そうだ、いつかの幻の世で、白月は『書紀』の話をしていた。不確かな生まれの化生が名を残すことの重要性を説いていた。

雪緒に、嫁に……夜女になれと言い続けてきた理由も、全部その願望に直結する。

どうしていままでそこに思い至らなかったのか。雪緒は自分を詰った。

無邪気な恋に目が眩《くら》んでいた。再婚を申しこまれたとき、神饌になれと言われたも同然だと、しっかり気づいていたはずだ。だが、言い訳をさせてほしい。まさか本当に、『信仰』を望まれていたなんて、普通の娘がどうしてすぐにわかるだろう？

――道理で白月は、恋愛を徹底的に退けようとするはずだ。それは、野望成就の上で大きな障害になる。恋は、どうしたって欲を生む。信仰に欲は禁物だ。

人である雪緒には、天昇で神格を上げた先に待つものを、正確には理解できない。これればかりは種族の違いだろうか。だが真意には辿り着けずとも、それが白月の切なる願いだというのは、いまようやくわかった。ならもう、雪緒の道はひとつしかない。

「――白月様。私、あなたのための、最高の駒《こま》になります」

身体に走る興奮のような震えを、拳《こぶし》をにぎることで制して、雪緒は宣言した。

恋を贄に変え、ひれ伏してみせよう。

ほかの神々が類い稀なる信心よと、称《たた》えて羨《うらや》むほどに。

（なにもかも、私は欺《あざむ》いてみせる）

神々も白月も欺き通す。自分のこの恋を、本物の信仰だとずっと錯覚させ続けてやる！

「……なんだって？」

白月の目が、まんまるになった。

「きっとなります。必ずなってみせます。一番きれいな駒になる」

だから今度は、受け取って。雪緒はそう祈る。氷砂糖に似た、とびきり甘い信心を。

「私はあなたが作った盤に乗る、とっておきの駒です。最後の一手を決める唯一の、強くて、輝いていて、永遠を誓えるような、黄金の駒になります」

純粋な、星のような——星よりきらめく誓い。これを自分の野望とする。

そうして最後に、白月を高みに押し上げよう。

「雪緒」

こちらの意気込みを、白月が茫然と見る。怯んだようでもあった。

呆気《あっけ》に取られ、会話の様子を静観していた三雲も、怪訝《けげん》な顔になって雪緒を見た。

えっ？　……とほかの鬼たちも驚きをあらわにしている。とくに青鬼は、「人の子、なに言ってんだ？」という疑念のこもる目で、雪緒をうかがっている。

「それが、子どもの頃、迷子の私を迎えに来てくれた白月様への恩返しです」

恋をしているから、と雪緒が口にすることは二度とないだろう。白月は恋を忌避している。

求めているものの正体が予想できたいま、彼の妨げになるような感情はもう見せない。

「でも長命の方々からすると、人の言葉は浮き葉に等しいのですよね。悪夢は嫌ですが、誓いを違えたとき、私を呪い殺せるよう、祟り続けたままでかまいません」

ここで三雲が突然傘を投げ捨て、腰の縄に無造作にさしてあった太刀を手に取った。一瞬で鞘《さや》から引き抜き、切っ先を白月に向ける。

「雪緒の星を壊したな！」

白月は、我に返ったように目を瞬かせると、怒れる三雲を訝《いぶか》しげに見た。

雪緒は以前に、三雲と恋の話をしたことがあった。胸に輝くものが恋だと雪緒がたとえたから、彼は素直にそれを信じている。

それが、三雲の目には壊れたように映るのか。

雪緒は困惑した。壊れてはいない。

二度と表に出すことはないだけで、自分は以前と変わらず星を両手に抱えている。

✽

おかしなことになった。いま雪緒は、青く燃える牛車の台に三雲と並んで座っている。白い鳥居の連なりをくぐり、真っ黄色の葉をつけた森を進んでいる最中だ。

雨に打たれているせいか、黄色の葉は薄く伸ばした玻璃のようにきらきらしていた。

雪緒たちの乗る牛車の隣を、白狐姿に変じた白月がとことこと歩いている。

鬼衆を乗せた車も後方に列をなしている。提灯《ちょうちん》代わりの鬼火の群れが、列のまわりをふよふよ漂っているので、雨夜であってもそれなりに周囲の状況は見て取れる。

先の会話後、白月は、雪緒に対する怒りを急に引っこめて、「御館《みたち》として綾槿ヶ里の視察に来たら、鬼里にも異変が生じていると気づいたので駆けつけた」と、尤《もっと》もらしい嘘を言った。

あからさまな豹変《ひょうへん》に、三雲を含めた鬼衆が殺気立ったが、いまにも始まりそうな殺し合いに待ったをかけた鬼がいた。

被り物と面があるので、その鬼がどんな顔立ちをしているかは不明だ。

「御館としてという話なら、耶花やほかの老嫗《ろうおう》たちにも意を仰がねばならぬ」

その鬼が冷静に言った。鬼という種は仲間意識が強く、めったに内輪揉めを起こさない。また、上の者の判断にはよく従う。皆を止めた件《くだん》の鬼はおそらく、その口ぶりからして三雲たちよりも立場が上で、以前に鬼衆を率いていた耶花と同等の発言力がある。

声音は抑えられていてわかりにくいが、この鬼も女性かもしれない。

三雲は少し不満そうにむっとしたが、逆らうことなく太刀をおさめた。

――そして、いまにつながる。

沈黙が重い。それに、同行する白月の心の変化もわからない。……わからないことは、深く考えない。あまり考えすぎると、思考は悪いほうに傾いていって、結局は自分の精神を削る。

雪緒は、物珍しい鬼里の景色を観察することに決めた。

鬼里に足を踏み入れる機会など、そうそう巡ってこない。

（ふかしぎな場所だ）

連なる鳥居をくぐる前までは、森の様子はほかの里と大差なかった。暦の上では秋だけれども、まだまだ木々の葉が青々と生い茂っていた。

ところが鳥居の列を通り抜けた途端、これだ。木々の葉はすべて黄色に変わった。

牛車が進むこの道は、大路と称されていながらも細い。二両並ぶのがやっとという程度だ。おまけに、巨人の書家が道を掛け軸にでも見立てて墨書したかのごとく、大胆に文字が記されている。曰《いわ》く、此方《こなた》方渡《ざま》るうらは君なり、歩路の枝は各《かく》し世のフナトと知れ云々《うんぬん》。

この場合の〈君〉は、相手を示すものではなくて、〈鬼魅《きみ》〉……鬼衆やおばけさま方の意を隠し持っているのだろう。それくらいは、鬼関連の知識に穴がある雪緒でも想像がつく。

フナトは、〈岐〉の意ではないだろうか。つまり、ここを渡れば待っているのは鬼たちで、この道は彼らの住処《すみか》に通じているもので間違いないと。

（こんな親切な案内文、ほしくない……）

雪緒は切実にそう思った。なぜそんないらない親切心を発揮して、地面にしたためてしまったのか。いや、ある意味、食われたくなければ引き返せ、という優しい警告？

うんうん唸る雪緒を、牛車の横を歩いていた白狐がちろっと見上げた。毛が雨に濡れて不快なのか、ぶるぶると首を振る。

雪緒たちの乗る牛車も屋根がないが、隣の三雲が蛇の目傘を広げてくれている。……本当に、鬼は妙なところで親切だ。列の横を漂う鬼火も時々、そそと寄ってきて「おれで暖でも取る？」というように、炎を伸縮させる。それを白狐が煩わしげに尾を振って追い払う。

いくらも経たないうちに、景色に変化が現れた。鬼火の光、ではなく前方に明かりがある。

「え……あれは、なに？」

雪緒は声を上げた。牛車に乗っていなければ、大きく仰け反っていたかもしれなかった。

前方に見えるのは、荒々しい作りの巨大な隧道《ずいどう》だ。

どれほどの距離があるのか、奥のほうは黄泉にでも続いているかのように真っ暗で、見通せない。その隧道の入り口の両脇《りょうわき》には、狛犬《こまいぬ》のように二体の像が立っている。

これが、巨大すぎておかしかった。縦にも横にも。鳥居を超えている。

でっぷりとよく肥えた力士の像だ。

髷《まげ》を結った頭部の後ろには放射光、上半身にはなにも着用せず、天衣のみを肩にまとわせている。腰には襞《ひだ》の動きが滑らかな裳《も》があり、裸足。足元には紫苑《しおん》が生えていた。

左の巨像は、片手を庇《ひさし》代わりに額に当てて、周囲を眺めるようにずいと身を乗り出す仕草。

右の巨像は、蓮形の炎を灯《とも》した松明を片手に持ち、反対側は張り手をするように突き出して、
やはり前のめりの体勢。

この、右の巨像が持つ松明の輝きが、あたりの様子をはっきりと浮かび上がらせている。

隧道の上……通路部分を挟んだ左右に、びっしりと建物が並んでいる。

張見世《はりみせ》の赤い格子も鮮やかな、二層の妓楼《ぎろう》だ。

そういえば、道に記されていた〈君〉という言葉には、遊女の意味も含まれるのだった。

「宿へは、龍神の体内から上がっていく。内部に階《きざはし》が作られているんだ」

茫然としていた雪緒に、三雲が隧道を指差して説明する。

「龍……、なんておっしゃいました？」

耳を疑い、聞き返すと、三雲はきょとんとした。

「あれのことだが」

「隧道ですよね？」

「隧道じゃなくて、脱皮した龍神の抜け殻だ」

「……脱皮？」

「遠い昔に、神格を上げた龍神が脱皮して、この場所に抜け殻を置いていった。それが石化したものだから……隧道と言えなくもないか？」

雪緒は何度も三雲と隧道、いや、龍神の抜け殻に視線を往復させた。

（龍神って脱皮するの？　なんでここで脱皮したの？　それ、隧道化する？　というより普通、石化したからって、その上に建物を造ろうとする？）

どこから突っこんでいいのかわからず、雪緒はさらなる説明を求めて白狐に視線を投げた。

だが白狐は、「なぜそんなに驚いているの？」と、ふしぎそうに雪緒を見つめ返す。

（あっだめだ、白月様も三雲と同じで、この景色を当たり前と思う側だ）

自身の気持ちに共感してもらうことを、雪緒は早々にあきらめた。

「南には鳥の抜け殻が残っているし、北には亀の抜け殻、西には虎《とら》の抜け殻も見られる」

理解もあきらめることにした。常識が通じる場所ではない。

悟りを開いた顔の雪緒と、そんなこちらの様子を訝しむ三雲を乗せた牛車が、隧道もどきのなかに進んでいく。三雲が不要になった傘を閉じた。

内部の壁はでこぼこしており、不規則な間隔で穴が空いている。

穴と言っても、長身の三雲が普通に背を伸ばしたまま入れるほどの大きさがある。彼の言う通り、そこに上部へつながる階が設けられている。不揃いな形をした、飛び石の階段だ。

牛車を降りたのち、三雲に手を引かれてそのいびつな階を上がれば、妓楼群の手前に敷かれた延段の横に出た。鬼衆が利用する建物だからか、どれも規格外の造りだった。明かりの漏れている窓もあれば、消えている窓も多数あった。

（ここが鬼里の、東の宿場に相当するのかあ）

好奇心に導かれて視線を上げたとき、自分たちの横を、信じがたい物体が通り抜けた。

それは妓楼の建物を超える大きさの、鶏だった。

番人のごとく隧道の入り口の左右に置かれていた力士の巨像よりも、まだ大きい。

雪緒は逃げることも忘れて、唖然《あぜん》と見上げた。

予想外のものを連続して目にすると、とっさに反応できなくなる。

(なにこれ。本当この大きいの、なに……鶏!? なんで!? ええっ、窓を覗きこんでいるけれど! 自由すぎない?)

真っ赤な鶏冠《けいかん》にもっふりした毛、滝のように長く垂れ下がる尾。こんなに巨大なのに、横を歩かれてもまったく振動しない。神獣獬豸《かいち》のように、うっすらと腹部の皮が透けている。

その内部にあるのは臓腑《ぞうふ》ではなく――廃墟《はいきょ》化し、緑にまみれた玩具《がんぐ》のような小さな村だ。『吉田時計店』という錆《さ》びた黄色の看板を掲げる商店、『タカハシ歯科』と壁に書かれた細長い「びる」、それに、壊れた観覧車などが木々の合間に見えた。

雪緒はわなわなと震えながら鶏を指差し、三雲を見た。

「まさか、この生き物は家畜なんでしょうか……? 葵角ヶ里で飼育される家畜は、どれもこの大きさまで成長する……?」

「それこそまさか。雪緒は冗談が好きだな」

本気で尋ねましたが。

「……いえ、こわいんですけども!? なんですか、この生物!」

「なにって、これは客の亡霊だ。そんなに怯《おび》える必要などないが……」

三雲が、驚くこちらこそ変わっている、というように眉を下げる。

（葵角ヶ里って、私の常識を試しすぎじゃない？）

この巨大な客の亡霊とやらは、鶏一羽だけではすまなかった。遠方に聳《そび》える建物の屋根に、笑ってしまうほど大きな蝶が止まっている。翅《はね》の模様は、片側が、甲冑《かっちゅう》姿の武士たちが馬を駆って合戦を繰り広げる図で、もう片方には、着物を乱す若妻と人間じみた百足《むかで》の両者が睦《むつ》み合う春画が描かれていた。雪緒は二度見した。翅が動くたび、描かれている図のなかの者たちも、生き物のように動く。やはりこの蝶も、鶏同様、胴がところどころ透けていた。

感動か恐怖か畏怖《いふ》か、よくわからない衝動が胸を去来して動けずにいる雪緒の膝裏を、「ほら早く」というように、白狐が鼻で押す。

三雲も、せかしはしないが、雪緒が動くのを待っている。ほかの鬼たちも。

（目が眩んでいるのは、私だけってことね）

雪緒は、よろよろと歩いた。

✽

――そして、鍋。

「知ってた」

こうなるって。雨の夜は、ぐつぐつ煮込んだ鍋だって。

雪緒は、囲炉裏の鍋にせっせと椎茸《しいたけ》や肉や白菜、豆腐に人参をぶちこみ、特製のだし汁を注いだ。これらの食材は、雪緒が術で作り出したものではない。妓楼の厨《くりや》から拝借したものだ。肉に関しては、鬼にまかせるととんでもない種類が……たとえば人肉とか、怪肉とか……が、用意される恐れが多分にあったので、「牛か兎《うさぎ》か鳥のものを」と、必死に頼みこんだ。

気がつけば囲炉裏のまわりには、三雲と白月のみならず、青鬼や耶花なども集まり、皆黙々と鍋をつついている。それにしても鬼の住処の鍋って大きい。

囲炉裏のある広間の造りが、妙に艶《なま》めかしくて困る。猪の目窓に赤い柱、壁には妖艶《ようえん》な天女図などが描かれている。

「……美味《うま》いな」

耶花が椀《わん》の汁をすすって言う。

「舌が肥えてしまう……」

三雲も、握り飯を呑みこんでつぶやいた。

「私はもう少し味の濃いほうが好きです」と、注文を出したのは青鬼だ。その厳めしい容貌《ようぼう》からは想像できない丁寧な口調の持ち主である。

「土潭《どたん》は味にうるさい」

からかうように三雲が言った。土潭と呼ばれた青鬼が「年を経るごと、味を知るのです。なんでも丸めて団子にすればいいというものではありません」と、こだわりの発言をする。

他愛のない話をしながらも、鍋の中身はあっという間に減っていく。耶花など、その身体のどこにそれほど入るのかというくらい、よく食べる。おそらく一番食べている。

「――それで雪緒、三雲の嫁になりに来たのか？」

耶花は、豪快に徳利の酒をあおって尋ねた。酒杯に移すのが面倒らしい。

「三雲たちの里に来たがっていたから、連れてきたんだ」

雪緒が否定する前に、三雲が七つ目の握り飯を呑みこんで説明する。……握り飯の大きさは、大人の拳ほど。いい食べっぷりだなあ、と雪緒はおののいた。

空になっていた耶花の椀に、雪緒はおずおずと鍋の肉と豆腐を盛り、口を開いた。

「私、綾槿ヶ里の長になろうと思っていまして。そのはじめの試練……お役目の一環で、こちらの里に逃げこんだという禍月毘を退治に来たんです。いえ、まずは謝罪が先ですね。里の民の不手際で、祓具から悪霊が生じ、鬼様の里にまで咎《とが》をもたらすことになりました。長の代理として、被害を食い止められずにいることを、心苦しく思います」

……嘘みたいだ、椀に入れたばかりの山盛りの肉と豆腐を、耶花が瞬く間に完食した。

雪緒は目を疑いながらもまた椀に同量の肉を盛り、ついでに握り飯も彼女に渡した。

「雪緒が禍月毘退治？　か弱げな人の身で？」

三雲が八つ目の握り飯を腹におさめたあと、驚いたように尋ねた。

耶花はというと、表情を変えずに雪緒と白月を交互に見た。

「なるほど。鬼穴より生ずる我らに雪緒をぶつけて、里の民を守ろうとしたか」

見破られている。しかし、またも椀の肉を一瞬でぺろりと……。

「言っておくが、俺が意図したことではないぞ」

白月が迷惑そうに口を挟む。

「だろうな。御館自ら、わざわざ我らが里に駆けつけてくるとは。まあこの雪緒なる娘は、希少な純血の人間という点を差し置いても、興味深い。不可解なほど、影が薄い」

耶花の返事に、雪緒はがっくりした。

「影が薄……。それは……すみません……」

皆に存在感なしと思われていたのか。

「なにか誤解しているようだが。個の価値を推し量るといった話ではない」

耶花が淡々と言い添えて、雪緒に空の椀を差し出す。雪緒は肉を多めに盛ってやった。

「十六夜郷《いざよいごう》は元々、混血の子ですら人の種の数が少ないだろう。我らに比べると短命で、いかなる意味でも頼りないのだから、種の衰退も推して知るべしだ。――が、この雪緒は、そういった面から見ても妙にふしぎを抱えている」

「鬼様とか野性の怪の方々に、人を食べないようにとぜひお願いしたい……。いえ、ふしぎというのは？　自分ではわからないんですけれども……」

「後付けの知恵とはまたべつに、おまえは我らの操る古き言葉を解す」

そういえば、気がついたら鬼たちの独自の言葉が、わかるようになっている。

「この特性はおもしろい。それにめしが……とても…美味いな……、これは祀る意の重みを知っている人の子だ。無意識であるかのように自然に純真を捧げられる者は、もうあまりいない」

耶花は途中で、もぐ……もぐ……と椀の肉を噛みながら白月に視線を投げた。

「雪緒はもはや、御館の嫁御ではないのだろ？　互いをつなぐ絆を縁切り鋏《ばさみ》で切ったな。ならそれはもう修復できぬ縁だ。手放せ。そして三雲にやれ」

「やらぬ」

彼女の要求を、白月が短く退ける。

雪緒は密《ひそ》かに息を深く吐いた。縁切り鋏。過去に、白月と雪緒の離縁があっさりと成立したのは、彼に恋着した鈴音が、その貴重な鋏を使って縁を切ったからだ。

「我ら狐一族の所持する鋏は、『複製』の呪具《じゅぐ》にすぎない」

「ああ、藩《はん》の〈おおもの〉が勧請のついでに――あちらこちらに流した複製のひとつが、狐に渡ったものだというな。だが本物には遠く及ばぬ複製であろうとも、長く祀れば力が宿る。おまえたちの鋏は、すでにしてじゅうぶんな神具に化けているだろう」

否定を丹念に否定され、白月が眉をひそめた。

雪緒は彼らの話に集中した。

藩とは、こちらの世に暮らす雪緒たちから見ての、外《と》つ国《くに》のこと。簡単に言えば、異界だ。

〈おおもの〉という表現が不明だが……、推測するに、藩で神格を持つ者、なおかつそうした綺羅星《きらぼし》のなかでも一際大きな力を誇り、世に鳴り響くほど有名な者をさすのではないか。

（それにしても、異界の〈おおもの〉が流した複製かぁ）

はじめて聞く内容ばかりだ。いや、この会話で注目すべきは、やはり鬼とは曲者で、異界の事情にも詳しい、というところだろう。それに、想像する以上に彼ら……彼らの一部が理性的であることも、雪緒は知っている。七月の七夕祭《たなばたさい》でも、雪緒は耶花と対話している。

雪緒はぼんやりと考えた。いままで何度か機会に恵まれながらも白月との再婚が叶わずにいたのは、この呪具の効果が強力すぎたためなのかもしれない。耶花も修復は不可と言った。

ある意味、祟りと変わらない。雪緒は、知らず瞼《まぶた》を伏せた。

「御館の意思でなかろうと、雪緒は鬼穴の生ずる綾槿ヶ里の長に封ぜられようとしている。我らの怒りを宥めるための贄にせよと、おまえが懐に抱えている怪のだれかが企てたのだ。それはさすがに把捉しているだろうな。だが私の弟、三雲は雪緒を贄にせぬ。そうだな、三雲」

「しない。雪緒は三雲の星だ」

耶花に問われた三雲は、即答した。

雪緒と目が合うと彼は顔をしかめたが、それは照れ隠しの表情のようにも思われた。

「怪に多数の種族があるように、我ら鬼衆にも特定の群れがある。少なくともこの私、耶花の群れたるあずま衆の同胞は、雪緒の頼みなら、綾槿ヶ里の民のことはみだりに襲わずにいてやろう。あちらから仕掛けてこない限りは」

「ずいぶんと惚《ほ》れこまれたものだな、雪緒。おまえ一人に、鬼たちが跪くと言っているぞ」

白月が苛立《いらだ》ちをこめて皮肉を言った。

「おい、耶花と言ったか。かわいい弟の執心のために、仲間全体を巻きこむのか」

「私は古き鬼で、その私の弟も古い者だ。古河とともに時を流れてきた我らのような者が、本気でなにかを望めば、同胞も手を貸してくれるに決まっている」

「……そりゃあ、仲がよいことだ。鬼はそうだよな。昔からわけのわからん結束力がある」

「頻繁にいがみ合うおまえたちのほうが、どうかしている。いや、それに、我らの衆は、この雪緒を認めている。なんといっても我らの言葉を解するし、純血の人の子だ。雪緒自身の特異性も気になる。……以前の借りもある。これが正直なところ、私には一番重要な理由だ」

耶花が、すっと雪緒に視線を向ける。雪緒は新しい酒徳利を彼女に手渡した。

『以前の借り』とは、六月の祭事で、雪緒が三雲たちの手当てをしたことをさしているのだろう。

「保証はできぬが、ほかの衆の仲間も、多少は抑制できるに違いない。あくまでも、雪緒が立つという綾槿ヶ里に関しては。――だから、雪緒を長に立てた状態で三雲に嫁いでもらっても、我らはかまわぬということだ。郷の安寧と秩序を重んじる御館なら、呑む話だろう。いや白月、八尾の妖狐《ようこ》としても、これは是非に呑みたい話のはずだ」

白月は、大きく狐尾を振った。

「ばかを言え。長と目された雪緒が鬼と添えば、郷にもうひとつ鬼里を生むも同然だ。それは看過できん。いまよりもっと種の均衡が崩れるぞ。なのに、雪緒を唆《そそのか》す者どものせいで――。若い妖怪は目先の利しか見ていない……おまえたち鬼どももだ。ああまったく……！」

そう苛ついた様子で白月は吐き捨て、冷ややかな眼差《まなざ》しを三雲に向ける。

「ともかくも――いまは、雪緒のことはお預けだ。そこの鬼もわきまえろよ」

「本意は、雪緒を祟って奪うことのくせに……おまえこそ、だれより欲に駆られて動いているじゃないか。狡猾《こうかつ》な狐め」

三雲の罵《ののし》りを、白月は無視した。

「葵角ヶ里へ来て気づいた。雨がやまない状況だな？　ずいぶんと穢れた雨だ。俺の尾の毛も落ち着かない」

雪緒は、使用済みの器を膳の上に重ねながら、考えこんだ。

この言い方だと白月もまだ、綾槿ヶ里の民が祓具を穢したことを知らないようだ。

「こちらで起きた異変は早急に解決しないと、郷全体を呑みこむほどの大きな災いに化ける。ほかの里がひとつ二つ、長きにわたって堕《お》ちようが、どうにでもなるが、葵角ヶ里はだめだ」

白月は、嫌そうにぴるぴると耳を震わせて、鬼たちを眺めた。

「増えても困るが滅亡もならぬ。ここが崩壊すれば、郷が瓦解《がかい》する。腹立たしいことに、俺はまだ御館だ。鬼という種全体が脅かされているのなら、守らねばならない」

「……確かに我らも見過ごせない凶兆だ。だから御館の強引な渡りも、こうして受け入れたわけだが」

耶花は、新たな酒の徳利を手元に引き寄せた。

「しかし、私は状況を把握し切れていない。我らを制御するため、三雲の求める雪緒を長に、というくだりに関しては呑みこんだ。だが、禍月毘退治とは、なんのことだ？」

その問いかけには、白月もふしぎそうな反応を示した。

「鬼穴に見られる異変は我らの仕業ではないし、突然の悪霊の出没もまた然《しか》りだ。祓具から生じた禍月毘が我らの里に逃げこんだ、と雪緒が話したが、降り続ける不快な雨もそれが原因か？　もう少し聞かせろ」

雪緒は、ようやく自分の婚姻問題から皆の意識がそれて、本題に戻ったことに内心ほっとした。問われた内容だが、古老の六六の説明を受けた雪緒が、この場では、一番詳しい事情を知っている。六六があえて『雨月祭』と強調したわけも、鬼里の状態を見て理解できた。

（禍月毘は、雨月祭《うげつさい》とも呼ばれる大祭のひとつから生まれ出たことで、潜伏先の葵角ヶ里に雨の害をもたらしている）

その祭りが、『鳴く』という要素を含んでいることも、無関係ではないだろう。

雨は、空が「泣く」から、降ってくる。

杯についだ白湯で唇を湿らせたのち、雪緒は口を開いた。

「雨月祭には、『黍《きび》の鳴釜祭《なるかまさい》』があるでしょう？　黍の粒で釜を鳴らす祭事だと」

「正確には、黍でなくて金の粒を使う。見立てだな。――その祭りが関わってくるのか」

白月の視線が雪緒に向く。

「綾槿ヶ里で、鳴釜祭に使用する祓具の釜を管理していた怪が、その――空腹につい負けて、獣の肉を焼いて食べようとしたらしくて」

「……は？」と、白月が目を丸くした。これまで会話に参加せず黙々と椀の肉を貪っていた土潭も、雪緒の話を聞いて、口内のものを噴き出しそうになっている。

「穢れた釜から悪霊が湧き、それらが鬼穴へと逃げました。鬼穴に起きた異変は、これらの者たちの渡りが原因です」

「その釜はどうしている。まさか不浄を抱えたまま放置しているわけではないな？」

「札を用いて対策したそうですが、穢れが激しく、封じ切れていませんでした。いまは私も浄化作業に当たっています」

「――ふん？」と、白月は、雪緒の言葉尻になにか引っかかったのか、軽く眉を上げた。

雪緒はあえて聞き返さず、鍋に新たな肉を投下しながら、話を続けた。

「鬼穴の変化を目にするまでは、祓具の穢れにだれも気づいていなかったそうです。それで対応も遅れてしまいました。穢れもひどくなったと聞いています」

「祓具の管理を任されていた使者が、罰を恐れて隠したか」

「はい」

「なんと間抜けな……」

「こちらで雨がやまないのも、玖月祭が雨月祭と呼ばれる由のせいかと思います。それほど釜から生じた悪霊の影響が強いのではないでしょうか」

白月が難しい顔をしてこめかみを押さえた。いや、呆《あき》れた顔だろうか。

「悪霊のなかに、とびきりの恨みを抱える者がいたそうです。綾槿で退治し切れなかったそれが、禍月毘に化けたみたいで。これを逃すといずれは祟り神にもなるだろう、と綾槿ヶ里の古老の者が言っていました」

雪緒は自身の膝の上で、両手をにぎった。

「そうなれば、本当に手に負えなくなります。白月様がおっしゃったように、郷全体を震撼《しんかん》させる大災に変わるかもしれません」

白月は答えず、腕を組んだ。

「ですがこの禍月毘もまた、綾槿の里の民が追う途中、鬼穴に逃げたとのことです」

「民らも鬼穴に飛びこむ勇気はなかったのか」

雪緒は口ごもった。責任を取って自身を供物代わりにする者はいなかったのか、と白月は聞いているのだろう。だが鬼穴は、『黄泉の坂』……黄泉路と重なったと聞いている。

これを無事に渡れるのは、お渡りが許されている鬼たちと、彼らに認められた者のみだ。

追えないからこそ、綾槿ヶ里の民は汚水を鬼穴に流しこむ、という暴挙に出た。

「……私は仮の長として、綾槿ヶ里の民が犯した過ちを拭《ぬぐ》わねばなりません。解決するには、鬼様の協力が必要です」

鬼たちのほうへ雪緒が眼差しを向けると、彼らは顔を見合わせた。

「なるほどわかった。だが悪霊どもの渡りだけで、鬼穴があぁも歪《ゆが》むわけがない。あれらを封じるついでに、鬼穴そのものも消そうと、民がまた新たな悪さを重ねたな？」

耶花がわずかに顔を歪める。雪緒はなんとなく後ろめたい気分になり、視線を逃がした。壁に描かれている妖艶な天女図が、ふと視界に入る。

その天女と目が合ったような錯覚を抱き、雪緒はまたべつの場所に視線を動かした。

「里の者がなにかをした、ということだけは、私たちも気づいているんだ。なにをした。さっさと言え」

「――汚水を流したそうです」

雪緒が白状すると、鬼たちばかりか、白月も渋面を作った。

しばらくの沈黙後、「失策としか」と、土潭が呆れ返り、酒杯をあおった。

「なおのこと悪霊が力をつけたし、我らの里も雨で水浸しだ。汚水のせいで、おそらくはこちらへ逃げこんだという者どもも、ふたたびの鬼穴の通り抜けがかなわなくなっているのでしょう。図らずも我らの里に閉じこめたような結果になっている」

「……なにが起きているのか、三雲も流れはとりあえず把握した。なあ、はじめに雪緒を長として立てたがったのは、御館の里の怪どもなのだろ。その思惑に乗っかったのが、綾槿ヶ里の怪どもだ。いまは、おのれらの過ちの火消しに腐心しているな。雪緒を三雲の贄ではなくて、悪霊どもの贄にしたがっている。どうだ御館、そう思わないか?」

三雲が唇を曲げ、荒っぽい口調で問いかける。白月は口角を下げて、横を向いた。

（……ああ、それは気づかなかった。悪霊たちへの供物っていう見方もあるのか）

思いがけない角度からの指摘に、雪緒は目を見張った。

人とは、食ってもいいし、贄にもよいし、愛《め》でるもよし。そういうものだという。

「その人の子……雪緒はもう長とならず、我らの三雲に嫁ぐのが、だれにとっても最善の道ではないですか? 御館は、綾槿がもうひとつの葵角ヶ里に化ける未来を危惧《きぐ》していたが、雪緒が長にならぬのなら、その心配も消えるでしょう」

土潭は、酒で濡れた口を親指で拭うと、意味深に白月を見やった。

「鬼穴に逃げこんだ禍月毘や霊どもは、我らが退治すればいい。ああ、綾槿ヶ里の長には、ほかの怪を立てればよい。もとより御館は、そのつもりでいたのでしょうし」

白月の狐尾が、鬱陶《うっとう》しげにびたんびたんと床を叩く。が、土潭は口を閉ざさない。

「鬼穴については水分様の領域の話になるので、我らでは変えようがありませんよ」

これに耶花も、無言でうなずく。

「そもそもが祭事の期間でもない限り、我らと外の者どもは、食うか食われるかの間柄でしかありません。永久に背き合う定めです。そこに穴があり、餌場につながっているのなら、我らは通る。水分様がそれを我らに許されている。邪魔をするなら、蹴散らすまでです」

今度は三雲もうなずいた。土潭が力を得たように、熱弁を振るう。

「御館様が、一日でも早い鬼穴の消滅をと望まれるのなら、それこそ、人の子たる雪緒がこの里で祈祷《きとう》するほうが、まだ効果も灼《あら》かというものではありませんか」

雪緒も同じことを考えていた。鬼の土潭もそう思うということは、きっとそれが正解だ。

「……だめだ」

だが白月は硬い表情で、首を横に振る。

「御館」と、耶花が窘《たしな》めようとするが、白月は頑として受け入れない。雪緒はいたたまれない気持ちになり、ぎゅっと唇の裏側を噛んだ。

「しつこいぞ。雪緒が長となるのも、鬼の嫁となるのも、俺はなにひとつ許可していない。

――いま優先すべきは禍月毘の制圧だ。葵角ヶ里にもこれほど影響が出ているのなら、だれぞ、その姿を見た者はいないのか」

「……いる」

白月の説得をあきらめた耶花が、溜《た》め息とともに答える。

「怪どもと我ら鬼衆では、祭りの形態も大きく異なる――まずひとつ目の白峰祭が目前だろう。このために、力ある鬼衆の多くが祭り支度に追われ、里を不在にしがちだ。手のあいている同胞の大半は、男も女も獣のような若子ばかり。これがいけなかった」

「と言いますと……?」

雪緒がおそるおそる問うと、耶花は表情をやわらげ、軽く座り直した。

「か弱い幼子として、あるいはたおやかな女として、ソレは様々な姿に変じ、若子の巣に現れた。若子たちは当然、侵入者を食おうとする。が、逆に食われて、ソレに余分な力を与えてしまった」

「巣?」

雪緒は首を傾げた。この立派な妓楼を『巣』と呼ぶのは、なんだか違和感がある。

「ふむ、同胞でもないのに鬼の生き様を明かすのは好まぬが……まあ、しかたない。我らのような年寄りと違って、若子には理性がない。知恵もない。獣同様、普段は大路のまわりの山に巣を作り、そこですごしている。ある程度育ったら、こちらの大路に迎え入れるんだ」

へえ、と雪緒は感心半分、戸惑い半分で聞いた。人の赤子の育て方と、かなり違う。

「若子を食って力をつけたソレは、とうとう大路にも乗りこんできた。しかし大路に残っている鬼は、さすがに巣の若子とは違う。食われかけたが、生き残った者もいる。その同胞の言によれば、どうもソレの正体は鼬《いたち》か狐の霊の類いであろうと。化けて騙《かた》るすべを知るなら、元は怪か、妖《あやかし》か。堕ちた精霊の可能性もある」

「困るのは、獣のように、大路のあちこちに糞尿《ふんにょう》を落としていくことだ」

三雲がそう彼女のあとを引き継いだが、雪緒はその説明に驚いた。

「こら三雲。若い娘には言葉を選べ。——なに、排泄物《はいせつぶつ》というよりは、へどろだ。穢れを撒き散らしてさまようほどに、力をつけている。これはよくない。雪緒も外で見たろうが、我らの里には客の亡霊が訪れる。この者たちは、我らに必要なものをもたらす重要な存在だ。が、禍月毘の落としたへどろを踏んで穢れ、消滅する客が出てきた」

「……それに、禍月毘は少しずつ知恵もつけてきていますよ」

耶花に叱《しか》られてしょげる三雲を気にしながら、土潭が言い添える。

「襲い方が狡猾《こうかつ》になってきています。我らの術たる『影踏み』を真似し、動きを一時止めて襲ってきたという報告もある」

影踏みとは、確か——月明かりの下で行われる子どもの遊びではなかっただろうか。

鬼が影を踏むと、その人物が次の鬼になる、という。

「ああ。とくに女を好んで襲ってくるようだ。私も一度、それらしきものに影を踏まれたが、姿をしかと確かめる前に逃げられたな」

飄然《ひょうぜん》と言う耶花に、傷心中の三雲が、「耶花は強いから。あの程度の異形の者に負けるわけもない」と、ぼそぼそこぼす。

「いまはな。だが、玖月祭の祓具から生じた霊というなら、祭りの日を生き延びるたびに力を増していくぞ。アレにとって今月の祭りは門であり、胎《はら》だ。すべてくぐり抜ければ、雪緒が言ったように、祟り神として新たに生まれ落ちるだろう。祭りの渡りを阻止し、アレの眷属化《けんぞく》する恐れがある小さき悪霊どもも、同時に祓っていかねばならない」

「あの」と、雪緒は小さく挙手した。が、まだなにも説明していないのに、白月がぎゅんっと狐耳を前に倒して「ならん」と、語気荒く叱った。

……このお狐様ったら、勘がよすぎないだろうか？

「その禍月毘は、女を……つまり弱い者を狙っているという解釈で、合ってるでしょうか？」

白月を無視して耶花たちに尋ねたら、彼の狐尾がばしっと床を力強く叩いた。

雪緒は竦《すく》み上がった。

「ならんと言ったのが聞こえないのか。噛むぞ」

「雪緒がなにを言いたいのか、御館の刺々《とげとげ》しい反応でわかった。囮《おとり》になる気か」

耶花が察して、思案げに腕を組む。

しょんぼりと大きな身体を丸めていた三雲が、ぱっと雪緒を見る。

「だめだ。だったら三雲が女装する」

気持ちは嬉しいが、それは無理がありすぎる。白月よりも体格が立派なのに。

「やめろ、おまえの下手《へた》な女装など見たくない」

白月が低い声で拒否したのち、雪緒のほうを不満げに見た。

「おまえ様もおまえ様だぞ。俺が変化の得意な狐だというのを忘れたか？　この鬼の女装より、よっぽどましに化けられる。そら、正直に言えよ、どっちの女装が見たいんだ」

「いや待て御館。おまえも相当混乱しているな？　アレは狡猾だと言っただろ。強い者に敏感なんだ、御館が追えば、すぐに逃げ出すぞ」

変な流れに向かいかけた話を、耶花が呆れた口調で止める。

「では……私が女装を？」

神妙な顔をした土潭が控えめに名乗りを上げたが、白月以上に体格がいい三雲より、さらに屈強な鬼様だ。どれほど粧《めか》しこもうが、禍月毘は影踏みにすら現れないだろう。

「揃いも揃ってあてにならん男たちだ。だが、安心しろ。すでに策はある」

ふふんと胸を張る耶花に一抹の不安を覚えて、雪緒は尋ねた。

「どんな？」

「綾槿ヶ里から女の怪を攫ってきた。これを食わせて、油断させたところを仕留めればいい」

誇らしげに策を披露する耶花を見て、白月が吐息を落とす。

（それ、もっとだめです）

雪緒は心のなかで答えた。

◎参・見手《みて》ども跳ねぎる

結局、鍋《なべ》の席ではだれも良策を捻出《ねんしゅつ》できなかった。

片付けの手伝いを申し出た耶花《やか》とともに、雪緒《ゆきお》は器や徳利を抱えて厨《くりや》へ向かった。

厨は広間を抜けて通路を進んだ先——奥側の左端の土間に設けられている。そちらには内井戸もあるので、使い勝手がよい。

「そうだ、雪緒。月暈の見えているときに井戸を使う場合は、気をつけるように」

雪緒の隣で空の徳利を抱えている耶花が、思い出したように警告をする。

なんの話だ、と雪緒は目を瞬《まばた》かせた。

「どうしてですか？」

「鬼の子が生まれるんだ」

「……鬼の子が生まれるときは、井戸を使ってはいけない？」

「そうではなく。井戸の水の代わりに、鬼の子を汲《く》んでしまうことがある。生まれたての鬼は、獣の子のように凶暴だぞ。脆弱《ぜいじゃく》な雪緒なら瞬《またた》く間に食われかねん」

「はい。……はい？」

雪緒は頭にたくさんの疑問を抱いた。

（鬼の子を汲むとは……？　なんで赤子が井戸のなかに？）

いや、深く知るのはよそう。そのほうがいい。

鬼の生態の謎《なぞ》に心を乱しているあいだに、土間の厨に到着する。

汚れた器や徳利は、調理台の上に載せる。

「耶花さん、ちょっとお聞きしたいことが」

雪緒は外に面した障子をそっと開き、念のために幻月が出ていないか確かめてから、耶花に声をかけた。外は、霧雨模様だ。

「なんだ？」

びくつく雪緒に代わって、井戸水を桶《おけ》に注いでくれた耶花が、それを流し場に置く。

「前に――撫子御前祭《なでしこごぜんさい》で耶花さんとお会いしたときに、白月《しろつき》様の狐火《きつねび》の矢で翼を貫かれていたでしょう？　その怪我《けが》は治りましたか？」

袖《そで》をまくっていた耶花が、驚いたように振り向く。

「……そんなことを気にしていたのか？　あれは幻の翼だから、怪我はない」

あまり表情を変えない彼女が、珍しく微笑《ほほえ》む。

「それなら、いいんです」

「鬼の身を案ずるとは、難儀な人の子だ」

「白月様の妖術《ようじゅつ》なら、祟《たた》り火のようなものかと思って。それなら護符をお渡ししようかと」

「おまえはまったく難儀だなあ」

耶花が感じ入ったように言う。

「私を気遣いながらも、白月に恨みが募らぬか、強く案じている。三雲《みくも》の嫁にならんのも、御《み》館《たち》のためだろ」

ずばりと言い当てられて、雪緒は呻《うめ》いた。

「まだ御館への恋情を手放していない。――前に会ったときよりも、おまえはずっと輝きが暗くなっているのに、おかしなことだ」

「……この暗さも、恋のひとつなんです」

雪緒も袖を紐《ひも》でくくり、ぽつぽつと答えた。

「それほど憂いに満ちたものが？」

桶の水で器を洗い始める雪緒の顔を覗《のぞ》きこみながら、耶花がかすかに眉《まゆ》をひそめる。

「ええ、耶花さん。とても苦しくて、私はあきらめてしまった。恋を手放すことを、あきらめました。白月様を好きだと思うことが、幼い頃《ころ》の私を生かしたんです。私は、その頃の私を否定することができません。過去を捨てられないんです。それよりずっと前に、故郷に一度、私は捨てられています。本当の名前さえわかりませんから、もうなにも、この恋がどれほどぼろぼろであっても、失えない」

「故郷？　……雪緒は紅椿ヶ里《あかつばきがさと》の出自ではなかったか？」

「私は神隠しの子だそうです」

「神隠し……？」

耶花が目を瞬かせる。雪緒は一度、器を洗う手を止めて、彼女を見つめ返した。

鬼には美しいなりの者が多い。この耶花もそうだ。長く艶《つや》やかな茶色の髪に、白い面、吊《つ》り上がり気味の大きな瞳《め》。額には、蓮の模様が入っている。年はさほど雪緒と変わらぬように見えるが、おそらくは白月ら同様に、ずっと年上なのだろう。

神隠し、と耶花が何度も口のなかでつぶやいた。彼女の視線はなぜか、雪緒の足元――調理台の横に置かれている蝋《ろう》の明かりが生んだ影に向かっていた。

「ああ……そうだった。言っていたな、確かに。七夕祭《たなばたさい》で、御館がおまえを神隠しの子だと」

「はい。郷に迷いこむ以前の暮らしを、ほとんど覚えていないんです。……姉が一人、いたなというくらいしか。なにもかも失って迷う私を、白月様だけが迎えに来てくれた。恋が生まれた瞬間でした。ですので、それ以来、私はとにかくなにかを失うのが嫌で――どんなに黒ずんでしまった恋でも、触れただけで血が流れても、手放したくない。手放すくらいなら死んでやる。強欲なんです、私」

だからずっと『薬屋』の立場にだって、しつこくこだわってきた。育て親の翁《おきな》が、雪緒の未来を案じて仕込んでくれた術の数々や知識。残してくれた見世《みせ》。これも手放せない。

本当は翁と離れるのも嫌でたまらなかった。

天昇《てんしょう》は本人にも変えられない定めだというから、あきらめざるをえなかった。

「なるほど、なるほど……。御館の気まぐれの慈悲が、空虚だった幼子の心を埋めたのか。それを手放せば、ああ、崩れるしかない。自我が崩れてしまう」

「はい」

「だから死にたいのか、雪緒は。失う前に、恋で満たされたまま死のうと思っているな」

「ええ。私は恋で死んでやるんです。心知らずのお狐《きつね》様に、目にものを見せてやろうと！」

つい拳《こぶし》を振り上げ、気炎を吐いたあとで、いや待てこれ違うな、と雪緒は自分を止めた。打倒お狐様、みたいな感じになっている。

「長いあいだ、おかしくなってしまうくらい悩んできたから、迷うのはもうやめます。今後は白月様を最優先に考えて、生きていく。……それが、三雲の星を墜落させたとしても」

「三雲は、たとえおまえの星が御館のために輝くものでしかなくとも、受け入れるぞ」

「……そんなこと」

「御館の利につながるなら、おまえは三雲の嫁にもなれる。その覚悟がある。そういうことだろう？　だからこそ、そんな真似《まね》をさせるな、と言いたいのだろう？　でも我ら鬼もな、雪緒と同じくらい貪欲《どんよく》だし強欲だ。それでもほしいと、三雲はきっと望む」

耶花は、「恋など知らぬ私には、共感できない想《おも》いだが」と、薄く笑った。

「神隠しの子。おまえの特異な性質も、境界を越えたゆえだろう。だが、おまえは落ちてくる地を間違った」

「間違った……って？」

雪緒は尋ねたが、耶花はもう自分の考えに没頭し始めていた。

「よりによって、なぜあの狐のもとに……。いや……、私たちがおまえを取りこぼしてしまったせいか。どうすれば我ら以上に強欲なあの狐を諭せるだろう。困った……」

耶花がぶつぶつと独白し、悩み始めたときだ。土間の木戸が外側からゴンゴンと叩《たた》かれた。叩いたというより、硬い物を軽くぶつけているような音に近い。

「なんでしょう？」

警戒する雪緒を下がらせて、耶花が木戸に近づいた。少し様子をうかがったのち、ためらいなく戸を開く。

「……おや」

外にいたのは、重ねた空の器を頭に載せた獅子舞《ししまい》もどきだ。六月の嫁入り行列にも加わっていたこの獅子舞もどきは、鬼の仲間と呼んでいいのか、ただの家畜か、愛玩《あいがん》動物的な役割も果たしているのか……いずれにせよ、いまの雪緒に害をなす獣ではない。

「洗い物を持って来てくれたの？」

傘を差すほどの雨ではなかったので、雪緒も土間の外に出た。獅子舞もどきの頭の上から器を取る。獅子舞もどきは、雨でしっとりし始めた毛をぶるぶると振った。

「こら、水が飛ぶよ」と、笑いながら叱《しか》れば、獅子舞もどきはすんすんと甘えるように、雪緒の腿に顔を擦り寄せてきた。

こちらの厨で鍋の下拵《したごしら》えをした際、この獅子舞もどきが食べ物の匂いにつられたらしく、おそるおそる寄ってきた。そこで雪緒は、ぱぱっと肉団子を作り、渡してやった。すると新たに数頭が、どこからともなく現れたので、それぞれの頭に肉団子を山盛りにした器を載せてやった……という経緯がある。

この獅子舞もどきが代表になって、食べ終わった器を戻しに来たらしい。

真っ黒な顔は厳《いか》つく、まさしく獅子舞のよう。ぎょろっとした大きな目に、渦巻く太眉、四角い顎《あご》と鼻。屈強な鬼衆が騎乗できるほどなので、尨毛《むくげ》の犬を思わせるたっぷりした体毛に覆われた胴は、太く逞《たくま》しい。その体毛と、ざんばら髪めいた鬣《たてがみ》や豊かな尾は、顔とは逆に白い。

猪《いのしし》や鹿《しか》に似ている顔つきのものもいるが、器を持ってきたのは典型的な獅子形だ。

どのもどきも白毛が基本だが、顔は黒だったり赤だったり青だったりするのがおもしろい。

稀《まれ》に、体毛のほうが黒で、顔が白いという個体もいる。

「十郎が雪緒に懐いている……」と、耶花が微妙な顔をした。

「この獅子舞もどき、十郎という名前なんですか」

「先日、二百六郎が生まれた」

「あっ、二百頭以上いるんだ、もどきたち……」

思わぬところで獅子舞もどきの総数を知ってしまった。

雪緒が十郎の鼻を撫《な》でていると、土間の内側から、「ちょっといいかい？」と、声がかけられた。耶花が振り向き、土間の内側へ戻る。

その直後だ。雪緒を外に残したまま、土間の木戸が勝手にぴしゃりと閉まった。

「え――」

突然の出来事に理解が及ばず、雪緒はぽかんとした。まさか耶花の仕業かと思ったが、木戸が閉まる直前にこちらを向いた彼女の顔には、焦りと驚きが浮かんでいたように思う。

なら、だれの仕業かと言えば――考えられるのは当然、怪異を引き起こす存在、悪霊たちだ。

こうなると、先ほどの呼びかけも罠《わな》だったと考えたほうがいい。

（もしかして私、さっそく標的にされた？）

囮《おとり》案を口にはしたが、まさかこれほど早く狙《ねら》われるとは予想していなかった。というより、耶花と行動をともにしているときにふいをつかれるとは、思いもしなかった。

雪緒は抱えていた器を地面に置いて、木戸に飛びついた。

押しても引いても、戸はびくともしない。

「耶花さん、聞こえますか！　そちら側から戸を開けられますか」

大声で呼びかけるも、返事はない。聞こえないはずがないのに。

雨でしっとりし始めた前髪が、額に張りつくのが煩わしい。それを手首でぐいと拭《ぬぐ》うように払うと、カタタタ、と妙な音が背後で聞こえた。

ぎょっとして振り向けば、十郎が歯を鳴らしていた。雪緒になにか警告しているらしい。

そういえばこの獅子舞もどきも、そばにいたのだった。

「ねえ十郎、どこかに隠れられるような安全な場所はある？」

人の言葉を解するだろうか。淡い期待を抱きながら十郎の顎鬚《あごひげ》を撫でたとき、ギィギィと車輪の軋《きし》むような音がこちらへ近づいてくるのに気づいた。今度は、十郎が立てた音ではない。

雪緒はゆっくりと視線を上げた。

ここは妓楼《ぎろう》の裏手側だ。建物の壁の手前には、大小様々な大きさの樽が積み上げられており、ちょっとした草叢《くさむら》が広がっている。そのすぐ向こうに、荷車の行き来でもあるのか、立ち並ぶ妓楼に沿うように、大きさの不揃《ふぞろ》いな、桜の花の形をした飛び石がずらっと敷かれていた。

さらにその奥には、重たげに黄色の葉をたくさんつけた木々が見える。

妓楼群の格子窓から漏れるどこか妖美《ようび》な赤い明かりが、薄ぼんやりと周囲の景色を浮かび上がらせる。車輪の音は桜形の飛び石が一列に並ぶ向こう、見通せない闇《やみ》の奥から響いてくる。

ただの荷車ではないだろう。雪緒は飛び石のほうへ、慎重に足を踏み出した。すると十郎が盾になるように雪緒の前に出て、カタタと忙《せわ》しなく歯を鳴らす。「危ないってば！」と、叱っているみたいだ。どうやら肉団子効果で、守るべき仲間として認定されたらしい。

「なに、あれ……？」

雪緒は飛び石のひとつに立って、目を凝らした。

闇の奥から迫ってくるものの輪郭が、少しずつ明瞭《めいりょう》になる。

（小型の荷車……？　でも様子がおかしい）

牛か虎《とら》が荷台を引いているのかと思いきや、あれは――水飲み鳥の玩具《がんぐ》？

がつがつと嘴《くちばし》で地面を抉《えぐ》りながら前進している。

あんまり強く地面をつつくせいで、嘴《くちばし》がひび割れているようだ。

壊れかけの水飲み鳥が引く荷台には、紫色の蛇の目傘を差す女が乗っていた。

傘で顔が隠れている。が、たおやかな雰囲気と、花柄の美しい着物で女だとわかる。

「……鈴音様《すずね》？」

雪緒はつい声に出した。

その着物の柄を覚えている。梅模様の大袖に、桃色の裙《くん》。以前に鈴音が着ていたものだ。

女が、雪緒の声に反応したかのように、蛇の目傘をわずかに横にずらした。

狐耳を生やした美貌《びぼう》の女――その整った白い面は鈴音で間違いなかった。だが、目が違う。

金色ではない。眼窩《がんか》に闇でも詰めこんだみたいに真っ黒だ。

荷車は、いくらか距離を置いて雪緒の正面で止まった。

「鈴音様じゃない……」

雪緒が後ずさりしながらつぶやくと、鈴音もどきは戯れの手つきで蛇の目傘を回し、にんまりした。真っ黒い瞳が弓なりになっている。

「これはこれは、運がいい。おまえをここで見つけられるなんて」

鈴音もどきが喜びの声を聞かせた。にんまりしすぎて頬《ほお》に深い皺《しわ》が走り、それが亀裂《きれつ》に変わっていく。興奮するあまり、変化が解けかけているようだ。

「狐どもが執着していたおまえを食えば、きっと」

鈴音もどきがこちらに手を差し向ける。

その白い腕が蛇のようにぬるぬると伸び、茫然《ぼうぜん》と立ち尽くす雪緒の顔を掴もうとした。だが、目を怒らせた十郎が飛び上がり、鈴音もどきの腕を咥《くわ》えて、噛《か》みちぎる。

鈴音もどきには、腕を一本失う程度、瑣末事《さまつごと》でしかなかったのか、慌てる気配もない。不気味なにんまり顔を維持している。けれども、威嚇する十郎を見た瞬間、大いに怯《ひる》んだ。ひい、と天敵にでも出くわしたかのような、情けない悲鳴を上げる。

「ああ、うああ、獅子だ、獅子が、獅子がおる！」

壊れたように喚《わめ》き散らす鈴音もどきの肉体が、その恐怖心に比例するように、縦にも横にも急激にどぷんどぷんと膨張し始めた。身にまとう着物も変化の途中で弾《はじ》け飛ぶ。

急激に変わるその姿に、もはや鈴音の輪郭はどこにもなかった。肉塊はあっという間に建物の屋根を越え、隧道《ずいどう》手前に設けられていた力士像よりもでっぷりとした姿になる。

あああ、と肥えすぎた巨大な肉塊が、滝のように勢いよく涙を流した。直後、いまにもはち切れそうなほど膨らんだ腹部に、縦に亀裂が入る。腹の内部から、毛むくじゃらの節くれ立った指が出てきて、裂け目を左右にほんの少し押し広げた。だれかがそこから、いやらしくこちらを覗き見ていた。雪緒と目が合うと、さっと引っこんだ。

「忌々しい獅子め、ああ、こわい、こわいよう、むしらないでえ、剥《は》がさないでええ」

恨みの乗った懇願とともに、腹の裂け目が大きくなった。

亀裂の先端は、ついに頭頂部にまで走り、桃のように皮膚がずるんと左右に剥《む》ける。

そこから濁流のようにあふれ出てきたのは、大量の、色褪《いろあ》せた水飲み鳥の玩具だ。先ほどこちらを覗き見していたモノではない。水飲み鳥の群れはカカカカと振動し、嘴で地面を蹴《け》って、飛蝗《ばった》のように飛びながら雪緒のほうに向かってくる。

雪緒は無意識に一歩後退した。

「あっ」

ところが、踵《かかと》が飛び石の端に引っかかり、体勢を崩してその場に尻餅《しりもち》をついてしまう。

水飲み鳥の群れは目玉をぐるぐるさせながら雪緒に迫ってきた。ガッガッと地を削る嘴の音が幾重にも重なって鼓膜に突き刺さり、脳をゆらした。

雪緒はとっさに、どんなときにも携帯している仕事道具を詰めこんだ巾着を開いて、護符を一枚掴み出し、自分の口に押し当てた。それに息吹を与え、宙に放り投げる。

——が、発動しない。本当なら、雷神風神を象った影が出現するはずなのに。

不発に終わってボッと燃え落ちる護符を、雪緒は険しい顔で見つめた。

水飲み鳥の群れはもう目前まで迫っていた。すると、自分の出番と勇んだのか、十郎が、がるるんと岩でも転がしたかのような唸《うな》り声を聞かせた。宙に身を踊らせ、先頭の水飲み鳥の群れを蹴散らす。口からは青い炎を吹き、尾を鞭《むち》のようにしならせる。

（逃げて、だれかを呼んでこなきゃ）

雪緒は急いで身を起こした。十郎はあきらかに雪緒を守ってくれている。術が使用できないのなら、自分はただの足手まといだ。こちらを庇《かば》った状態で十郎がこの数を退けるのは、きっと難しい。そう判断し、駆け出そうとすると、十郎の苦しげな咆哮《ほうこう》が雪緒の耳に届いた。

はっと振り向けば、蹴散らしても蹴散らしてもしつこく飛びかかってくる水飲み鳥の群れに、十郎が苦戦していた。飴《あめ》に群がる蟻《あり》のようだった。見る見るうちに全身にたかられ、十郎の姿が隠されてしまう。雪緒は、ぐ、と息を殺した。どれほど助けたいと思ったところで、どうにもならない。無策で駆け寄れば、十郎の献身も無駄にしてしまう。

だが――最後のあがきでもう一度、護符を使ってみようか。どうする。

焦燥感に苛《さいな》まれ、身じろぎもできずにいると、視界の端で木々の向こうの闇がゆらめいたのがわかった。そちらに雪緒は顔を向け、奥歯を噛みしめた。

（新手が）

不気味な姿の者たちが木陰からぞろりと姿を現し、こちらをうかがっていた。身体《からだ》は鳥のものなのに、美しい女の顔をしていたり、幼子の顔をしていたりした。背丈は、人と同程度か。目が合った瞬間、クァ、と人面鳥たちが、その美しい顔を醜く歪《ゆが》めて鳴いた。

——これは、悪霊だ。おそらく祓具《はらえぐ》が原因で出現し始めたという悪霊たち。

「悪霊」というと、雪緒などはまず、下半身の透けている恐ろしい「幽霊」のような、薄暗い存在を連想する。が、このあやかしたちが住む世界では、その常識は当てはまらない。低級の悪霊は確かに曖昧《あいまい》な影しか持たないが、穢《けが》れの濃い者は、こうした妖怪《ようかい》に近いなりを持つ。

もう迷っている暇はない。逃亡も無理だ。

一か八かでもう一度、護符を巾着から引っ張り出し、先ほどと同様に息吹を与えて宙へ放る。だが期待は外れ、やはり発動しない。この場の空気が穢れすぎているのか、それとも。

雪緒は次の手を探した。護符がだめなら、魔除《まよ》けの胡桃《くるみ》ならどうか。いや、衣の裏に祝詞《のりと》をしたためている。この衣を地に落とし、結界を築くか。

衣の帯に手をかけたが、それを取り払う前に、足元になにかが転がってくる。まさか水飲み鳥が気配を消して忍び寄ってきていたのかと、雪緒は心臓が冷えるような思いを抱いた。

しかし、違った。

（——くす玉？）

場違いなそれを見て、雪緒はぽかんとした。

密生する木々の合間や、建物同士の隙間《すきま》にできた暗がりの向こうから、風もないのにころころといくつもの色鮮やかなくす玉が転がってくる。赤だったり青だったり橙《だいだい》色だったりと、色は様々だ。どれも両手で持てそうな大きさだった。

その転がってきたくす玉群が、雪緒のそばで急激に変形する。ぎちぎちと細長くねじれ――そうして派手な恰好《かっこう》をした、屈強な身体の鬼衆に化けた。二十ほどの数がいるだろうか。斧《おの》を持つ鬼、刀を持つ鬼、鉈《なた》を持つ鬼。彼らのなかには三雲や土潭《どたん》の姿もあった。敵に回すと恐ろしいが、いまは彼らと協力関係にある。そう思えばこれほど頼もしい光景はない。

「三雲！」

深い安堵《あんど》とともに雪緒が呼びかけると、三雲はこちらに視線を流し、「そこにいろ」と微笑んだ。ぢ、ぢ、と鬼衆が独特な発声法で合図を送り合い、駆け出す。

ある者は悪霊を狩り、またある者は水飲み鳥を無慈悲に踏み潰《つぶ》した。三雲が太刀《たち》を一振りすれば、その風圧で、十郎にたかっていた水飲み鳥たちが木の葉のように勢いよく吹き飛んだ。

ほっと息をつく雪緒の袖を、背後からだれかが軽く引く。

鬼様だろうかと思って振り向けば、背後にいたのは、いつの間にか忍び寄ってきていた小柄な悪霊――童女の顔に孔雀《くじゃく》の身体を持った者だった。

童女は口で雪緒の袖を噛み、引っ張っていた。唖然《あぜん》と見下ろした瞬間、目が合った。

雪緒の袖を咥えたまま、童女が、にまっと笑う。歯がなかった。

ぞっとした雪緒が袖を振り払うより早く、童女の身体が突如、白い炎に包まれた。

きえええ、と童女が断末魔の叫びを上げる。

雪緒はよろめきながら後退した。その背中になにかがぶつかった。

またべつの悪霊かと思いきや、後ろにいたのは——白月だった。

「白月様……！」

混乱の声を上げる雪緒を見ながら、白月は軽くなにかをふっと吹くような仕草をした。

すると童女を包んでいた炎が膨れ上がった。その一瞬で、童女は影も残さず燃え落ちた。あとに残ったのはわずかな煙で、それもすぐに薄れて消えた。

（ああ、白月様の狐火だ）

雪緒は胸の前できつく手をにぎりながら、白月に助けられたことを理解した。

白月は視線をそらすと、げんなりした調子で「……臭い」と、独白した。

確かに悪霊が燃焼したあとは、腐った油のような独特の異臭が漂っている。

「……。怪我はないか？」

こちらに視線を戻した白月に渋面で問われ、雪緒は一拍置いたのちに小さくうなずいた。

「ああした卑小な霊……『足らぬ者』には、寄生を得意とするやつもいる。気をつけろよ。貧弱な雪緒なんか、あいつらの恰好の餌だ」

「またそんなひどいことを言う……。どうせ私は繭《まゆ》から出された蚕に等しい、からからの干物です。侮ったら、道端で唐突にヒョッと乾いてやりますからね」

「なにもひどくない。俺《おれ》は優しい。いや待て、乾くな乾くな。蚕に等しい干物ってなんだ」

「秘密です。…………って、寄生とはどういうことですか？」

「……。『足らぬ者』は、宿主の傷口に取り憑《つ》いて、瘡蓋《かさぶた》になるんだ」

お狐様は、ふんぞり返って説明する。彼の狐尾が、遠慮がちに雪緒の腕をつんつんした。

「人面瘡になるとかでしょうか？」

「そう」

「適当にうなずいたでしょう」

「適当じゃない。疑うとは失礼だぞ。本来なら罰するところだが、詫《わ》び揚げを寄越せば許す」

「詫び揚げ……」

詫びの油揚げという意味だろうか。

鬼衆の荒ぶる様を横目で見ながら、雪緒たちはぽつぽつと会話した。

いや、ぽつぽつと降って来たのは雨だった。霧雨だったのが、雨脚が強くなっている。

「優しく勇敢な狐様の俺は、この雨だって退治できる。敬意を払って、畏《かしこ》み揚げを寄越せよ」

「今度は畏み揚げ来た……なんですか、雨退治って」

白月が狐尾を一本抜き、真《ま》っ赤《か》な蛇の目傘に変化させる。

それを雪緒のほうにちょっと傾けた。

流し目で雪緒を見る美貌のお狐様は、宣言通り、傘一本で雨退治した。

◎肆・兎《うさぎ》窺見《うかみ》や　旨旨《うまうま》貪《むさぼ》る、

「無能め」

白月《しろつき》が鬼衆を睨《にら》み、一言、冷たく詰《なじ》った。

場所は、妓楼《ぎろう》の一室だ。不気味な悪霊群と水飲み鳥群を制圧したのち、雪緒《ゆきお》たちは妓楼に戻った。引いても押しても動かなかったはずの土間の木戸は、怪異を退けたからか、難なく開いて雪緒たちを建物のなかへ迎え入れた。

本降りに変わった雨に打たれたこともあり、まずは着替えをすませる。

衣を整えるあいだ、耶花《やか》がぴったりと雪緒に張りついた。彼女は厨《くりや》でまんまと分断されたことに、大層腹を立ててもいたし、雪緒を一人にしたことに落ちこんでもいた。

着替え後、雪緒は耶花とともに、食事時にも利用した囲炉裏のある一室へ足を向けた。

囲炉裏のまわりには、すでに白月に三雲《みくも》に土潭《どたん》と、先ほどと同じ顔ぶれが集まっている。

そのほかに、護衛でも命じられたか、数名の鬼も床の間の手前に腰を下ろしていた。

白月は手招きして雪緒をあたたかな囲炉裏の前に座らせると、危険な目で三雲たちを見やった。そして冒頭の言葉を吐き出した。

「自身らで退治すると豪語しておきながら、むやみに猪突《ちょとつ》し肝心の禍月毘《まがつひ》を取り逃がすとは、なんという体たらく。目前の獲物さえ狩れぬほどに、鬼とは惰弱であったか。ただ突っこんでいけばいいというものでもあるまいに！　ああ、鬼と記して猪《いのしし》と読むのだな。それなら暴れることしか知らずとも、しかたがない」

白月の、分厚い皮肉に包まれたお叱《しか》りの言葉が、鞭《むち》のように鬼たちの上に振り下ろされる。

鬼たちはわかりやすく殺気立った。

「……御館《みたち》。口がすぎる」

耶花が眉間《みけん》に皺《しわ》を寄せて、白月を窘《たしな》める。しかし白月は引き下がらず、鼻で笑った。

「図らずも雪緒は囮《おとり》役をこなしたぞ。だというのに、仕留め切れずに終わっている」

「……そうは言うが、おまえなぞ、ただ黙って見ていただけじゃないか」

白月の説教に我慢ならなくなったのか、三雲が獣のように歯を剥《む》いて唸《うな》る。

「さっき教えたばかりなのに、もう忘れたか。俺《おれ》は御館の立場から、雪緒が長となり鬼里《おにざと》が増える事態を招くのも、鬼里が堕《お》ちるのも看過できない。だから『様子を見に』来たんだ」

白月は、ゆうらりと狐尾《きつねお》をゆらす。

「俺は、雪緒の身なら守ってやってもいいが、大戴《だいたい》には反対している。あえて手助けしてやる道理はない。鬼どもだって、自らの手で悪霊を始末すると宣言した。それで、おまえたちの判断をできうる限り尊重しつつも、御館として、事の流れを『見て』いる。ぼんくらのようにただ突っ立っていたわけじゃない」

三雲が怒鳴った。鬼の気迫に室内がびりりとし、行灯《あんどん》の明かりが一瞬弱まった。

「どこが詭弁だ。里で生じた問題は、その里で解決する取り決めだろうが。鬼里だって例外ではないぞ。御館といえども、基本は不可侵だ。ほかの里まで道連れにするほどの凶事が起きたとなれば、話はべつだが、そうでないなら干渉はしない」

諭された三雲の目が据わっている。白月はそれを知りながらも、朗々と語る。

「けれどもこれは大禍の兆しと、俺は葵角ヶ里《きづぬがさと》の行く末を案じて駆けつけ、無条件で手助けしてもよいと持ちかけた。俺が女に化けて囮となろうと。拒んだのは、おまえたちじゃないか」

「御館、上っ面の正論を我らに叩《たた》きつけてどうする。だいいち、強者《きょうしゃ》の気配があれば、禍月毘に逃げられる。そう伝えたろうに」

耶花が年長者らしく、冷静さを取り戻して反論する。

雪緒は、はらはらした。鬼たちの主張もわかるが、分が悪い。化かし合いの得意なお狐様に、舌で勝てるわけがないのだ。弁も腕も立つから御館の地位にいる。

「では今度こそ、おまえたちから俺に助けを求めるか？」

この流れを待っていたというように、白月はわずかに身を乗り出した。しなを作る女のような動きだった。が、耶花は、妖《あや》しい振る舞いに惑わされることなく警戒し、口を閉ざした。

「俺に、おまえたち鬼衆を指揮させるか？」

「ばかな」

真っ先に吐き捨てたのは、それまで意見を挟まず沈黙を貫いていた土潭だ。

「我らは鬼のために動く。神なるものの声で動く。ですが、御館は鬼でも神なるものでもありません。我らを指揮するなどという寝言は、二度と聞かせてくれるな」

「ふうん。それなら、俺はこのまま御館として、里の視察を続けるだけだ」

白月は、どこまでが演技だったのか、さほど悔しさも覗《のぞ》かせず、急に興味が失《う》せた様子で、すっと身を引いた。相手に不安を覚えさせるような冷たさだった。

「それほど立派な主張をするなら、おまえたちで退治すればいい」

「……もちろん我らはそのつもりです」

「だが次も失敗し、葵角ヶ里が見過ごせぬ危機に陥ったときは、俺が方をつけよう」

無情の声音で白月が言う。

「ああ、あとで了承した覚えはないと騒がれても面倒だ。いまここで、はっきりさせておこうか。俺が葵角ヶ里も掌握する、という意味だぞ」

「――鬼の巣にあってそうも傲慢《ごうまん》に振る舞うとは、いささか我らを侮りすぎではないか。そもそもは、綾《あや》槿《むくげ》の怪《かい》の愚行が事の発端ではありませんか。原因はその者どもにある。それを」

目尻《めじり》に怒りの朱を乗せて吠《ほ》えかけた土潭を、耶花が、ぢ、と舌打ちで止めた。

「そうか、そうか。綾槿ヶ里の者の不始末というか！」

白月が手を叩いて明るく笑い、次の瞬間、また傲然《ごうぜん》とした態度を見せる。

「ひいては長の不始末であると。長が責任を負うべき。そうだとも。じゃあ、この雪緒は、長として不適任ということだ。すぐにでもその座から引き摺《ず》り下ろさねばなぁ」

そうして自分の尾を掴《つか》むと、白月は筆の穂を整えるように何度も撫《な》でた。

視線は、横に座る雪緒に向いている。

「御館！　なぜそうなる！」

土潭に続いて立ち上がりかけた三雲を、渋面を見せる耶花が、また舌打ちして止める。

「落ち着け。おまえたちではこれの口に敵《かな》わん。……狐とは、どうしてこうも奸《かだま》しく、邪悪を煮詰めたかのように絶えず恨みに満ちているのか」

耶花が憂鬱《ゆううつ》そうにこぼす。

「悪の化身たる鬼に、邪悪と称《たた》えられようとは！　俺も捨てたものではない」

白月が快活に笑う。

「我ら鬼を何度も愚弄《ぐろう》するのはよさないか。御館がどれほど企《たくら》みごとに長《た》けていようとも、鬼の格を落とすことはできないぞ。おまえたち怪のように、我らの魂は曖昧《あいまい》ではないんだ」

耶花の静かな窘めに、白月は一瞬、ほんの一瞬、狂ったような目を向けた。そう思わせるほどの憎悪がこもっていた。けれどもそれは瞬《また》く間の出来事にすぎなかったから、雪緒がふたたびうかがったときには、白月の面にはもう美しいばかりの微笑しか浮かんでいなかった。

「先を見もせず、道理の通らぬ頑《かたく》なな振る舞いをしたのは、おまえたちのほうなのだが」

侮るような真似《まね》をさせるな、と白月が鼻白む。すると耶花が真面目《まじめ》な調子で答えた。

「御館は、賢いな」

「俺があからさまな世辞に、舞い上がるように見えるのか」

取り合わない白月に、耶花は首を横に振る。

「いや、世辞ではない。おまえはとても賢い狐だ。確かにほかよりも、物事をよく見ている」

「なにが言いたい」

「それなら歯がゆいだろう。まわりが木偶《でく》の坊ばかりにも見えるだろうと。そう思った」

「……だから、なにが言いたいんだ」

「そんな愚鈍な者たちに振り回されるのも、屈辱でならないだろう。ずっと優れているおのれが、見下す者ども以下の不確かな生まれであることが、なにより屈辱だろう。賢いからこそ、おまえはその、生まれもっての屈辱を流せない」

「――拗《す》ねた！」

急に白月が大声で言って、隣に座っている雪緒の膝《ひざ》に、頭を乗せる形でぱたっと倒れた。

全身を緊張させて彼らの話に集中していた雪緒は、ぎょっとした。

「白月様？」

「俺はもう拗ねたぞ。拗ね狐だ」

なんか言い始めた。

「雪緒は少しも言うことを聞かないし、怪どもは調子に乗って暴走するし、古老どもは無責任に暗躍するし、鬼は大口を叩くくせに敵を逃すし、その頭の女は俺を怒らせる発言ばかりするし、雪緒はまったく言うことを聞かないし……」

「私のことだけ二度言いました？」

「拗ねてやさぐれ、立ち上がれなくなった狐様なんだ、俺は。もう動いてやるものか。雪緒は勝手に長になろうとするし」

「三度目……」

「おまえたちなんか、勝手にすればいい」

白月が自暴自棄になっている。

怒りを滲《にじ》ませていた三雲と土潭は、お狐様の突然の奇矯な振る舞いにどう反応していいかわからず、戸惑っている。

「どうせ雪緒はこのあと、禍月毘を取り逃がしたのは残念だが、それはそれ、ひとまず自分が囮役にふさわしいということは証明できた、とか言い始めるんだ。そして……そして！　また囮役を志願する！　そうなんだろ、俺は知っているんだぞ。なんたって賢い狐だからな。物事をよく見ている屈辱まみれの狐様だからな！　おのれ人の子め！」

憎々しげに叫ばれた。

「……。雪緒の前ではいつもこうなのか？」

　耶花が微妙な表情を浮かべて尋ねた。雪緒は深々とうなずいた。

「そうですね。白月様は、時々壊れます。あと、昔のことを持ち出して、ちくちく言うほうですね」

「うわ……」

「おいこの、うわとはなんだ。雪緒もなにを言ってやがる」

　引く耶花を、白月が睨みつける。雪緒は頰《ほお》に手を当てた。

「賢すぎるのも困りものですよね。私、実際、もう一回囮になろうかと思っていたので……」

「ほーら来た!!　聞いたかおまえたち！　まさかと思うが、だれもかれもわざと無謀な真似をして、俺をからかっているんじゃないだろうな!?」

　白月は、一度頭を雪緒の膝から起こすと、ばしばしと狐尾で床を叩いた。その後、またばたっと倒れこむ。この動きを、鬼たちは新種の生き物でも見るような目で追っていた。

「いえ、からかうつもりは毛頭なく……もう一度囮役をしようと思った理由が、ちゃんとあるんですよ」

　雪緒は、膝にふたたび頭を乗せてぴくりとも動かなくなった白月の狐耳を撫でた。

「理由だと？　どうせ鬼どもが捕らえてきた女妖《にょよう》を囮にされるわけにはいかんから、それっぽい理由を並べ立てて、ごまかそうとしているだけだろ。俺は賢いから先読みできるんだ。絶対

に手助けなんかしてやるか。おまえたちの失敗するさまを、すぐそばで眺めて嘲笑《あざわら》ってやる」

拗ね狐から忿怒《ふんぬ》狐に進化している。言っていることも、なかなかにあくどい。

「女妖の方々を犠牲にすれば今後の災いの種になる、という懸念ももちろんありますが、一番の理由は——安曇《あずみ》さんですよ」

「あん？」

とても柄悪く白月が聞き返した。機嫌の悪いときの宵丸《よいまる》みたいだ。そう感じたことは顔に出さず、雪緒は、白月の狐耳の付け根あたりに生えているふわふわした毛を撫でた。

そこに触られるのは不快なのか、狐耳が嫌そうにぴるるるとゆれる。

「さっき現れた禍月毘の正体は、安曇さんだと思います。ご記憶にありますか？　鼬《いたち》の怪の……以前に、鈴音《すずね》様に与《くみ》して、私を騙《だま》した」

「……なぜ安曇と思った？」

白月がまた身を起こし、座り直す。

「禍月毘は、鈴音様の姿に化けて私の前に現れました。たぶん鈴音様のことが印象に強く残っていたので、その姿に変ずる機会が多かったのではないでしょうか」

「ああ……禍月毘は女などによく化けて、鬼の若子を襲っていたか」

「はい。それに、私を知っているような発言もしていました。あと……禍月毘の本体と言っていいのか、芯《しん》となるモノが、鈴音様の皮のなかから私を覗き見していたのですが、その顔に安曇さんの面影があったんです」

「待て、雪緒」

雪緒と白月を交互に見ていた耶花が、そこで制止の声を上げる。

「二人だけで話を進めるな。その安曇とやらは何者だ」

そういえば鬼たちは、安曇の存在を知らなかったか。

雪緒は頭のなかで少し考えを整理してから、口を開いた。

「元は、紅椿ヶ里《あかつばきがさと》で開いていた私の見世《みせ》、〈くすりや〉の常連の怪だったのですが——」

如月《きさらぎ》に、安曇は裏で鈴音と結託し、雪緒を攫《さら》う目的で木天蓼《またたび》を用意した。その粉末を身に取りこんでしまった宵丸が暴走し、結果、雪緒は鬼里の境まで連れ去られるはめになった。

そこまでの経緯を雪緒が説明すると、耶花がふんふんと納得の表情を浮かべてうなずいた。

「ああ、確かに如月の頃、葵角ヶ里を囲う結界の一部が崩れたことがあったな。あのときか」

「そんなこともありましたね」

土潭も、へーあれか、という顔で雪緒を見た。

(鬼里のほうでも、やっぱり多少は騒ぎになっていたみたい)

雪緒も心のなかでうなずいた。

するとあのときに遭遇した鬼たちは、結界のゆれを感じ取って見回りに来たのだろう。

「雪緒の事情はわかったが、当時、そこの御館に同胞が襲われたな」

耶花は、声にかすかな恨みを乗せて白月を見た。

雪緒は肩を強張《こわば》らせた。あのときの白月は、雪緒を救うために鬼と戦ったのだ。

「我ら、普段は食うか食われるかの間柄なんだろ？　なら、いま俺の行為を咎《とが》めるのは筋違いじゃないか？　そこをあげつらうなら、おまえたちなんか、綾槿ヶ里の民まで攫って来ているし。総合的に見れば、我らのほうが、被害が甚大だ」

白月がしれっと答える。

「ああ言えばこう言う……まこと傲慢な舌よ。引っこ抜いてやりたい」

溜《た》め息を落とす耶花に、白月は童子のごとく、んべっと舌を出した。

それを見ていた土潭の眉間に深い皺が寄る。雪緒は、「挑発するのは禁止」という意味をこめて、床に垂れている白月の狐尾を強めに揉《も》んだ。狐尾が腹立たしげに雪緒の腕を叩いた。

そのあいだ、三雲はというと……正直なところ、先ほどから白月以上に拗ねている。

耶花に窘められてから、ずっとこの調子だ。白月に口で負けたのが悔しいのかもしれない。

会話に加わる気も失せたらしく、三雲は床の間の引き出しから適当な折り紙を持ってきて、一人でなにかをちまちまと折り始めた。外にいるときに足元に転がってきたくす玉同様、術仕込みの折り紙だろうか？　あとで聞いてみたい。

「その安曇さんですが、私が紅椿ヶ里に戻ったあとで、宵丸さん……獅子《しし》の大妖《たいよう》に捕らえられています。ついでに、一族までも連座に」

三雲のほうへそれかけた意識を戻し、雪緒は背を伸ばして、鬼たちを順繰りに見つめる。

「なるほど。罠《わな》を仕掛けたおのれの自業自得とはいえ、一族もろとも無慈悲に罰されたのなら、それは恨みも深いでしょう」

土潭が片手を顎《あご》に当てて、つぶやいた。

「ええ」と、一度肯定したのち、雪緒は視線を白月へ滑らせた。

「ですが私、そのときに、少し勘違いをしたんです」

「勘違いとは？」

こちらの口調から、不穏な気配を感じ取ったのか、土潭は眉をひそめた。

「当時の宵丸さんは、確かに『安曇さんと一族を狩った』と、私に告げました。皮を剥《は》がし、吊《つ》るしたとも。ですので私、てっきり安曇さん方は殺されたのだと思っていたんです」

これを聞いて、白月が、ひょいと片側の眉を上げる。驚く様子はとくにない。

（この落ち着いた反応、私の勘違いに気づいていながら、わざと黙っていたに違いない）

雪緒は吐息を漏らすと、無意識に自身の手首を撫でた。そこにはまだ、消えぬ傷がある。

「よくよく思い返せば宵丸さんは、『殺した』とは、一言も口にしていませんでした。その代わり、胆がほしいなら持ってくるとは言われましたが――、つまり血抜きもまだの状態である、という意味だったのではと気づきました。安曇さん方は、生きたまま皮を剥がされ、吊るされていたんです、きっと」

ここで恐怖や嫌悪に顔を歪めず、「そいつ、やるなあ」と、むしろ評価するような空気になるのが、いかにも人外の者たちの感覚らしい。

「拷問紛いの真似をされた安曇さんは、恨みを深く募らせ、魂までも歪ませて、いま、耶陀羅《やだらの》神《かみ》……禍月毘になりかけている。そう感じました」

穢れた怪を耶陀羅神と呼ぶ。また、外敵と化したその存在を、禍月毘と呼ぶことがある。

これは基本的に、生きた状態での変化であり、堕落だ。

もしも安曇がすでに殺害されていたのなら当然、彼は死者の向かう常闇《とこやみ》に落ちている。この場合、蘇《よみがえ》ったときには、災神と呼ばれる。だがまだそこまでは堕ちていない。

死者とも生者とも言いがたい中途半端な状態で世をさまよっていた安曇は、穢された祓具《はらえぐ》の気配に引っ張られ、取りこまれた。そして同じように吸収された悪霊とともに、綾槿ヶ里に入りこむことができた。今回の件は、こういう流れで発生したのではないだろうか。

「私を襲おうとした禍月毘は、そばにいた十郎をひどく恐れていました。獅子の宵丸さんに狩られた記憶が色濃く残っているせいだと思います」

雪緒の説明に、「十郎を?」と、耶花が首を傾《かし》げる。

「はい。十郎って、姿が獅子舞に似ていますよね。たぶん獅子の大妖、宵丸さんを連想したんじゃないかなって。……十郎は無事ですか?」

水飲み鳥の群れに襲われて、無傷ではいられなかったはずだ。

「心配ないですよ。怪我は負いましたが、元気です」

土潭は微笑《ほほえ》んだ。

「そうですか……。本当なら薬を作りたいところなんですが、どうも葵角ヶ里の空気と私の術が合わないのか、いまはうまく使えないみたいなんです」

雪緒は肩を落とした。

「術が……？　まことか」

白月が訝《いぶか》しげに雪緒を見る。

「はい。ここで私ができることが、かなり限定されてしまいました」

「だからといって、雪緒自ら囮になる必要はないのに」と、ぼそぼそ反論したのは、折り紙に集中していた三雲だ。まだ不機嫌なのか、こちらを見ない。拗ね鬼だなあ、と雪緒は思った。

「いえ、もう安曇さん……禍月毘に、私は目をつけられました」

そうかぶりを振ると、白月もふたたびの拗ね狐と成り果て、雪緒の膝に倒れこんだ。

「目をつけられたのなら、たとえどこに隠れていようと、この先も執拗《しつよう》に狙われ続ける。なら自分から誘ってやろうと？」

「はい」

❁

しかし――。

拗ね狐と拗ね鬼をまじえた話し合いの最中、雪緒は予想を超えた頻度で襲撃された。

もちろんそばには、耶花や白月がいる。だがいくら強者の彼らだろうと、ほんの一瞬、横を向いたり、ほかのものに目を向けたりすることだってある。

狙《ねら》われるのは、そうした一瞬だ。そばに控える者たちの視線がすべて雪緒から外れたその一瞬、行灯の明かりが生む影からすうっと獣の手が伸びてくる。

そして雪緒を闇《やみ》の奥に引きずりこもうとする。すぐに白月たちが異変に気づき、対応してくれるが、あれは安曇本人ではないため、捕らえても無意味なのだという。安曇に操られている……というより、オナモミのごとくくっついている低級の悪霊たちにすぎないのだとか。

外で見た人面鳥形のモノとは違って、まだ実体を得られるほどの力がない。

「おそらく雪緒を囲う私たちの気配が強すぎるせいで、安曇とやらが警戒して自ら出てこない。ずいぶんと臆病《おくびょう》者だったようだな、そいつ」

耶花が長い髪を耳にかけ、面倒そうにこぼした。

「そうは言っても、この状況で雪緒を一人にするのは危険すぎる」

三雲が着々と折り紙の完成品を増やしながら、反論する。……くす玉を作っていたのではなかったか。彼のまわりに散らばっているのは、やっこさんや菊の花だ。菊はなかなかの出来で、きちんと茎まで作られている。楽しそうだ。途中から土潭も参戦している。

ただし、土潭と三雲は交互に折っている。三雲が折るあいだは土潭が雪緒を見つめ、土潭が折るあいだは三雲が雪緒を見る。部屋の隅にずっと置物のごとく控えている鬼たちにも、雪緒を見ているようにと耶花が命じた。雪緒は終始視線に晒《さら》され、落ち着かない気分になった。

「なら、やはり俺が雪緒に化けて、あいつを仕留めてやろうか？　おまえたちがどうしても、とお願いするなら」

白月がまるきりいじめっ子の顔をして、鬼たちを見やる。

……そんなことを言う白月まで、狐を折り始めている。おや、意外と下手《へた》だ。

「だれが願うか」

語気荒く反発する三雲の視線は、手元の折り紙だ。……虎《とら》だろうか？

雪緒もおずおずと紙を一枚手に取り、蝶《ちょう》を作った。我ながら、よい出来だった。

それを見て創作欲を刺激されたのか、耶花もちまちまと折り始め、やけに本格的な百足《むかで》を仕上げた。そして雪緒に渡そうとした。……完成度が高すぎて嫌だったので、雪緒は指先で百足を自分から遠ざけた。耶花は「なぜ受け取らないの？」といった、純粋な目を寄越した。

雪緒は、受け取る代わりに、百足を三雲ににぎらせた。三雲は色違いの百足を折り始めた。

「少し試してみるか」と、耶花がふいに、なにかを思いついた顔をして、どこからか藁《わら》人形を取り出した。すると、部屋の隅に控えていた鬼たちがいきなり動き、耶花に筆を差し出す。

耶花は藁人形に、墨で『雪緒』と、書いた。雪緒は引いた。

「私を呪《のろ》う気じゃありませんよね？」

「違う。化け術だ」

そう答えると、耶花は障子を開いた。障子の向こうは、外へつながっている。

狭い縁があり、真《ま》っ赤《か》な欄《おばしま》が設けられている。縁の上部には、蓮形の吊り提灯《ちょうちん》をひとつ取りつけた庇《ひさし》がある。横殴りの雨にでもならない限り、縁へ出ても濡《ぬ》れることはないだろう。

雨脚は先ほどより弱まっている。しかし、やむ気配はない。

耶花は縁に進み出ると、欄から無造作に藁人形を放り投げた。雪緒は彼女に近づいた。

雪緒たちがいまいる場所は、通りに面した二階の部屋だ。

二階と言っても、鬼の体格に合わせた構造のため、通常の妓楼より高さがある。

地に投げ捨てられた藁人形は、ひとりでにひょこりと起き上がった。幼児のような拙《つたな》い動きだ。それはすぐに、若い女の姿に化けた。雪緒そっくりの体型だが、顔がない。いや、顔には、目鼻口の代わりに、『雪緒』という文字が太く書かれている。

その『雪緒』が一歩、足を踏み出したときだ。雨に濡れた地面から無数の黒い手が飛び出てきて、『雪緒』の身に群がった。もがく『雪緒』を地面に引っ張りこみ、消える。と思いきや、地面の一部が咀嚼《そしゃく》中の口のごとくもごもごと蠢《うごめ》き、ぺっとなにかを吐き出した。ずたぼろになった『雪緒』の残骸《ざんがい》だった。——あとには、さあさあと静かな雨音だけが残った。

「本物の雪緒ではないと理解しているな。これは厄介だ。思った以上に知恵をつけている」

耶花は、打ち捨てられた『雪緒』の残骸を欄の隙間《すきま》から見下ろすと、淡々と告げた。

「……つまり、どういうことでしょうか？」

雪緒がおずおずと聞くと、彼女は腕を組み、深く息を吐いた。

「代役を立てるのが難しいということだ。いくら御館がうまく化けても、すぐに別人だと気づかれて逃げられる恐れがある」

「それにしても……これほど早く食いついてくるとは。雪緒はずいぶんと禍月毘に執着されているのですね」

土潭が顔をしかめて雪緒を見た。

(恨まれてはいるだろうなあ)

雪緒は曖昧な表情を返した。なにしろ安曇の堕落には、雪緒が深く関わっている。

とはいえ、雪緒は自分に責任があるとは思っていない。

欲に負けて他者を陥れようとした安曇の自業自得でしかないのだが、そこで素直に反省ができるのなら、はじめから罠など仕掛けてこないだろう。ただひたすら、おとなしく鈴音の策に落ちてくれなかった雪緒を恨み、自身を捕らえた宵丸を恐れている。

怪の性が変形してもなお、その身勝手な思いに囚《とら》われているに違いなかった。

「雪緒、囮はやめておけ」

縁には出ずに、部屋の内側からこちらを見ていた白月が諭す。

「鬼の言うように、あれは力をつけ始めている。おまえ様はむしろ、隠されたほうがいい」

「ですが」

「どうせ隠しても、あれはおまえ様を追ってくる。幾重にも葉に包んで、大事に隠そう。あれが焦《じ》れて焦れて、自ら現れるまで」

白月が妖しく瞳を光らせる。

「禍月毘は、『祭り』という胎《はら》の門をくぐり抜けて、力を得ようとしている。なら、九つの大祭を成功させれば、あれの渡りを防いだことになる。いまは余裕があるのか、警戒してつまらぬ悪霊どもを寄越してくる程度だが、渡りを阻止し続ければ、禍月毘は焦って自ら雪緒を襲いに来るだろう。そこをつけ」

「――それでは結局、囮となにも変わらない。どこまで汚い口でたばかる気だ」

雪緒の代わりに三雲が荒っぽく訴えた。

このとき、全員の視線が雪緒からそれて、三雲に向かった。

「あっ」

庇の吊り提灯が生む影――欄の細い影からふいにぬるりと獣の手が伸びてきて、縁に座っている雪緒の衣の裾《すそ》を掴もうとした。これにいち早く気づいた耶花が懐から小刀を取り出し、獣の手首を切り落とす。ぎゃあっという悲鳴とともに獣の手は消滅した。

三雲が、詰めていた息を吐いたあと、暗く燃える瞳で白月を睨みつけた。

（白月様、わざとだな）

煽《あお》るような言い方をして、意図的に三雲に視線を集めた。自身もあえて雪緒から視線を外した。ほめられた方法ではないが、わかりやすくはある。「多少の譲歩はした。だが、この程度のことも予測できないなら、黙ってろ」と、三雲たちの頭を押さえつけたのだ。

ひょっとしたら、焦れているのは白月自身なのかもしれない。雪緒はそんな考えを抱いた。自分に任せてくれたらすぐに解決する問題なのに、だれもが余計な口を挟み、従わない。ああ歯がゆい、なぜそんなこともわからない……、心の底にはそういう苛立《いらだ》ちが潜んでいる。

先ほど耶花が聞かせた、白月の隠された本音の話は、きっと正しいのだろう。

――一方で雪緒は、三雲たちの気持ちもわかる。

確かに白月が処理すれば、最短の道で解決できるに違いない。けれどもそれでは、きっと取りこぼしてしまうものがある。置き去りにしてしまうものも。苛つく一方で、白月もそのことを理解しているのだ。『他者をこれ以上ないがしろにしすぎては、いけない』と。

八つ当たりは大いにするが、肝要な部分は彼らに一任しているのが、その証拠だった。

「隠されるといい、雪緒」

白月が微笑む。

もう三雲は白月に反対しなかった。

✿

葵角ヶ里でも、玖月祭《くげつさい》——雨月祭《うげつさい》は執り行われる。

ただしこちらで重視されるのは、九つの大祭である〈九豊祭《くぶさい》〉だ。

起源的に鬼が絡まない小祭は、葵角ヶ里では行われない。

（できれば、九豊祭の開催前までには、綾槿ヶ里に戻りたかったんだけどなあ）

雪緒は苦々しく思った。見通しが甘かったようだ。せめて文を送りたいが、そこは強固な結界のなかにある葵角ヶ里。あちらに無事に届くかどうかは五分の確率だそうで、当てにならない。一応は六六《ろくろ》たちに、大祭開始後も自分が戻れなかった場合のときのことを、よくよく頼んでいる。宵丸などはそれなりに雪緒と付き合いがあるので、有事の際には信頼できるし、神事関連の事柄にも詳しい。だからきっとうまくやってくれるだろうが——。

「にしても、秘儀中の秘儀である鬼様側の祭りを、目にできるとは思わなかった」

雪緒はぽつりと独白した。目の前で繰り広げられる光景に、意識を集中させる。

九豊祭の一番目は、白峰祭だ。

遠方からの来客である神霊の話を一文字も漏らさず獣皮紙に書き留める、という祭りだと、葵角ヶ里を訪れる前に六六が説明してくれた。が、この鬼里では祭りの中身が変わってくる。

「こちらでは、神霊を迎えるのではなく、送り出す側の立場に逆転するんですよね？」

雪緒の言葉に、隣に並んでいる白月が前を向いたまま答えた。

「鬼は、普段は我らと敵対する存在だが、祭りにおいては古来神使《しんし》の役割を果たす。だから祭りの大半は、鬼が密接に関わってくる」

「そうですね……。深く知れば、鬼様と祭りは切っても切れぬ仲です」

雪緒は一度白月を見たあと、背後に控える三雲を振り向いた。彼は白地に緑の波模様が入った着物を洒脱《しゃだつ》に着こなし、腰に太刀をさげ、青い蛇の目傘を傾けている。

傘をさしていないのは雪緒だけだ。黒い楓《かえで》の葉の模様を施した真紅の着物を身にまとう白月も、雨傘を持っている。黒丸が二つ並ぶ真っ赤な傘である。

禍月毘が里に潜伏している影響で、雨が絶えずさあさあと降り続けている。時折やんでも、またすぐに降り出す。

「三雲は前に、神使に選ばれていましたよね。今回の祭りは？　それってなにか、お告げなどがあったり……？」

「なんだ、三雲を知りたいのか？　我らの種に交われば、なんでも教えてやる」

こちらをじっと見下ろしていた三雲が、唇を妖しく笑みの形にする。

「う、ううーん、ははは」

雪緒は笑ってごまかした。

(宿に泊まらせてはもらえたけれども、こういう状況だし、勝手に出歩けないしなあ)

鬼たちがどんなふうに日常をすごしているのか、いまいち掴み切れずにいる。

いや、いましがたの三雲の口ぶりからして、よそ者相手に早々掴ませる気はないのだろう。

食事も基本は白月たちとだし、湯浴みも耶花に見守られて行う。

「そもそも正式に鬼のものになれば、御館の影に入らずとも雪緒は守られる」

三雲が不満げに、背後から雪緒の顔を覗きこむ。

「なにを言う。匂い消しは必要だろうが。俺の影で隠せば、少しのあいだは雪緒の気配をごまかせるんだぞ。……おい、間違っても俺の影を踏むなよ。途切れるだろ」

白月がふんと鼻を鳴らして三雲を睨むが、彼は反抗的にぷいと横を向いた。

いまの雪緒は、禍月毘化した安曇と悪霊たちに狙われている状態だ。ふとした拍子に、彼らに身を引っ張られそうになる。ならだれかにずっと見てもらえばいいわけだが、それだって限度があるし、なにより、たとえ身を守るためとはいえ、四六時中監視されると息が詰まる。

そこで考えた対策が、これだ。

『狐』と赤字で記した面布と、白月から借りた真っ赤な羽織り。

それを被《かぶ》り、なおかつ白月の影――地に輪を描く狐尾の影のなかに、雪緒は入っている。

ふしぎなことに、彼の狐尾は一本しかないはずなのに、地に落ちる影は八本だ。

本来の彼は八尾だが、そのうちの七尾を切り落として郷の維持に充てている。その、落とした尾の影までもが地に映り、ぐるぐると輪を重ねている。雨日で陽《ひ》はないというのに、濡れた地面に墨のごとく黒々と浮き出ているのがなんとも不穏であり、また頼もしくもあった。

白月の影のなかに隠れて存在を可能な限り薄くする、というこの方法は、思いのほか効果があった。しっかりと隠されているうちは、だれに見守られずとも禍月毘に襲撃されずにすむ。

魂が最も無防備になる就寝中に関しては、白月の尾の毛で編んだ組紐《くみひも》もどきを手首に巻く。ただ、妖力《ようりょく》がふんだんにしみこんでいるものなので、長時間の装着はなんらかの障りが出るかもしれない、だから夜間のみにしろ――と、耶花にこっそり忠告されている。

こうして厳重に守られているわけだが、しかし、肩を縮めて隠れるばかりでは、事が進まない。どの大祭も恙《つつが》なく開催できれば、禍月毘が本格的に力をつけるような事態は阻止できるだろうが、それだと仕留めるまでには至らないのだ。

取り逃がす前に、なんとしても炙《あぶ》り出さねばならない。

祭りの祓具から生じた存在なら、当然、それに属するもののそばに身を潜めているはずだ。

そうした理由で雪緒は、白月の影に隠れつつも白峰祭の様子を確かめに来た。

「ふしぎな眺めです」

雪緒は興味深く祭りの様子を見つめる。

「一般の、民たちが浮かれて楽しむような内容とは違うんですね」

目の前には、『客』が――鬼里に入ったときにも目にした、妓楼を越える大きさの、真っ赤な鶏冠《けいかん》の鶏がいる。体内に小さな廃村を抱える鶏だ。鶏冠と同色の長い尾は、滝のように垂れ下がっている。その、たっぷりとした赤い尾を、神使の鬼衆が鋸《のこぎり》に似た大きな櫛《くし》で梳《す》いている。梯子代わりの黒い竹馬もどきを器用に操りながらだ。

なにしろ客は、彼らの意などおかまいなしに、自由にのんびり歩き回る。鬼衆はそんな呑気《のんき》な客を追いかけながら、尾を梳くしかない。だが客の体長は驚くほどに巨大なので、梳くには高さが必要だ。それで足の長い竹馬もどきに乗り、作業する。

「重労働ですね……」

「慣れだ、慣れ」

なんでもないことのように三雲が笑う。ちょっと人間臭い表現だ。

鬼の意外な一面に雪緒も微笑みながら、視線をまた神使たちに戻す。尾をくしけずる者、落ちたその羽根を受け取る者、運ぶ者、屋根のように大きな雨傘を掲げる者。羽根だって大きいので、受け取るのも一苦労だ。背丈より長い稲穂の束でも運んでいるかのようだった。

鬼衆は自分の里にいるからか、面をせず素顔を晒している。その代わりに、顔に様々な文字や絵を入れていた。女性の鬼の姿もある。雪緒は思わず眺め回した。彼女たちの多くが長身で、動きやすいようにか、基本的には男装している。こう見ると、耶花は小柄な部類らしい。

「神霊を送り出す、という祭りですのに、なぜ客の尾の羽根を梳くんですか？」

雪緒の疑問に、三雲が眉を上げて答える。

「羽根に見えるのか？　あれは厳密には葉なんだ」

「葉？」と、雪緒は、客の尾羽根に目を凝らした。

言われてみれば、束になった真っ赤な細い葉をたっぷりと垂らしている……ように見える。

「そう。葉は、風に舞うだろ。それで風とは、巡るものだろ」

「はい……。……？」

「風は葉を乗せながら、様々な世を巡る。葉は、巡った先の世の有様を記憶する。それを客が気まぐれに、ぱくりと食う」

「食う」

「食うんだ」

「…………なるほど、よくわかりませんが、わかりました」

雪緒の矛盾した返事に、三雲が笑いのまじった息を吐く。

「結局、客とはいったい何者なんですか？」

「客は、客だろ」

「そっかあ……」としか、答えようがない。客は、神霊とはまた違うのか。

「食われて客に取りこまれ、羽根化した葉には、異なる世の物語が記されている。でも葉とは、いつか朽ちるものだ。それで、落葉する前に梳いて、落ちた尾羽根をコトダマに渡す」

「コトダマ」

雪緒は頭の上にいくつも疑問符を浮かべながら、言葉を繰り返した。

コトダマとは、いわゆる『言霊』のことで合っているだろうか？

まるで生き物のように言っているが……どういうことだろう？

それに、神霊を送ることを踏まえたら、巡る葉の話も、ある意味、卵が先か鶏が先か、みたいな因果を問う内容になっている気がする。

「なぜふしぎそうな顔をする？」

三雲が背後からふたたび雪緒の顔を覗きこんで問う。

「コトダマって、言葉に神通力が宿るというような意味ではなくて……、そういう名を持つ神霊が存在する、という話をされていますか？　このコトダマが、祭りの神霊ですか？」

戸惑う雪緒に、三雲もなにやら困惑し始めた。

「……？　そうだぞ。コトダマがいなければ、言葉が世に浸透せぬだろ？」

おっと、ますます人の子の常識を試される話になってきたぞ……。

「あれ？　いや待てよ。葉には、物語が記されているのですよね？　それが風に乗って巡るのなら、すでにその段階で言葉が世に浸透する……伝わっている、と言えるのでは？」

「なんでそうなる？　葉に記されているのは物語そのものであって、言葉じゃないだろ」

「うん……？」

互いに首を傾げ合った。そんな雪緒たちを見て、白月がくつくつと笑う。

「客も葉を食うが、それは単純に収集しているだけだ。だから、次にコトダマが、物語を咀嚼し、言葉、つまり文字に変換して伝える。そうしなければ、だれも読めぬままじゃないか」

「…………。なるほど～！」

わからないけれど、わかった。記されている物語は、言葉ではなくて情景ということか？

「きっとあれですね。考えるな、感じろ！　というやつですね」

「いや、違うが……」

「たとえるなら、客は蒐集家《しゅうしゅう》、コトダマは翻訳家、みたいな」

「……そういうことになるのか？　……待て、やっぱりなにか違うだろ」

雪緒たちの会話がそんなにおかしいのか、白月がふるふると笑い悶《もだ》えている。

「んもう。結局、コトダマとはいったい何者なんですか」

「コトダマは、コトダマだろ」

さっきも同じようなやりとりをしたなあ、と雪緒は思った。

顔を見合わせて同時に、「ううん……？」と、悩む雪緒たちの姿に笑いが止まらないのか、白月がけほけほと咳《せ》きこんでいる。

ひょっとして、阿呆《あほう》の子らよ、とでも思われているのだろうか。

「雪緒がなにをふしぎに思っているのか、わからない。言葉が力を持てば、当然、それは神霊へと変わるじゃないか」

「？　……？」

だめだ、謎《なぞ》が謎を連れてくる。

コトダマが伝えるものが言葉だというのに、その言葉が力を持てばコトダマになる……？

「卵です？　鶏です？」

「!?　違う、コトダマだ」

三雲に、真剣な調子で「この客は確かに鶏みたいだが、卵は生まないぞ」と、諭された。

そこでついに、たまらなくなったのか、白月が遠慮なく声を上げて笑い始めた。

雪緒は軽く彼を睨んでから、三雲に尋ねた。

「言葉が神霊化した存在がコトダマで、それが祭りのときに民に言葉を伝える役割を持つ？」

「そう、それで合っているぞ雪緒。でも、コトダマが身に言葉を溜《た》めこむだけでは、いずれ字が世から忘れ去られてしまう。だれかに読み聞かせが必要になる」

「はい……、……うん、はい」

「でも読み聞かせで言葉を吐き出してしまえば、神霊はまた空洞になって、消滅してしまう。衰弱する神霊に、定期的に新たな文字を与えねばならない。白峰祭はそのための祭りなんだ」

「へえ、そうなんですね、すごいですねえ」

雪緒は尤《もっと》もらしくうなずいたが、もはや完全な理解はあきらめた。

たぶんこれは、神々の決まり事に触れるような、危険な話だ。

白月はまだ笑いの余韻が抜けないらしく、雪緒を見てにやにやしている。

雪緒がうっすらと、神世の話と察したことにも気づいたようだ。彼の表情を見て、「深入りはやめておこう」と、雪緒が固く決意をしたとき、客の尾羽根を梳いていた鬼衆が急に何事かを叫び出した。そちらに目を向ければ、梳いて落とした羽根の一部が、黒く変色し始めたのが見えた。その羽根が突然、形を変えた。烏《からす》の群れへと化けて宙を旋回し始める。

「探しているな」

烏群の不気味な旋回を見上げて白月が言うと、

「探している」

三雲もそう答えた。

鬼衆が、次々に火矢を放って烏の群れを打ち落としにかかる。が、面妖《めんよう》なことに、するっと矢が貫通した。烏に傷を与えられずにいる。

その様子を恐ろしく眺めたあとで、探されているのは自分だと雪緒は気づいた。

「あれも禍月毘本体ではなく、悪霊どもだな。せいぜい遊んでやれよ。焦らして焦らして、禍月毘本体を引きずり出せ」

白月が冷たく笑う。

三雲が、「言われずとも」と反発するように、頬を膨らませてそっぽを向く。それからすぐに、右往左往している鬼衆に視線を投げ、鞘《さや》に入れたままの太刀の先をがつんと地に打ちつける。直後、鳥群を狩ろうとばたついていた鬼衆が、いっせいに動きを止め、こちらを――三雲を振り向いた。三雲はあたりを睥睨《へいげい》するかのように顔を上げ、胸を張ると、ぢ、ぢっ、と舌打ちで号令を発した。途端に鬼衆が落ち着きを取り戻す。

返事の代わりか、鬼衆が自身の足で一度ドンと地を鳴らし、血煙を吐く。比喩《ひゆ》ではない。大きく開けた口から、どす黒い煙の塊をぱっと勢いよく吐き出している。それらが宙で形を変え、火矢用のものよりさらに大きく頑丈な弓矢となった。彼らは自らが生み出したその黒く禍々《まがまが》しい弓矢で、頭上を旋回する悪霊の群れを、今度こそ打ち落とし始めた。

胆の冷えるようなこの騒動の様子にさえも、『客』は関心を示さず、のんびりと気ままに歩んでいる。

同日の夜のことだ。

雪緒は、白月の狐毛製の組紐もどきをしっかり身につけ、借りた羽織りも抱えて床についていた。定期的に鬼火がふよふよと飛んできて、異変がないか確認してくれるし、敷布団《しきぶとん》の下には、三雲が作ったお守りの札も差しこんでいる。開かれた襖《ふすま》の向こう……隣の部屋には、耶花も休んでいる。明かりはそちらの部屋のみだ。夕焼けの名残のように、淡い光がわずかばかりこちらの部屋へ流れこんでくるが、奥の隅までは届かず、そこには濃い闇が積もっている。

休む前に、不安なら添い寝してやろうかと、三雲からは生真面目に、白月からはからかうように提案されたが、雪緒はどちらも丁重に断った。

掛け布団のなかにすっぽりと潜りこみ、きつく目を瞑《つぶ》るも、いっこうに眠気がやってこない。そのうち息苦しくなってきて、雪緒はのろのろと掛け布団から頭を出した。

寝返りを打ちついでに、薄く目を開ける。

枕《まくら》の横に、黒い紙のようなものが落ちていた。しばらく見つめるうちに、闇に目が慣れ、それがなにかを悟る。紙ではない。黒い楓の葉だ。雪緒は一呼吸分置いてから、ばさっと掛け布団を撥《は》ね除《の》け、上半身を起こした。たった一度瞬《まばた》きしただけで、まわりの景色が一変した。

（なにが起きてるの）

恐怖が嵩《かさ》を増し、理性を溺《おぼ》れさせる。布団の上にいたはずなのに、なぜか雪緒はいま、綾取りのような赤い縄で築かれた反橋の上に乗っていた。

目を疑う眺めだが、そうとしか表現しようがない。反橋の下は、ざざあざざあとゆれる真っ黒い海――と思いきや、水ではなかった。堆《うずたか》く積もった黒い楓の葉製の海というべきか。

周辺には、葉の海から突き出た岩礁がちらほらと見え、そこに狐たちが乗っている。

「白月様」

雪緒は茫然《ぼうぜん》と名を呼んだ。

正面に聳《そび》える岩礁の上に胡座《あぐら》をかき、自身の膝に頬杖《ほおづえ》をついて座っているのは、真紅の着物をまとう白月だ。そういえば昼間に会ったときの彼は、その着物を着用していたが……袖から楓の葉の模様が抜け落ちている。白月の位置から少し離れた位置に突き出ている岩礁の上では、花笠をかぶった狐たちが、手にある鳴子で拍子を取り、「ケなりや、ケなりや、汝《いまし》つげりや」と楽しげに歌いながら踊っていた。

雪緒は、踊る狐たちから白月に、視線を戻した。よく見れば、岩礁は、獣の頭蓋骨を積み上げて作られている。怪異そのものの不穏極まる光景に、息が詰まる。

「やあ雪緒。よい不気味な夜だな」

白月が、んふふと喉《のど》の奥で笑って、雪緒を見据える。

「どうして……、どういうことでしょうか？」

雪緒が混乱のままに尋ねると、白月は機嫌よさげに狐尾をゆらした。

「どうしてって、この状況のことか？」

それ以外に聞くことがあるのか、と雪緒は視線で訴えた。

「人は忘れっぽいなあ。俺《おれ》は、おまえ様を祟《たた》っていただろ。まさか記憶に値するほどではなかったとでもいう気か？」

「…………えっ」

雪緒は、ぽかんとした。

「祟っているって……、これ、祟り……まだ、私を祟っているんですか？」

「おまえ様が驚くことに、俺もびっくりだ。あれ、こんな会話を前にもしたな？　なあ、狐の祟りがたやすくほどけるものだと思っていたのかよ」

——思っていた。

「だって、もう直接お会いできたのに」

少なくともいまは手の届く距離にいる。自分の全部を捧げるとも誓った。

なのに、なぜまだ祟る必要があるのだろう。

「俺の祟りはそんなやわじゃないんだぞ。狂い方だってすごいんだから、もっと思い知れ」

白月がむっとしたように眉を下げる。

「そこは誇るところですか⁉」

雪緒は唖然《あぜん》とした。本当に、根本的に人とは考え方が違う。

「もちろんだ。身悶えるほどに祟っている——というのは、まあ、腹いせを兼ねた冗談で、おまえ様の魂を守りに来ただけだ。ほめ称えろよ」

「……はっ？　冗談？　守るって」

「眠っているあいだ、魂は赤子のように無防備になるからなあ。悪いモノに雪緒が連れ去られぬよう、夢路を渡ってきたわけだ。献身的で愛くるしい狐様にせいぜい胸を高鳴らせろ」

「待ってください、守るっていうのは、その、安曇さん——禍月毘からってことですよね？」

「違う」

「……違う⁉」と、雪緒はおののいた。べつの危険な存在からも命を狙われているのか、私。新たに不吉な情報を出してこないでほしい。

「三雲からだぞ。おまえ様は、あいつにも祟られていたろうに。それも忘れていたのかよ」

呆《あき》れたように白月が答えを告げる。

（あっ、そういえばそうだったか……？）

雪緒は口元を手で押さえ、混乱まっただ中の頭で必死に考えた。

だが、狐たちの楽しげに歌う声と鳴子の音が、ひどく耳に障る。

思考を狂わされ、冷静な判断ができない。祟っているのは三雲？　白月？　どちらだ？

「ここは鬼里、あいつの領域のなかじゃないか。おまえ様のようにちっぽけな人なんて、簡単に搦めとられる」

「そ……そうですね、そうですよね。はい、ありがとうございます……」

本当に、そうなのか？

「だからずっと俺の尾のうちに、隠れていればいい。そうだな？」

「ずっと――ええ、禍月毘を退治するまでは、ぜひ守っていただけたら嬉《うれ》しいです」

雪緒がなんとか言葉を絞り出すと、ぴたっと鳴子の音がやんだ。あれほど無邪気に歌い踊っていた狐たちが、動きを止めて雪緒をじっと見ている。白月も同じように表情を消していた。

「ずっとだ、雪緒」

「はい、祭りが終わるまでは――」

「そうじゃない」

白月の声が低くなる。

ああ頑固な、人の子はすぐに浮つく、かわいそうな白月様、素直にうなずけばよいものを。

――狐たちも、恨めしげに吐き捨てる。

「おまえ様には、まだこわさが不十分なのか。しかたがない」

固まる雪緒を冷めた目で見て、白月が溜め息を落とす。

「とんでもない、もうじゅうぶん――」

不吉な予感を抱いた雪緒が遠慮する前に、白月は「ちょきん」と言った。

その瞬間、雪緒を乗せていた綾取りのような赤い縄の反橋の桁《けた》部分が、鋏《はさみ》を入れられたように、ちょきりと切れた。

雪緒は悲鳴を上げそこなった。壊れた橋から転げ落ち、葉の海のなかに沈んでいく。

カチカチカチカチと狐たちが一斉に鳴子を鳴らす。

音のするたびに、雪緒の身体は、葉の海の奥へ奥へと落ちていき――。

そして普通に朝を迎えた。悪夢などなかったように。

◎伍・従坐《じゅうざ》の御月様　また、

次に来るのは、うきうき血染《ちぞ》め祭だ。

この奇怪な名称の祭りは、葵角ヶ里《きづぬがさと》では、泥土の畑にもち黍《きび》を植える、という内容に変貌《へんぼう》する。ただし祭りの場となる泥土の畑は、里の内ではなく外に作られる。里の北東側に見える小さな山が、まるまる『つりば』として使われるのだとか。だからこの霊山の名も、つりば山という。つりばとは、『釣り場』のことだが、もちろん魚を捕るという意味ではない。

禍月毘《まがつひ》の影響か、一部の種子が急に腐り始めるという異変が起きるも、神使《しんし》役の鬼衆がすぐに対処に走り、事なきを得た。

禍月毘本体はまだ、姿を見せない。

この日の夜、雪緒《ゆきお》は夢のなかで、三雲《みくも》の影を見た。

彼は川の向こうに佇《たたず》み、こちらに背中を向けていた。

三雲が振り向く前に、雪緒は目を覚ました。白白明けの刻だった。しばらくのあいだ、さあさあと降る雨音に似た耳鳴りに苛《さいな》まれ、雪緒は布団から起き上がることができなかった。

三番目に訪れるのは、わくわくすくすく祭だ。これも一度聞いたら忘れられないような、奇妙な名称。血染め祭とこの祭りは、開催日が近接している。

内容は、寄木細工のような箱を炉で燃やすというもので、そこで使われるのは当然、つりば山で切り出された材木である。箱のなかに悪霊が潜んでいたが、これも炉の炎で浄《きよ》める前に成敗し、難を逃れた。やはり禍月毘本人は現れなかった。

その夜も雪緒は夢に悩まされた。昨晩は対岸に立って背を見せていた三雲が、今夜はこちらに向き直っていた。顔に、黄色い鬼神の面をつけていた。

「少しずつ、近づいてきているような……」

雪緒は、かぶりを振った。どうも身体《からだ》が怠《だる》い。

明けて、次の日。細雨の日。

四番目に待ち構えているのは魚々々祭《ななおさい》で、これはつりば山の麓《ふもと》に生えている石榴《ざくろ》の実を、魚の卵に見立てて川に流すというものだ。

ただの見立てに終わらず、川流し直後に、石榴の実は稚魚に孵《かえ》る。

この祭りでも、途中で邪魔が入った。実の一部が、禍月毘の目玉に変わっていた。

雪緒の姿が発見される前に、お守り役と称してそばにいた白月《しろつき》が、さっと石榴の実を炭化させた。三雲はどうしていたかと言えば、血染め祭のときから鬼衆の手伝いに駆り出され、落ち着いて話をする機会が得られなかった。

(対話の時間をもらえたとしても、いったいなにを言えばいいのか……)

あなたもまだ私を祟《たた》っている？　と言葉を濁さずに尋ねて、そうだ、と平然とした顔で肯定されたら、心が抉《えぐ》られるに違いない。それに、白月にも新たな夢の内容を伝えられずにいる。

単なる悪夢なのか、そうでないのか、雪緒には判断がつかない。

確信を得られない状態で下手《へた》な真似《まね》をすれば、薮蛇《やぶへび》になりかねない。

――この夜もまた、雪緒は悪夢を見た。

二日目までは対岸に留《とど》まっていた三雲が、今日《きょう》はこちらの岸に辿《たど》り着いていた。彼は黄色い鬼神の面で顔を隠していたため、どんな表情を浮かべているのかはわからなかった。

「雪緒、ともに川底に沈もうか」

彼は優しく誘った。

「沈みません」

「なら、骨まで食ってしまってかまわないか」

「いけません」

「祟りは深まるぞ。魂が黒ずむまで祟るぞ」

「……それでも、だめです」

「よいというまで祟らねば。ああ、ところで雪緒。術は使えるようになったのか？」

雪緒はぐっと息を吞《の》んだ。

(使えない。おそらく葵角ヶ里に滞在しているあいだは、無理だろう)

さあさあと、雨音のような耳鳴りが頭の芯《しん》まで響く。

やがて、魚が跳ねるような、ぴしゃんという音までも聞こえ始める。

「──なんだ、この音は。雪緒、まさかおまえは」

三雲のなにかを疑うような声が、ふいに途切れた。

雪緒は目を強く瞑《つぶ》った。

数拍置いて、ゆっくりと瞼《まぶた》を開けば、夜明けだった。

そういえば、三雲が夢に現れ始めたあと、白月は渡って来なくなった。


翌日の昼。あいかわらずの憂鬱《ゆううつ》な雨日だが、祭り支度は粛々と進んだ。

「殺生救脱祭《せっしょうくだつさい》を行うあいだは、襲撃を警戒しなくて大丈夫だ。この祭りは九豊祭《くぶさい》で最も加護がある。少なくとも、龍神の体内には悪霊が入りこめないんだ」

派手な菊模様の羽織りを着ている三雲が安心させるように言って、雪緒に微笑《ほほえ》みかけた。

場所は、並び立つ妓楼《ぎろう》の下の隧道《ずいどう》もどき——龍神の抜け殻の内部だ。

ここにはいま、三雲と雪緒以外にも、蓮の形の提灯《ちょうちん》を携えた鬼衆が集まっている。

白月は不在。守りの強固な祭事だと、事前に知っていたのだろう。今日の彼は雪緒の警護から離れて、自らが統治する、紅椿《あかつばき》ヶ《が》里《さと》の状況確認に当たっている。

といっても、白月自身があちらへ直接出向くわけではない。妖術《ようじゅつ》を駆使して、紅椿ヶ里の者と対話を行うらしい。術の精度を上げるために、静かな場所にこもる必要があるのだとか。

「救脱祭の日は、『もがみ』の者たちが龍の体内に現れる。ほら、もう来ているみたいだぞ」

三雲が提灯を顔の位置に掲げ、隧道内の壁を指差す。隧道内は、全体が壁画と化していた。

初日に通過したときには描かれていなかったはずの画だ。

「もがみ、とは……？」

独特な雰囲気を醸し出す壁画に、雪緒は視線を奪われながらも尋ねた。

「正確なところは三雲もわからない。でも、最たるカミの意で、最上。つまり天上におわす母神の意なのだと、以前に耶花《やか》が言っていた」

「耶花さんは物知りなんですね」

「そうなんだ。耶花はなんでも知っている」

ちょっと誇らしげに答えたのち、三雲はちらっと壁画を見た。

「だが、三雲は、この者たちの本当の正体は、藩《はん》から来られし天仙天女の類《たぐ》いではないか、と思っている」

彼の推量を聞いた雪緒の脳裏に、ふと、「かんのんさま」という言葉がよぎる。

壁に描かれているのは、男とも女ともつかない優美な姿の者たちだ。

そっと切りこみを入れたように細い涼しげな目に、ぽってりとした唇。結い上げた髪には輪光を放つ宝冠が載っている。壁画自体は、数百年も前に描かれたかのようにひび割れ、色褪《いろあ》せて見える。そうであっても、もがみたちのまとう背子や長袂衣《ちょうけつい》、裙《くん》、裳《も》はそれぞれの色が春の花を思わせるほど優しく、美しいとわかる。

もがみたちは菩提樹《ぼだいじゅ》の下や青い泉のそばでくつろいでいたり、瞑想《めいそう》をしていたりと、各々自由にすごしている。どういう仕掛けで、もがみの姿が殺生救脱祭の日に、壁に浮かび上がるのかは不明だが、霊妙な絵であることは間違いない。それでもまあ、ただの絵にすぎないだろうと高をくくり、雪緒が遠慮なく見つめていると――もがみの一人と、目が合った。

「!? 動いている!?」

雪緒は仰け反った。

壁画のもがみたちは、それぞれ、生きているかのようにゆっくりと動いている。

「動くに決まっているだろう?」

驚く雪緒のほうがおかしいというように、三雲が戸惑いの表情を見せる。

「この者たちに、蓮の火を渡すんだ。さあ、雪緒も渡してやれ」

三雲は、雪緒にも呼びかけると、手に持っていた蓮形の提灯をずぶっと壁画に押しこんだ。

もうなにも驚くまい……と雪緒も悟りを開き、三雲を真似て同じように提灯を渡す。

提灯を受け取って慈悲深く微笑むもがみを見つめながらも、雪緒は三雲に意識を向けた。

（昨夜も私の夢に来ましたか……、と聞きたいけれども！）

たったひとつの質問さえ、簡単には口にできない。種族も違えば考え方も違う、力の差もある。昼と夜で会う彼の態度が微妙に違うのも、雪緒の口を重くしている。

悩める雪緒の様子に気づいたらしく、壁画を眺めていた三雲がこちらを向いた。

ほかの鬼衆はこちらのやりとりに興味がないのか、いっさいの関心を示さず、自身の手にある提灯をもがみに渡したり、壁画の汚れを手ぬぐいで拭《ふ》き取ったりしている。余裕で水浴びできそうな大きさの木桶《きおけ》を、せっせと運びこむ鬼もいた。あれはなにに使うのだろうか。

「どうした、なにか気になることでもあったか？」

優しく聞かれて、雪緒は、うっと詰まった。

（三雲は、どこか無垢《むく》な面がある）

疑ったり、警戒したりすることに、妙に罪悪感を抱かされるときがあるのだ。

「雪緒？」

「……綾槿ヶ里《あやむくげがさと》の者たちに文を送りたいのですが、三雲に協力をお願いできますか？」

雪緒はひとしきり迷った末に、一番聞きたい話とは異なる質問をした。

一番ではなくとも、これだってじゅうぶん大事な頼みだ。

「嫌だ」

「嫌ですか、そうですよね……って、嫌って言いました？」

「嫌だ」

再度きっぱりと拒絶され、雪緒は耳を疑った。

「文を送りたいだけですよ。三雲たちに隠れて悪巧みをしたいわけじゃなくて、あちらの里の状況を知りたいんです」

「嫌だ」

「そんな澄んだ目で三度も嫌だと言います？　どうして？」

「まだあっちの里に未練があるのか？」

「まだもなにも、私が葵角ヶ里へ来たのは、綾槿ヶ里の民の不始末を処理するためであって、このままこちらに居を移すためではないんですよ」

しどろもどろに言い訳を繰り出しながら、雪緒はわずかに身を引いた。

三雲の無垢さは、得体の知れない圧迫感を醸し出すときもある。いまがそのときだった。

「雪緒は里にもう何日も留まっているが、そのあいだ、三雲の同胞に一度でも詰《なじ》られたり、騙《だま》されたり、襲われたことがあるか？」

「ありません」

「そうだろう。鬼は、若子でもない限り、仲間に非道な真似をしない。じゃあほかの里と比べて、住みにくいところはあるか？」

「……とくに不都合はないですが。いえ、でも、宿以外のことはまだよくわからないですし」

「水も豊富だし、食い物も不足していないぞ。生きるのに必要な物は、ほかの里と同じだけ揃《そろ》っている。その上で、命を脅かされることもない。――今回の凶事さえ片付けば。雪緒は、我らが里に残るべきだ」

三雲が諭すように言う。叱《しか》るわけでもなく、脅すわけでもない。彼は純粋な気持ちで、事実を伝えている。それがわかる。

「ですが、白月様は私の移住を許しません」

答えたあとで、これでは白月に責任を押しつけているようだと雪緒は焦った。無意識に手首の傷跡を撫《な》でる。

その些細《ささい》な行動を、三雲の目が追った。彼の視線で、雪緒は自分の行動に気づいた。

「白月に認めさせたら、かまわないのか？」

「――それは」

口ごもってから、雪緒はいたたまれない気分で両手を背中に隠した。

「ええ、そうです。かまいません。白月様が私の、こちらへの移住を望むのなら。――でも、そんな私で、白月様しか心の頂に置かない薄情な私で、三雲は平気なんですか？」

三雲を一番にはできない、と伝えたつもりだった。

こういう挑発じみた聞き方をすれば、いくら寛容な三雲でも腹を立てるかもしれない。殺される危険もある。うっすらとそう思ったが、それでも取り返しのつかない状況を迎える前にはっきり言わねばならないことでもあった。――取り返しがつかない状況とはなんだろう、と雪緒はぼんやり考えもした。それは、どういう意味でなのか。まさか、心情的に？

「……許せないでしょう、そんなの」

自分がいっこうに靡《なび》かないから三雲はまだ祟り続けているのだろう、と雪緒は、これも挑発するように言った。

「許せない」と、三雲は肯定した。彼の顔に、その言葉にふさわしい怒りは見えない。

「それなら」

「でも、いい。それが雪緒なんだろう？　御館《みたち》を一番高いところに置くせいで、泣いたり苦しんだり、三雲にそわそわした顔をする。頼むから傷つける前にあきらめてくれと、冷たく突き放そうとする。三雲は、そういういつも一生懸命な雪緒がいい」

きらきらした甘い声で言って、三雲は微笑んだ。

「出会って、関わって、よいと思ってしまった。手を伸ばしたいんだ」

大事な打ち明け話のように、三雲は声を潜める。壁画のもがみが、こちらを見て微笑した。

「……だめです、三雲」

雪緒は小さく抗《あらが》った。

鬼は――こうも人に、快いものなのか。

「だめと言われても、三雲は困る」

言葉とは裏腹に、三雲はちっとも困った顔などしていない。それどころか、楽しげだ。

三雲のなかに、星が生まれている。瞳《め》を輝かせるような、雪緒自身も少し前までは持っていたはずのきれいなものがある。それを確信して、雪緒は強い苦痛を感じ、また一方で救われるような思いも抱いた。同じ気持ちを返せないことが、最も恐ろしい過ちのようにも感じられた。

手を取れば、きっと安らぎを得られるだろうとも。

「それに御館のことなら、三雲が隙《すき》を見ていずれ狩るから、大丈夫だ。雪緒が悩む必要もなくなるぞ」

三雲が、からりと明るく言い放った。

「……その一言さえなければ！　もう！」

物騒な発言のせいで切なさが爆破され、雪緒は叫んだ。三雲は笑った。

夕刻のことだ。空に広がる雨雲のせいで、かなり薄暗い。雨は強くなったり弱まったり。

祭りも終わって、最後のもがみの帰還を見送り、さあ宿に戻ろうかと思ったとき、わらわらと女鬼たちが龍神の体内に押しかけてきた。そういえばこの祭りの最中、女鬼の姿は見かけなかった。集う女鬼のなかには耶花もいて、皆、頭の上に畳んだ布や衣類を乗せている。

「去れ、去れ」

まだ残っていた男鬼たちを、耶花が無慈悲に追い払う。苦笑して隧道から出た三雲に続き、雪緒も立ち去ろうとすれば、なぜか「おまえは残るんだ」と、耶花に引き止められた。

「はい？　いまからここでなにかする……えっ、あっ⁉　なんで⁉　待って、なぜ私の衣を剥《は》ぐんですか！」

あっという間に素裸にされて震える雪緒を、同じように衣を堂々と脱ぎ捨てた耶花が木桶に突き飛ばす。祭りの最中に、鬼衆が持ちこんでいた大量の木桶だ。いまそれらは、壁際に並べられている。湯浴みできるほどの大きさだなあと思っていたら、まさか本当にそれ目的とは。

いつの間にか木桶には、澄んだ水が張られていた。

薄桃色の蓮の花が、ひとつ、二つ、浮いている。

「冷たっ！　……くない？　あれ？」

木桶のなかに容赦なく突き飛ばされた雪緒は、悲鳴を上げかけたが、途中で首を捻《ひね》った。

冷たいのに、そうと感じないという、ふしぎな水だった。

やはり素裸になったり、上半身のみ脱いで洗い物を始めたりしていた女鬼たちが、こちらを見て少し笑った。雪緒は、肉感的な彼女たちの身体を見て動揺し、そのあとに感心した。彼女たちの身体にも梵字《ぼんじ》めいた入れ墨がある。場所は、太腿《ふともも》だったり背中だったりと様々だ。

「この水はな」と、耶花が髪を濡《ぬ》らしながら言った。雪緒は彼女に目を向けた。

「もがみたちが龍神の腹の内に現れるあいだ、泉も湧《わ》いていただろ。その泉のしずくが、少しずつ壁から漏れてくるんだ。……遠い昔、我らが里には毒水の川が流れていたので、この澄んだ水は、とても貴重だった」

「……そうなんですか」

「いまは井戸もあるし、山には水路も作られているから問題ないが。とにかく、当時の名残りで、我らはいまもここで水浴びしたり、洗い物をすませたりする」

「私も参加させてもらっていいんですか？」

ある意味、これも祭りの一部に組みこまれているのではないか。鬼たちを救ってきた水だ。

「かまわん。我らは皆で集まって、ものを食うし、皆で水浴びする。普段は山の水路のほうで水浴びするんだ。眠るときも、だいたい、空いている部屋に集まる。祭りの最中はそれが難しいが、どうもばらばらだと落ち着かん」

「へえ！　鬼様方は、本当に仲がよいのですね」

雪緒は鬼の生態の一部を知って、内心盛り上がった。

彼らは団体行動が基本らしい。なんとなく、獣の群れを連想する。

「仲間だぞ。そういうものだろ」

「そうかあ」

あれ、ということはいま、私も彼らの仲間扱い……？

驚く雪緒のほうに、好奇心で目を輝かせる女鬼の一人が近づいてくる。

鬼といっても、姿は人と変わりない。人より体格がよいけれども。

彼女に身体をぺたぺた触られて、雪緒がまごまごしていると、そのうち耶花にも髪を取られ、しげしげと見つめられた。くすぐったがるうちに、微笑む耶花や女鬼たちに髪を洗われ、背中を流される。雪緒もお礼に、洗濯を手伝った。——久しく、本当に久しく、他者とこんなふうに無防備に触れ合う機会がなかったので、戸惑いはしたが、純粋な喜びも感じた。

これは、雪緒にとって毒のような喜びだった。鬼に惹《ひ》かれてはいけないと、気を引きしめなければならなかった。鬼は本当に、あの手この手で心を搦《から》めとろうとする。


その夜。しとしとと雨夜。

昼間にああいう、秘密にしておきたいような甘ったるい会話をかわしたばかりというのに、鬼神の面を装着した三雲が、性懲りもなく夢を渡ってやってきた。

本当に異形の者たちの考えは、底知れない。

❀

ぽたぽた雨日。六番目に迎えるのは、獅子三礼祭《ししさんらいさい》だ。

供物として、獣を象った黄金色の飴《あめ》細工を用意するのだという。それが実際の獣に化けて野を駆けていくらしい。この祭りの様子も雪緒は確認するつもりでいたが、だれぞの祟りの影響か、早朝から、どうも身体が怠い。少し待っても改善されなかったため、しっかりと狐毛《きつねげ》の組紐《くみひも》もどきを手首に巻いて、今日は休むことにした。

そうしてまた、夢を見た。

一度はこちら側の岸に来ていたはずの三雲が、なぜかふたたび対岸側に戻っている。

対岸に佇んでいるのは、三雲だけではなかった。ほかの鬼衆も集まっており、なぜか川に花を撒いている。花で川を埋めようとしているみたいだ。

雪緒は、さすがにそれは無理だろう、と三雲に告げた。花をどれほど投げこんでも、この川は埋まらない。けれども三雲はこちらに手を振り、大丈夫だと笑った。

幅広の川に隔てられているのに、ふしぎと互いの声がよく通った。

今回現れた三雲や鬼衆は、いつもの黄色いお面をつけていなかった。

待っていろ雪緒。三雲がそう誓う。待っていろ、そのうち攫《さら》いに行くから。

雪緒は首を捻った。川を埋めようとしているいまではなくて、「そのうち」？

——どういう意味なのかを問う前に、雪緒は一度、目を覚ました。

枕元に置かれていた白湯《さゆ》を飲み、心を落ち着かせたのち、また一眠りする。

そしてふたたび、夢を見た。一日のうちに二度も夢を見るのは、はじめてのことだ。

いや、これは本当に夢なのか、それとも現《うつつ》か。

眠る前と同じ部屋に雪緒はいた。布団に寝ている状態だ。ならやはり現なのかと思うところだが、どうも空気が生ぬるい。——いや、生臭い？

身を横たえたまま動かずに考えこんでいると、ふいに、がりがりと襖を引《ひ》っ掻《か》く音が聞こえた。雪緒はおかしいと訝《いぶか》しんだ。襖は開いていたはずだ。

隣室には自分のお守り役として、耶花なり三雲なり、白月なりが控えているはずだった。

「亜狐《あこ》」

閉じた襖の向こうから、女の声で呼びかけられた。雪緒はとっさに起き上がり、勢いよく襖を開いた。その独特な呼び方は、いつかの幻の世で鈴音《すずね》からさされたものだ。

しかし、開いた襖の向こうに待ち構えていたのは、銀色の髪を持つ麗しい女の狐様ではなく、なぜか目を潰《つぶ》されている黄金の獅子《しし》だった。恐ろしい牙《きば》を見せる口から、亜狐、亜狐、という声がひっきりなしに漏れている。よく見れば、大きく開けられたり閉じられたりする獅子の口の奥には、だれかの顔が押しこまれていた。――安曇《あずみ》だと雪緒は気づいた。

「亜狐やあ、目玉を舐《な》めさせろようおうおぅっ」

獅子が吠《ほ》えたのち、跳躍し、雪緒に噛《か》みつこうとした。

だが、牙が雪緒の身に届く前に、手首に巻きつけていた狐毛の組紐もどきが突如、はらりとほどけた。それが瞬《また》く間に毛の淡く輝く白狐に変じ、獅子を襲う。

「ぎゃあっ」と、獅子が――安曇が叫ぶ。

たまりかねて逃げ出す獅子を、白狐が容赦なく追いかけた。

はっと気づけば、へたりこむ雪緒のそばに黄色い鬼神の面が落ちており、それが独楽《こま》のようにくるくると回っていた。

✿

ぴしゃりぴしゃりの雨日。七番目に行われるのは、黍の鳴釜祭《なるかまさい》である。血染め祭で植えたもち黍を収穫し、それを貢物として、『客』に献上するのだという。この祭りに訪れる客は大層な福耳の持ち主で、なおかつ見事な狸腹《たぬきばら》らしい。肩には大袋を背負っているそうだ。

雪緒はこの日も不調が続いていたので、休息を取った。

詳しい話は、鳴釜祭の終幕後に顔を見せに来てくれた白月から、聞くこととなった。

――雨のやまぬ夕刻、雪緒はいったん起きて、早めの夕餉《ゆうげ》を取っていた。

食事後はすぐに休めるよう、布団の横に膳を用意してもらった。

食事を始めて間もなく、白月がやってきた。箸《はし》を置こうとした雪緒に、「そのまま食べていなさい」と、鷹揚《おうよう》な態度で告げながら、目の前に座る。今日の彼は藍色《あいいろ》の着物を着用していたが、袖や裾にかけて施されているのはやはり、舞い踊る楓《かえで》の葉の模様だった。

雪緒は味噌《みそ》漬けの魚の身を咀嚼《そしゃく》しながら、しばらくその模様を見つめた。

「ようやく禍月毘自身が祭りに忍び寄ってきたぞ。現れるならこの祭りだろうとは思っていた」

「鳴釜祭の祓具《はらえぐ》より生じた存在だから?」

「ああ。まあ、本体には逃げられたんだが、影は仕留められた」

白月が薄く笑ってそう告げた。

「……影ですか?」

話の内容をうまく呑みこめず、雪緒は聞き返した。

「うん、そうだ」と、白月は軽くうなずいたが、その後、思案げに自身の顎《あご》を撫でた。片耳がぴこりと倒れている。

影。その言葉に、雪緒は肌がざわめくような感覚に襲われ、落ち着かなくなった。

以前にも、多数の者から影に関する話をされている。たとえば、先代の御館である雷王《らいおう》。天《てん》昇《しょう》をすませたはずの彼は、かつての幻の世で、異形の姿に成り果て、雪緒の影を奪ったなどという不可解な懺悔《ざんげ》を聞かせた。だが、あれはもう失われた世界だ。現実に起きたことではない。その証《あか》しにいま、雪緒にはちゃんと影がある。まったく、影がなんだというのか。

「や、魚々々祭の最中にも、アレ自身が覗《のぞ》きに来ていたけどな。あのとき現れたのは身の一部、目玉だけだったろ？」

話を続ける白月の声に、迷夢に足を踏み入れかけていた雪緒は、ふっと現に引き戻された。いけない、気をつけないと、すぐにぼんやりしてしまう。

「……ああ、なるほど」

割った石榴の実の一部が目玉に化けていたっけ。

血に一晩漬けこんだかのような、どす黒い小さな目玉がびっしりと石榴の果皮に詰まっていた光景を雪緒は思い出し、少しばかり食欲が失《う》せた。

「目玉を炙《あぶ》って視界を閉ざし、本体から影を切り離すのにも成功した。これでじゅうぶん力は削った。次の祭りにも、あれの本体は必ず現れる」

「必ずですか」

「そう、必ず。影がなければ本体までもが朧《おぼろ》になり果てる。そうならぬためにも、奪われた影を取り戻そうとあがく。祭りという胎《はら》の門を駆け抜けて力をつけ、その勢いで雪緒をぱくんといこうとするだろう」

白月が懐手し、先ほどとは逆側の耳を倒した。

交互にぴこぴこと倒れる狐耳を、雪緒は視線で追った。

「……雪緒？　ぼうっとしているが、まだ調子は戻らんか。話はあとにして、休むか？」

「――いえ、大丈夫です」

雪緒は気怠さを吹き飛ばすように、頭を左右に振った。祟りの影響もあるのかもしれない。

「……それで、禍月毘は今回、どうやって現れたんですか」

「客の担ぐ大袋のなかに潜んでいやがったぞ。で、鬼の野郎が、貢物のもち黍を大袋に詰めようとしたとき、影が飛び出て、そいつに襲いかかろうとした」

「仕留めたのは白月様？」

「いーや。違う」

白月は、嫌な臭いを嗅《か》いだかのように、鼻筋に皺《しわ》を作った。

「俺は残念ながら、少し離れたところにいたんだ」

「ひょっとして、そこに悪霊が出現したとか……？」

「ううん。違う。三雲だ」

「三雲？　……が、どうかしたんですか」

「あいつが目の前にいたから、急にむかついて、影をちょいと踏んでいたんだ。ざまあみろ。飛び上がってやがった」

「えっなにをしてるんです？」

なにかべつの大事でもあったのか、と真剣に聞いていた雪緒は、耳を疑った。

このお狐様は、童子だろうか？

「そうしたらぁの鬼野郎、振り向き様にな、仕返しとばかりに俺の尾を、ばか力でぎゅーっと！　にぎりしめやがった！　かわいそうな俺の尾！　雪緒も慰めてやってくれ」

「本当なにやっているんですか、お二方とも」

自由気ままなお狐様は、自分の尾を労《いたわ》るように両手で抱きかかえると、両耳もぺそ…っと、か弱げに倒した。自分の身にあるもふもふ成分の活《い》かし方を、めちゃくちゃ知っている。

「俺と鬼野郎は、だから、互いをどう討ってやろうかと憎しみを募らせていたんで、大層忙しかったんだ。影を仕留めたのは、件《くだん》の大袋を担ぐ客の近くにいた、ナントカ郎だとかいう、不細工な獅子くずれのけだものだ。そいつが影にいち早く気づき、食らいついた」

「獅子くずれって……十郎のことですよね？」

「確かに雪緒の言っていた通り、禍月毘は、獅子の類いを恐れているようだなあ。ひぃひぃと泣き叫びながら、ナントカ郎に食われていたぞ」

お狐様ったら、十郎の名前を覚える気がない。それにしても十郎は、けっこうな悪食だ。

「食べたんですか？　影を？」

「そう。もしゃりと食べた」と、白月は両手で自分の口を覆い、耳を水平にした。尾も、小刻みに振っている。……このお狐様は時々、全力でかわいげを出そうとする。

（そう振る舞えば、私が甘くなるって、気づいている……！）

雪緒はぐっと顎に力をこめた。もふもふ成分さえなければ、ごまかされたりしないのに！

「本体は間違いなく、客の担ぐ大袋のなかに潜んでいたんだ。すぐに大袋を燃やせば、本体も仕留められたはず。だからそのとき、とても偉い俺は、三雲の討伐を泣く泣くあきらめ、大袋に向かって狐火を放った」

おや、意外と真面目《まじめ》に……？

「今回は手助けなどせぬつもりでいたんだけどなあ、どうにも俺が誠実で慈悲深い狐様なばかりに、目の前の敵を見過ごせず……」

本当に誠実で慈悲深い者は、嫌がらせに影踏みなどしない。

「ところがだ。三雲の野郎も、同時に鬼火を放ちやがった。余計な真似を！」

「……それで？」

「狐火と鬼火が衝突し、目的を忘れて喧嘩《けんか》をし始めやがった。なんだあいつら」

「…………。それで？」

「ええいまどろっこしい、もういっそ客ごと燃やしてやろう。そう決めて、地面全体に火を広げようとしたら、あの女の鬼に見つかって、激しく叱られた」

「…………」

「三雲の野郎も叱られていたのは、楽し嬉《うれ》しや、もっとやれと思ったが、俺は御館だぞ。この郷を治める位高き御館様だぞ。なんなんだ、あの無礼な女鬼は。結局、説教が長引いたせいで、禍月毘の本体には逃げられたんだ。俺は、本当に、鬼など好かん」

お狐様は反省の色もなく、腕を組んでふんぞり返った。心なしか、ゆれる狐尾も偉そうだ。

(確かに一番偉い御館様だけれども)

もし雪緒もその場にいたら、耶花と一緒に彼らを並べ、懇々と説教していたに違いない。

白月が、雪緒の膳に残っていたかまぼこを勝手につまんで、自身の口のなかに放る。

雪緒はもう食べる気をなくし、箸を膳に戻した。

代わりに湯呑みを手に取って、少し冷めたお茶を口に運ぶ。鬼の里で振る舞われるお茶は、生干しで淹《い》れているのか、いつ飲んでも仄《ほの》かに青臭い。雪緒はわずかに眉《まゆ》をひそめた。

茶の青臭さに意識を半分ほど奪われながら、ぼんやりと言葉を落とす。

「――昨夜の夢に現れた禍月毘……安曇さんは、だから獅子のなかに潜んでいたんですね。十郎に影を食べられたことが、印象に残っていたんだ」

「夢に?」

白月が聞き咎《とが》め、怪訝《けげん》そうに両の狐耳を同じ方向に倒す。

「はい。鈴音様の声で呼ばれたので、とっさに襖を開けたら、目を潰された黄金の獅子がそこにいました。獅子の口内に、安曇さんがいたんです。私の目玉をほしがっていた」

「ふうん」と、白月は、次に、豆入りの厚揚げを口に押しこんだ。

「ふしぎな話です。白月様が安曇さんの目玉を燃やしたのは、魚々祭でのことで、私が夢を見る前でした。そして実際に安曇さんの影が十郎に食べられたのは、今日の昼。こちらは夢を見たあとに起きた出来事です。これでは、現が先なのか、夢が先なのか――」

また、因果の法則を問うような話になってきた。雪緒はぼうっとそう考えた。

(安曇さんの、「亜狐」という呼び方も、気になる)

鈴音が雪緒をそう呼んでいたのは幻の世でだ。なら、なぜ現実の安曇までが知っていたのか。

どうも日月の軸心、長さ、流れがおかしい。安定していないように感じられる。

その不安定さは、いったいなにに起因しているのだろう。

雪緒は自身がそんな疑念を抱いたことを、ふと訝しんだ。理由なんてあるのだろうか。

白月の視線を感じた。雪緒は彼に目をやり、手に持ったままの湯呑みを膳に戻した。

「白月様は、今夜も私を祟りますか？」

雪緒の唐突な話題転換に、つまみ食いを終えた彼は一度、狐尾をふわりと持ち上げた。

「突然だな」と、白月もそう思ったらしく、かすかに笑った。

「急に気になったんです。……寝るときの心構えも違ってきますし」

「いや、責めたわけじゃないぞ。祟りの話は、現ではしないのかと思っていたが、やっと」

「待っていたのですか？」

「我慢強いんだ、俺は。……では、前に聞かせたことを、覚えているだろうな。いまは俺が祟っているのではなくて、三雲がやっているんだと教えたはずだ」

「最初は白月様の話を信じていたのですが——でも白月様、昨夜は、鬼神の面を落とされたでしょう？」

「なんのことだ」

白月がとぼける。

「昨夜、安曇さんの襲撃から私を守ってくれたのは白狐……白月様です。そのときに、鬼神の面を落としていかれた。あれは、夢のなかに現れた三雲が着けていたはずのものです。ということは、私の夢にずっと渡ってきていたのは、三雲ではなくて、彼に扮《ふん》した白月様だったのではないでしょうか」

白月は無表情になり、柄悪く胡座《あぐら》をかいた。

「さあ。俺じゃない」

にべもない態度に、雪緒は困惑した。鬼神の面を落としたこと以外にも、白月が化けていたのでは、と疑うささやかな根拠がある。

（三雲も私を祟っていたことは事実ですけど、彼は決して、私を意図的にこわがらせるようなことは言わないんです）

いつだって、甘くて素敵なものを前にしたかのように、雪緒を見る。雪緒の心も身体も、傷つくことを嫌がっている。

こわがらせたいと望む、凍った泉のような眼差《まなざ》しの白月とは、正反対の考えを持っている。

「……騙し方が、雑でした。三雲が私を食べるのは、死んだあとなんですよ。生きているあいだは食べないんです。でも白月様ったら、普通に脅してくるし、私を食べたがるし」

「――やめろ、雪緒。あいつを語るな。不快だ」

白月は牙を剥《む》くようにして唸《うな》った。

「これが祟らずにいられるか」

取り繕うのをやめたらしい。

「いまだって俺は、地を掻《か》く爪《つめ》が割れるかというほど必死に我慢をしているというのに、煽らないでくれよ」

「そんなに私が憎いですか？　もしかしたら、この場で私の息をとめておいたほうが、白月様は楽になれますか」

「殺《あや》める程度で俺の気は晴れるのか？」

「どうしたら……私、なにをすればいいんでしょうか」

白月が祟り続けるのは、いまの雪緒の在り方に満足できないせいだろう。なにもかもを差し出すと伝えても、白月の心に届かない。

「全部、命だってなんだって、白月様にお渡しするつもりなのに」

「足りない」

白月が低く囁《ささや》く。

「足りない、とても足りない。腹が膨れない……。いまのおまえは欠けていて、味がしない。つまらぬ者になり下がった者を得て、なんになる」

呪うように吐き出された白月の言葉の端々に、焦燥が滲《にじ》んでいた。

「欠けているって、なにが……？」

問えば、嫌そうに顔を背けられる。

「ああ、知るものか。だが間違いなく欠けた。おまえは欠けてしまったんだ。欠けたものを返せ。それは、俺《おれ》のものだ。俺が味わうべき、食らうべきものだ」

雪緒はますます困惑し、膝《ひざ》の上できつく手をにぎった。

怪《かい》からすれば、力を持たない人の子なんて生まれつき不完全な種だろう。けれどもたぶん、白月が指摘しているのは、そういうことではない。

（私のなかから欠けたもの……失ったもの）

なにも失ってはいない。ただ、恋をひとつ、胸の底に埋めた。二度と芽を出さないよう、花をつけないよう、厳重に蓋《ふた》をして、だれにもちぎれぬ鎖を巻きつけた。

白月に差し出すことをあきらめたのは、その封じた恋のみだ。

（もしかして白月様は、それを言っている？）

まさかという思いがよぎったのは、ほんの一瞬のことだ。

突風が駆け抜けていくように、甘い希望も期待も雪緒のなかからすっと消える。

もしも埋めた恋を掘り返せば、またぞろ欲が湧いてきて、きれいな駒《こま》になるという肝心の誓いがゆらいでしまう。その誓いを砂の城にしてはならない。

何度願い、縋《すが》りつき、涙しても、とうとう得られなかったのが白月からの恋だ。

雪緒は時間をかけて、ついに恋の成就の日をあきらめるに至った。進歩といえば、進歩かもしれない。

(ああ、でも、恋はしたくないけれども、私からの想《おも》いは必要なのかな)

いや、やはりありえない。この可能性も雪緒はすぐに退けた。

以前に、天神のふりをした白月が朱闇辻《あかやみのつじ》の宿で雪緒に忠告し、否定している。少しだけ恋をしたいのだと——恋を認めてほしいと、許可を求めた雪緒に対して、白月は、恋など食わぬ、また蝕《むしば》まれるはずもないと、そうきっぱり切り捨てた。実際、白月は最後まで靡かなかった。

(ならほかに考えられるのは、呪詛《じゅそ》返しだろうか)

恋を否定したときに、白月は、呪詛として返す、噛み砕いて捨てる、とも言っている。

だからいま、雪緒の恋に長らく付き合わされた返礼として、彼は呪詛返しを行っているのかもしれない。白月が雪緒の恋を望んでいると受け取るよりも、そちらの考えのほうが、よほど現実味がある。

「……どれだけ祟られようとも、私は白月様のものです。いまは腹立たしくてならないかもしれませんが、白月様にとって一番有用で、一番信じられる駒にきっとなりますから。ええ、一番星みたいな輝く駒になってみせますよ」

　白月の狐耳がぴくりと動く。

「それは本心なのか」

「胸を切り開いて確認くださってもかまわぬほどの、本心です」

　雪緒は毅然《きぜん》と言った。清々《すがすが》しい思いさえあった。

「ねえ、白月様、本当ですよ。望まれるままに、私は白月様を精一杯こわがります。畏《かしこ》み、称えて、祈ります」

「それでいいのか。いいというのか？」

「はい。幸せです、私」

「幸せ？」

「そうです。とても幸せ。白月様を……ほかのだれでもない白月様を、私は、祀《まつ》るように、畏《おそ》れ続けます。不変の幸せです」

「祀るように――？」

　白月は、ふと怒りや焦燥を消し、放心したようにつぶやいた。

　二人とも口を閉ざすと、耳鳴りがするほどの沈黙が重くのしかかってくる。

　雪緒は、自分が少し興奮していたことに気づいて、恥じらいを覚え、背筋を伸ばした。

（今度こそ伝わっただろうか？）

瞬《まばた》きも忘れた様子で黙りこむ白月を、雪緒は、そっと盗み見る。

「……不変の幸せ。祀るように畏み――俺を、祀り……」

「白月様？」

「――不変の……」

白月が壊れたように言葉を繰り返す。

それから、どうしたことか、溺《おぼ》れる者のように視線をゆらがせて雪緒を見た。

「そうか、そういう……、おまえは全部を俺に寄越すつもりだな」

「ええ、もちろんです」

確かめる口調で問われ、雪緒は力強くうなずいた。

「俺が望んでいるもの、目指しているものを、おまえは感じ取った」

「はい、たぶん」

雪緒が肯定するたびに、白月の顔から血の気が引いていく。

「だから雪緒は生まれ変わったように、そのために――。そうか、そこに至ったか。俺は正しくおまえを得たんだな」

「はい」

「正しく、望む通りに……」

言葉の途中で、白月は急に嘔吐《えず》いた。身体を二つに折り、口元を押さえる。

「白月様！」

雪緒は驚き、慌てて彼に這《は》い寄った。顔を覗きこむと、瞳の端が青く見えるほど澄んでいる。喜びの輝きではなく、透き通った嘆きの証しのように見えたが、そんなわけがない。

「――ならどうして。俺はいまも満たされぬままでいる？」

「なにが不足していますか？　私が用意できるものなら、なんだって差し上げます。いまは、その、ちょっと術が使えませんが、葵角ヶ里を出れば大丈夫だと思いますので、言ってくださ い。……反抗的な鬼様方が気に食わない、懐柔したいとお望みなら、私は生涯かけて彼らを宥《なだ》めます。綾槿ヶ里だって制してみせます」

「ああやめろ、おまえ、もうなにも言うな」

「はい」

急に具合を悪くした様子が気にかかるが、黙れというならそうしようと、雪緒は口を閉ざした。

「違う、雪緒。俺は――おまえ、俺の心臓をどうしたんだ、叩《たた》き潰しでもしたのか。どうしてこうも」

髪を掻きむしる白月を見て、雪緒は動揺した末に、おそるおそる口を開いた。

「潰していませんよ、ちゃんと白月様の胸にあります。白月様の心臓は、白月様だけのものです」

雪緒は言い募った。だが白月の表情は苦しげなままだった。


細雨が続くその夜に、祟りはなかった。

ただ、夢は見た。

星空のようにちかちか輝く川の上に浮かぶ小舟に、雪緒は一人乗っていた。川といっても、どこに岸があるのかわからぬような大きさで、もはや海にしか見えなかった。

もしかしたら、天の川を渡っているのかもしれない。

そんな幻想を抱きながら水面を覗きこむと、色鮮やかな花鯉《はなこい》がたくさん泳いでいた。

「この舟はどこに向かっているの？」

尋ねても、返事はない。


八番目の恋奈利祭《こいなりさい》。

「つまりは花害だ」

雪緒がこの祭りの概要を耶花に尋ねると、返ってきた答えがその一言だった。

雪緒たちは現在、『つりば山』の中腹に位置する四つ辻《つじ》に立っている。ここが葵角ヶ里にも通じる本道で、頂を目指して登れば、その途中に伽羅木《きゃらぼく》に囲まれた大社があるという。下れば葵角ヶ里で、左右の道の先にもなにかあるのだろうが、雪緒は知らない。

祭りを通し、少しずつ禍月毘の力を削いだ効果で、もう『狐』の面布や羽織りを被《かぶ》らなくてもよくなった。時々出現する悪霊にも勢いはなく、念のためにと護衛してくれる耶花が、その者たちをぱっと追い払ってくれる。

今日は二人とも、扇に花が舞う柄の衣を着ている。耶花は濃紫、雪緒は薄紫の上衣《うわぎ》だ。

つりば山は、天を貫くような喬木《きょうぼく》が多数を占めるが、たとえば大社の周囲など、一部の区域には低木も混生している。山頂付近は生育つ低木も少なく、大部分が草原に取って代わる。赤茶けた岩肌が露出している場所も多い。

しかし、四つ辻の設けられた場所には、木々が密生している。

軽く仰げば、あれが大社かと思われる屋根の端が、黄色に染まる山木の隙間《すきま》に覗いている。

(それにしても、見事に黄一色の木々だ)

多種の木々が群生しているようなのに、山の色彩はふしぎと統一されている。曇天でなく晴天だったなら、光を浴びた木の葉が輝く様を見れたろうに。残念に思ったあとで、そういえば今日はまだ雨が降っていない、と雪緒は気づいた。これも禍月毘の力が衰えた影響か。

雪緒はふと、自分がしばらく黙考していて、その様子を耶花が興味深く、そして注意深く見守っていたことを知った。慌てて表情を取り繕い、「それで、花害とは具体的にどんなものですか？　花木が一斉に根腐れを起こすとか？」と、尋ねる。耶花はうっすらと苦笑いを浮かべた。どういう心の動きによる表情なのか、雪緒は少し気になった。

「違う。逆に花が咲きすぎる。というか花に取り憑《つ》かれる。寄生といってもいいか」

耶花が襟のなかに入った長い髪を、指先でつまみ出しながら答えた。

「花が、憑く？　って、なにに？」

雪緒は警戒した。まさか人や怪の身体に寄生するのではないだろうな。

「鬼や、精霊、獣、客にだ。憑かれると、体内の霊力を吸い尽くされ、萎《しな》びて死ぬ。……あ、さっそく私もやられたな。ほら」

耶花はなんでもないことのように言うと、自分の手首を掲げた。そこに、かわいらしい色合いの小花がくっついている。小花で作った腕輪のようだが、違う。肌に生えている。

「う、うわー!!」

雪緒はつい叫び、がっと耶花の手を掴《つか》んで、花を引きちぎった。

こんな乱暴なやり方をして大丈夫なのかと我に返ったのは、全部むしり取ったあとだ。青ざめながら彼女の手首の状態を確認したが、とくに傷はできていない。雪緒は心底安堵《あんど》した。

「耶花さん、落ち着きすぎじゃないですか？　もっと力強く訴えて。苦しいとか、体力が奪われるとか、わかりやすく、たくさん表現するように心がけて」

萎びて死ぬとか、飄々《ひょうひょう》と言わないでほしい。

怒りながら説教を始める雪緒をいなして、耶花は上空を……山頂へと続く石段の道から、少しばかり左手側にずれたあたりを指差した。

「そら見ろ、花に憑かれた精霊が飛んできた。あれは、落ちるな」

示された方向を見やれば、いつの間に出現したのか、紅椿ヶ里でも頻繁に目撃する海老《えび》や鯉の精霊がふらふらと宙を泳いでいた。しかし、どうにも危うい動きだ。それもそのはずで、それらの精霊たちの身のほとんどが、色とりどりの花々にびっしりと覆われている。

美しい眺めではあった。甘く匂いこぼれるような百花の様相。花束の飛行船が空を渡っているようでもあった。

けれども、耶花の、「落ちる」という言葉の通り、空に浮く鯉の精霊が急にぐらりと傾き、そして墜落した。本来の精霊は、人や怪のように肉の重みを持たない。霊魂が剥き出しの状態とたとえるべきか。魂分の質量しか持たない精霊が、弓矢で仕留められた哀《あわ》れな獣のように、ドォンと地響きを立てて本道の先に衝突し、幾度か弾んで小径を転がっていった。

信じがたい光景に雪緒が言葉をなくして立ち尽くしていると、周辺の木陰に潜んでいたらしき鬼衆がぞろぞろと姿を現した。陸に打ち上げられた魚のごとくヒレをばたつかせている精霊に、迷わず駆け寄る。

男の形の鬼は、もう九月も半ばをすぎた季節だというのにもろ肌を脱ぎ、髪の長い者は高く結い上げている。彼らのほとんどが筋骨逞《たくま》しく、動きも獣のようにすばやい。素肌に直接ぶらさがる小貝と白玉の首飾りや金の腕釧《わんせん》が、いくさがみめいた容貌魁偉《ようぼうかいい》な彼らによく似合っていた。女鬼もまざっていて、こちらもやはり眉目《びもく》麗しく、体格もいい。目尻《めじり》に赤や黄色、紫色などの化粧を入れている。

鬼衆は、堂々たる体躯《たいく》の彼らでさえ二人がかりでやっと持てるような大きな羅《うすぎぬ》の翳《さしは》や、やはり大きすぎる熊手《くまで》そっくりの道具を担いでいた。翳は十八尺に届きそうなほどで、その絹には大胆に風神の図が施されている。赤い房飾りを巻きつけた長い柄は、黄金で作られていた。

「みなわ如《な》すはかなきものどもはきたまい、ふきたまい」と、二人の鬼が呼吸を合わせ、祝詞《のりと》と思《おぼ》しき言葉を口にしながら、地面でもがいていた花まみれの精霊に向けて翳を扇ぐ。

ひとつ風を起こせば小花が散り、ふたつめで大きな花も宙に舞い、みっつめですべての花が精霊の身から吹き飛んだ。あたり一面、桃色の花嵐《はなあらし》。

「かけ、かけ」と、べつの鬼が、担いでいた熊手であちこちに飛散した花をかき集める。

周囲には、うっとりするような甘い香気が満ちていた。

雪緒はつかの間、春の風景のなかにさまよいこんだかのような気持ちを抱いた。

「雪緒、花害がなぜ起こるか、知っているか？」

隣に並んで鬼衆の奮闘を眺めていた耶花が、ふいにこちらに目を向け、尋ねる。

「手入れのされていない山々で、花木が増えすぎたとか……？　あっ堕《お》ちかけた花精の恨みが形をなして、ほかの精霊たちに取り憑いた、とかの理由でしょうか？　おまえもともに堕ちるがよい、みたいな」

「雪緒は年頃《としごろ》の娘というのに、考え方が物騒だ」

物騒の具現化のような存在である鬼に、しみじみと言われてしまった。

「そうではない。これらの花はな、どこの世にも存在する華神《かしん》が、天から振り撒《ま》くものだとされている」

「なぜそんな真似を？」

華神の慈悲、ではないだろう。明らかに地上に害を与えている。

「供養のためだ」

「……なにを供養しているんですか？」

「恋」

耶花が視線を正面に戻す。地に横たわり、ぐったりしていた精霊が、ひょこっと飛び上がった。何事もなかったかのように悠々と空へ泳ぎ出す。

耶花は、花をかき集めている鬼衆のほうに向かって歩いた。雪緒もそれに続いた。

花集めに精を出す彼らを一言ねぎらい、通りすぎてから、耶花が話を再開する。

「恋は、弔われるべきものだ」

「……そうでしょうか」

「そうらしい。破れた恋の数々。届かず、報われず、触れられず、静かに死に絶えた恋は、天の原で、花となって咲くという。そのままではいずれ枯れて、腐り落ちる。それを華神が摘み、ふたたび地に戻すのだとか。その者がまた、新たな恋を咲かせられるようにと」

先ほどとはべつの、花まみれの精霊が地に墜落するのが見えた。

花害を被るのは、空をゆく精霊ばかりではない。地を駆ける者たちもだ。

木々の合間から、花まみれの大鹿《おおじか》の群れが現れる。鬼衆があちらこちらから駆け寄り、掛け声を出し合って、真玉如すものすずなれ、と高らかに祝詞を読み上げる。雪緒は目を見張った。

視線をぐるりとやれば、いつの間にか、山のいたるところに花嵐が生まれていた。

(この数え切れない花々のすべてが、どこかの世の、だれかたちの、恋の残骸《ざんがい》なのか)

そう考えると、息が詰まった。葉を黄色く燃やす木々に、舞い乱れる色とりどりの花。

桃源郷を連想させるほどに美しいこの光景は、死に絶えた恋によって作られている。

「こんなにかぐわしくて、きれいであっても、実らないものなんですね」

雪緒は小さく言った。毎年、どれほどの数の恋が壊れて、墜落するのだろう。

(私の恋も、もしかしたらこのなかにまざっているのかな)

砂漠から一粒の宝石を見つけるくらい、探すのが難しい。

「まあしかし、慈悲深いと言っても神は神。名もなき恋を憐《あわ》れんで地に撒くのは勝手だが、取り憑かれる精霊や獣どもの迷惑など、考えもしない」

恋に興味のない耶花が、冷たく吐き捨てる。

感傷を抱かせる気もない辛辣《しんらつ》な評価に、雪緒は小さく笑った。どんなに美しくても、無理やり押しつけられたら、確かに害だ。そういうところも、恋が持つ性質と似ている。

「月不見月《つきみずつき》の祭りでは、産卵期の菖蒲魚《しょうぶうお》が里に泳いでくるだろ」

耶花が、自分の頭部に生え始めた花を、鬱陶《うっとう》しげに片手で払う。

取り切れなかった花を、雪緒が摘んだ。

「はい、それが?」

「実のところ、それも花害が関係している」

「本当ですか?」

「まこと」

五月の空に現れる菖蒲魚の多くは、腹に卵を抱えている。だがその卵とは、花菖蒲のことだ。

雪緒の操る禁術で使用される札には、この花菖蒲の汁が必要となる。

「そうか……、人の想いの結晶に等しい花だから、あんなに霊力に満ちあふれているんだ」

雪緒は口のなかで独白した。死に絶えてもなお輝く恋の力。呪《しゅ》に変わる力だ。

(人の情念の凄《すご》さを思い知る)

人ばかりとは限らないか。だが人間以外に、これほど恋に狂う生き物はいるだろうか。

いや、鬼の三雲だって胸に星を抱いた。恋を知った。

「……そういえば、今日はまだ三雲たちを見かけませんが、どこに？」

花害を被った精霊たちの祓《はら》えに勤《いそ》しむ鬼衆のなかに、三雲の姿はない。

彼ばかりか、白月の姿も、昨日《きのう》の話し合い以降は見ていない。

「うん。まあ」

雪緒の疑問に、耶花が問題ないというようにうなずいた。てっきり詳しく説明してくれるかと思いきや、どうやら耶花の感覚では、無事だから安心しろよ、と伝えたつもりらしい。

「耶花さん、その返事じゃわからないので教えて。たくさん表現するんです」

雪緒が笑ってもう一度ねだると、耶花はわずかに眉間《みけん》に皺を寄せた。

「人の子は知りたがりだな。……弟や土潭《どたん》らは、仕込み中だから案ずるな」

「仕込み中？　なにをですか」

人の子、うるさ……、という迷惑そうな顔をされてしまった。

「おまえもだが、あの、七夕祭《たなばたさい》のときに会った無礼な男も、鬼の私に物怖《ものお》じせず論を説こうとする。向こう見ずにもほどがある。御館に影響されたのか？　悪い影響だぞ」

「無礼な男？　……もしかして、鵺《ぬえ》の由良《ゆら》さんのことでしょうか」

「それだ」

おやっと雪緒は驚いた。他人にあまり関心がなさそうな……自分のことすら頓着《とんちゃく》しない耶花が、由良の話を自ら口にするとは。それだけあのとき出会った彼の印象が強かったのか。

そういえば私もぼけなすとか言われたっけ、と雪緒は余計な記憶を蘇《よみがえ》らせて、むっとした。

「言わずとも、少し待てばわかることまで、細かく説明させられる……」

ものぐさな耶花が、そんなぼやきを聞かせる。雪緒は眉間の皺を消して、微笑んだ。

「他者に言葉を差し出すのは、聞いてほしい、聞かせてほしい、そしてわかり合いたいとか、喜びを共有したいとか……そういう願いが根本に隠されているからですよ。時間と言葉を費やして、互いを知ったぶんだけ、相手の心に近づける気がするでしょう」

「鬼につながりを求めてどうする」

この女鬼様は、わかりやすく異形の『鬼』の特徴を持っている。他種族の理解などいらないのだ、とその態度で示す。

「どうせ種が違えば、心も噛み合わぬ。では当然、噛み合わぬ心から生み出した言葉とて、ひとつに重なるわけもない」

厭世的《えんせい》というのとは、また異なる達観ぶりだ。

「無駄に言い争うより、相容《あいい》れぬなら捨て置くか、食えばいい」

「もう、鬼様ったらなんでも食べようとする！」

「正直を言うと、おまえがこうも私の弟の三雲を頑固に受け入れぬのなら、そろそろあきらめて、おまえを食ってしまえばいいのにと思っている」

なんてことを言うのか、この女鬼様。

「食欲旺盛すぎません？　三雲を唆《そそのか》すのはやめましょうね。それに世のなかには、心に秘めておいたほうがいい真実もあるんですよ……」

「知りたがるくせにいちいち注文をつけるとは、なんなんだ。だから言葉も噛み合わぬと言ったのに。火花を散らすだけの無益な会話を交わすくらいならまだ、目を交わすか、番《つがい》として交わるか、あるいは敵として血を交わらせるかしたほうが、よほど馴染《なじ》むし手っ取り早い」

「鬼様って肉体言語派ですか。……でも、目を交わすというのは、素敵ですね。鬼様にも、細雪《ささめゆき》くらいの儚《はかな》さですけど、情緒的なところがあるんですね」

その表現から、熱く見つめ合う恋人同士の光景をなんとなく連想し、雪緒は照れた。

魂までも筋肉にまみれているに違いない耶花が、気味悪そうに雪緒を見やる。

「なんで急に高ぶってるの？　変な人の子だな」と言いたげな、胡乱《うろん》な眼差《まなざ》しだ。……確かに、無駄に言葉を交わすより、瞳って雄弁になるときがあるらしい。

「……ですが、私はあきらめませんよ！　耶花さんの心の筋肉を、削ぎ落としてみせる」

「なにを言ってる？」

そんな会話をしながら本道を歩んでいると、前方の斜面から、大きな塊がいくつか転げ落ちてきた。火だるまならぬ、花だるまだ。全身を花で覆われているために、なんの種族の精霊かは、判断できない。山の獣の可能性もある。

「雪緒、下がれ」

落下に巻きこまれたら、怪ほど頑丈な身体の作りをしていない人の子の雪緒は、間違いなく圧死する。慌てて耶花と安全な場所に避難し、花だるまの転落が止まるまで待つ。

「……精霊じゃなくて、客だな」

道を塞《ふさ》ぐように倒れ伏し、ぴくぴくと痙攣《けいれん》する哀れな花だるまを見て、耶花が言う。

祓え担当の鬼衆は、ほかの場所に落下した花だるまの手入れで忙しい。

それでも耶花は、今回の祭りの神使に選定されていないからか、手伝う気がないらしく、まごまごする雪緒の背を押し、本道と交わる小径に向かって歩き出した。

(祓えは私の得意分野なんだけどなあ。鬼里《おにざと》では術が使えない)

花をかき集める作業程度なら、できるだろうか。

そう悩んでいると、そこここに伏していた花だるまが、よろめきながらも身を起こし、雪緒たちのあとをついてきた。花だるまの形からして、おそらく蝶《ちょう》や鳥の客だろうと思われた。

「大社のほうへ行こうか。さすがにその付近には、花害が起こらない」

家鴨《あひる》の子よろしくついてくる客らを無視して、耶花がそんな提案をする。

小径を上がっていけば、またべつの辻に出くわす。それを右へ折れ、またしばらくして現れた辻を登る。上下に設けられた道よりも、左右に延びる道のほうが幅広だ。

三度目の辻に辿り着くと、大社が近いためだろうか、道の脇《わき》に小祠《しょうし》が安置されていた。小型の鳥居を構えており、そばには標縄《しめなわ》を飾る大岩なども見られた。

あとを追ってくる花だるまの数がどれほど増えても、耶花は頑《かたく》なに無視を貫いた。そわそわし始めたのは雪緒のほうだ。何度も振り向き、花だるまたちを確認する。

美しいことは美しいのだが……、花のおばけさまに取り憑かれた気分になってくる。

「……私も、少し祭りを手伝おうかな」

ついに花だるまの奇妙な圧迫感に屈して、雪緒がそう提案すると、「……なら私も、手伝わねばならぬ……」と、耶花が面倒そうに嘆息した。

✿

怪力の鬼衆のように、ああも大きな熊手や翳は、雪緒には持てない。そもそも妖力《ようりょく》とは無縁の雪緒が扇いだところで、花を一息に吹き飛ばすことなどできないだろう。

かといって、一つひとつを手で摘み取るには、精霊たちは巨大すぎる。なので、花を吹き飛ばす役は、耶花に頼んだ。雪緒は大社から借りた竹の柄の箒《ほうき》で、地に舞う花をかき集めた。

「耶花さんは、すごいですねえ。一人でその大きさの翳を持てるんですか」

雪緒と変わらぬ体型の彼女が、これも大社から取ってきた翳をなんの苦もなく掲げ持つ。柄が長いために扱いにくそうだな、という程度だ。

「私はもう老年だ。妖力とて肥えているのだから、この程度、たやすい」

誇らしげに耶花が答え、翳を動かす。はじめは嫌々だったのに、わかりやすい。

（……鬼様も、ほめ殺しに弱いのか）

雪緒は微笑ましい気持ちになった。

もしかしたら耶花が正式な神使役ではないせいか、精霊たちのなかには祓えを嫌がって、もごもごと蠢《うごめ》き、離れた場所に下がる者もいた。ならなぜあとをついてきたのかと謎《なぞ》に思うが、彼らに理屈や常識を求めても意味はなさそうだ。

雪緒は大籠《おおかご》に箒で花を掻きこむ手をいったん止めて、周囲を見渡し、幻想の虜《とりこ》となった。

曇天ながらも世は美しい。中腹よりも高い場所にいるため、霧がうっすらかかっていようとも、いくらかは眼下の様子が望める。壁のように聳《そび》え立ついびつな形の大岩や、反橋で四等分された鬼里の一部の様子が、山林の合間にかろうじてうかがえる。この霧はもしかしたら、自然的な発生ではなく、目くらまし効果を持つ鬼たちの術によるものかもしれない。

それにしても、鮮やかな黄色に染まる木々の見事なこと。

精霊たちの身から剥がされた、害なす花々も道を埋め、麗しい花の海ができあがっている。

秋風が駆け抜ければ、花弁がさざなみのようにゆれる。

ひたすら見惚《みと》れて、ぼうっと立ち尽くしていると、手隙と思われたのか、雪緒の背丈の数倍もありそうな花まみれの精霊が、よろよろと翅《はね》らしき部分を力なく動かして近づいてきた。

（いや、これも精霊ではなく客様かな。確か宿の近くで、蝶形の客様を見かけたことがある）

全体の輪郭から判断して眺めていると、やはり花を落としてほしいのだろう。客は、雪緒の前で止まり、せかすように左右の翅を閃《ひらめ》かせた。少し離れた場所にいる耶花を見やれば、彼女は彼女で、一部の花まみれの精霊の前に立ち、なぜかふんぞり返っている。

精霊たちを威圧しているかのような気迫を、耶花の背から感じる。……どうも忙しそうだ。

雪緒は耶花から目を逸《そ》らし、蝶形の精霊に向き直った。

しばらく考えた末、箒を地面に置いて、その精霊の翅に手を伸ばす。

「私は翳で扇げませんので、花を落とすのは時間がかかるかも。……ねえ、こんなにたくさんの恋の成れの果てを身にまとうって、どんな感じなんでしょう」

一つひとつ、ちぎった恋の死骸《しがい》を籠に落とし、雪緒は尋ねた。返事は求めていなかった。

「……あれっ」

その作業を長く続けることはなかった。突然、雪緒の触れた部分を中心にして、翅に取り憑いていた花が、勝手に剥がれ落ちたのだ。

「なんで……？」

不審に思い、次の瞬間、雪緒は顔を強張《こわば》らせた。

あらわになった客の翅に、紙芝居のような絵図が入っている。真《ま》っ赤《か》な炎の上に置かれた大《おお》釜《がま》の図だ。その大釜のなかから、目の部分が塗り潰されている奇妙なお面をつけた獣が頭を出した。息を呑む雪緒に向かって、獣は、「おまえのせいで」と恨み言を吐き、その翅のなかから腕を伸ばしてきた。禍月毘の本体、安曇だった。

「嫌……っ」

翅から飛び出してきた邪悪な腕が雪緒を捕らえるより早く、こちらに槍《やり》が飛んできた。安曇の腕を掠《かす》め、客の翅も——翅に描かれている大釜も貫く。釜が、がちゃんと音を立てて割れた。そこに隠れていた安曇が「ぎゃあっ」と喚《わめ》き、翅のなかから転がり落ちてくる。

またどこからか新たな槍が降ってきた。今度こそ安曇の胴を貫き、地面に深く突き刺さる。地に縫い止められた安曇が、「痛ああいっ！」と泣いて、狂ったように手足を振り回した。

すでに安曇は、一層の化け物に変わり果てていた。

以前はなかなかの洒落者《しゃれ》だったのに、もう衣も着ていない。伸び切った胴体に、棘《とげ》のような体毛。手足の形は大きく歪《ゆが》み、長さも太さもばらばらだ。虫の足のように数も増えている。

（でも、衰弱している）

自身を貫く槍を、抜き取れないでいる。不浄の祓具に取りこまれた安曇。祭りの門の通り抜けを悉《ことごと》く阻まれたために、力を得られなかった。いまなら討てる。もう、雨も乾いた。

「こんなに変わり果てても、怪にとっては格を上げることが大事なんですか」

人には理解しがたい願望だ。そう思い、雪緒は、ふと振り向いた。後方に、花まみれの小山のような精霊が立っている。槍を投げて、雪緒を助けてくれた精霊だろう。

「……雪緒、下がれ」

翳を持った耶花が、こちらへ歩み寄ってきた。もがき、泣き喚く安曇を一顧だにせず――槍を投げた精霊に向かって、耶花は翳を扇ぐ。吹き飛ぶ花の下から現れたのは、くっついて、絡み合い、ひとつの塊と化していた鬼衆だった。彼らは、身を覆っていた花が落ちると、縺《もつ》れた糸がほどけるようにばらばらになって地に降り立った。

そのなかの一人に、三雲がいた。

派手な荒波紋様の入った上衣に、無文の小袴《こばかま》という姿だ。腰に、帯ではなく青い縄を巻いている。背には紐で斜めに括《くく》った太刀《たち》があった。その紐を外し、彼は太刀の柄を握った。

「……花害を利用して精霊どもに紛れるのはかまわんが、霊力を奪われすぎて、おのれを見失う者まで出たじゃないか。策に溺れるとは、情けない」

耶花がそう詰り、呆《あき》れたように鬼衆を睨む。

(ああ、それでさっき、一部の精霊を威圧……叱っていたのか)

雪緒は納得した。仕込みとは、これをさしていたのだろう。耶花の冷たい視線を受けて、一部の鬼は縮こまっていたが、三雲に気にした様子はない。安曇に近づく。

安曇はもがくのを急にやめると、ぽきりと折れそうなほどに頭を上げ、雪緒たちを仰ぎ見た。だが、安曇は目の部分を黒く塗り潰した仮面をつけている。

これはおそらく、前に白月が祭りの最中に目玉を燃やしたことを意味している。だから、ない。目で確認できないから、すんすんと獣のように鼻を鳴らし、匂いを嗅いでいる。

「ああっ、人の肉の匂いがする。私の亜狐、かわいい亜狐や！　そこにいるのね、助けてちょうだい、おまえは私の番でしょう！」

安曇が鈴音の声で訴えた。その粘ついた懇願を聞いて、もう安曇には彼本来の魂など残っていないのだろうな、と雪緒は察した。化け物として進化し、穢《けが》れて、心も失った。

ふいに、かつての安曇の姿が雪緒の脳裏に浮かんだ。〈くすりや〉の見世《みせ》の縁側に並んで座り、あたたかな陽光を浴びながら、お茶を飲む光景が。設楽《しだら》の翁《おきな》が天昇したとき、見世にやってきた安曇は、「こんな別嬪《べっぴん》さんが店主なんだ、笑みのひとつも向けてくれたら、翁がいなくたって繁盛するさ。安心せい」と笑った。雪緒が白月と離縁したときだって、「はあ、別嬪さんすぎて、白月様なんかの手にゃ負えなかったかあ」と、やはり笑った。

彼は間違いなく、雪緒を支えてくれた常連客の一人だった。それが、こんなことに。

「こわいわ、雪緒！　こんなにつらい目に遭って、本当に悲しいのよ、ああ痛い、苦しい！」

「――私のことを、番と言ったあのお狐様は、間違っても助命など請いません。他者をこわがることすら自分に許さないです。だってご自分が一番こわい者だと確信されていた。……ものすごく高慢で、残忍で、でもそこが鈴音様の大きな魅力でもあったんです」

答えながら雪緒は、感傷を振り払った。他者に化けずに安曇本人のまま助けを求めてきたなら、もはやほだされはせずとも、一呼吸分くらいは同情したろうにと考えた。それが答えで、哀れっぽく泣く安曇に手を差し伸べることも、近づくことも、結局雪緒はしなかった。

「裏切り者ぉっ！　だったら肉肉肉肉、寄越せよおおっ」

安曇が呪《のろ》わしく吠えると、それを合図に、木々の合間から黒いしみのような、不吉な霧が流れてきた。霧が蠢き、怪鳥や半端な獣の姿に変化する。悪霊たちだ。

雪緒は身を強張らせたが、耶花や三雲に慌てた様子はなかった。それもそのはずで、花まみれの客のふりをしていた鬼衆だけでなく、どこに潜んでいたのか、ほかの鬼たちもこちらへ駆けつけてくる。耶花たちが命じたり訴えたりする必要はなかった。鬼衆は太刀を振り上げ、斧《おの》を唸らせ、槍を回し、迷わず悪霊らを次々と討った。あっという間の討伐だった。

「嫌だ、ここで終わるものか」

剛猛な鬼衆の活躍で、この場に出現した悪霊の最後の一体が消滅したとき、安曇が化け物らしい恨みに満ちた声で言った。だが。

「おまえの望みなど、三雲はどうでもいい」

三雲を呼び止める暇もない。彼はためらいなく太刀を振り下ろし、安曇の首を切り落とした。安曇の首は、見る見るうちにしゃれこうべに変わった。額には『獣』という文字が入っていた。

鬼衆が、しゃれこうべをさっさと袋に詰める。きゅっと袋の口が絞られたとき、空を覆っていた鈍色《にびいろ》の雲が急に割れた。そうして雨雲が逃げ出せば、秋の陽《ひ》をやわやわと優しく透過させる乳白色の鰯雲《いわしぐも》が空一面に広がった。ふたたび、見世の縁側で嬉しげに干菓子をつまむ安曇の穏やかな姿が脳裏をよぎった。その光景を、雪緒は天に昇らせた。

――祭りは、守られた。

(やっと安曇さん……禍月毘を討った)

もちろん雪緒の手柄ではなく、三雲や鬼衆の力あっての解決だ。

――言い換えれば、彼らに禍月毘を討たせるために、雪緒はこの里にやって来た。そしてそれは、うまくいった。もとより自分一人でどうにかなる問題ではないと、わかっている。

邪を討つには鬼衆の協力がどうしても必要で、そういった意味で雪緒は彼らとの交渉役に適任だった。そもそも綾槿ヶ里の長《おさ》に望まれたのも、鬼穴《きけつ》の消去を期待されてのことだ。

真の問題は、このあとに待ち構えている。

(どうやって鬼里を出よう)

安曇を討ったいま、もはや葵角ヶ里に用はない。鬼穴も、鬼衆の意思では消去できないという。なら、雪緒が祈祷《きとう》の類いを行って、祭神たる水分神《みくまりのかみ》の怒りを鎮めたほうが、効果がある。

(彼らの目を盗んで里からの脱出をはかるのは、悪手でしかない。不義理と取られて、三雲以外にも祟られかねない。というより、私に彼らを退けられるほどの力がない)

雪緒は鬼を侮らない。彼らは、日頃は災いを招く仇敵だが、その一方で、神使のお役目をも担う重要な存在だ。ただ畏まればいいというものではないし、無視すればいいというものでもない。殲滅《せんめつ》を目論《もくろ》むことも許されていない。

曲者《くせもの》と評される通り、ある意味、妖怪《ようかい》たちよりも手強《てごわ》い。

　鬼穴はいまも不規則に生じている。少なくともその穴を塞ぐまでは、彼らとの関係を悪化させたくない。もしも三雲に見限られたら、鬼衆は遠慮なく綾槿ヶ里の民の命を奪いに来る。

　雪緒が穏便な脱出方法を考えていると、鞘《さや》に太刀をおさめた三雲と目が合った。彼は無邪気にはにかんだが、ほかの鬼衆に示しがつかぬと思い直したのか、急に怒った顔をした。

　まだ三雲は、雪緒に情を抱いている。

（本当は三雲の手を取る道が、一番うまく事がおさまる気がするけれども、白月様は彼を嫌っている。私に近づいてほしくないようだ）

　目を伏せると、どうもおのれのつんけんした態度が雪緒を畏縮《いしゅく》させたと勘違いしたらしく、三雲は慌てた様子で距離を詰めてきた。雪緒の腕をにぎり、身を屈《かが》めて囁く。

「もしかして怯《おび》えたのか？」

「いえ、その……はい」

　本音を言えず、雪緒は曖昧《あいまい》にうなずいた。

「我らあずま衆以外の鬼も、この場に来ているんだ。まだ嫁でもないのに人の子と親しげに接していたら、魂でも抜かれたのかと疑われる」

「そうですか、それは、いけませんね」

　調子を合わせて肯定したが、正直、意味がわからない。

　鬼たちのあいだでよく使われる言い回しなのだろうか。「娘一人落とせないなんて、鬼の名折れだ」というような、からかいの言葉なのかもしれない。

「……翅を損傷した客様は、大丈夫でしょうか」

雪緒は話を変えた。安曇を仕留める際に巻きこまれ、槍で貫かれた蝶形の客を指差す。

「翅を破ってしまったな」

「それなら私が、手当てを——」

提案する途中で、雪緒は口ごもった。しまった、いまの自分はろくに術を操れないのだ。

「心配するな。破れた翅は、縫い物の得意なやつが、ちゃんと縫う」

焦る雪緒に気づいて、三雲が安心させるように目元をやわらげる。

「はい、縫う……縫う？　翅を？」

「破れたものは、繕うだろう？」

互いにきょとんと見つめ合う。ああ、外科的に縫合するのかと遅れて気づいたが、いや待てよ、翅って縫えるものだっけ、と雪緒は悩み、そのうちどうでもよくなった。

自分の常識は、彼らの常識ではないし、その逆も然《しか》り。悩むだけ無駄だ。

そういうものなのだと、ありのままを素直に受け入れたほうが、楽になれる。

「三雲は、調子は悪くありませんか？　安曇さん……禍月毘に気取られずに接近するための仕込みだとはいえ、花害の影響を受けたんですよね」

禍月毘に悟られることを危惧《きぐ》し、耶花に扇がれるのを嫌がっていたのだ。

「俺のほうは案ずるな。が、まだ悪霊どもを全滅させたわけではないから、雪緒はそろそろ宿に戻ったほうがいい」

三雲は、わざと厳《いか》めしい表情を浮かべて雪緒の手を引く。

「……そのことですが。大祭は残りひとつで、最も危険な禍月毘もいま、鬼様方のおかげで退治できました。もう見守らずとも平気ですよね」

それならここらでお暇《いとま》したい、と言いかけた雪緒を遮り、三雲は歩き出す。

その手を振り払えない。いつの間に近づいてきたのか、翳を抱えた耶花やほかの鬼衆も雪緒たちのあとに続いている。同行せずにこちらを見送っていたり、新たに現れた精霊の祓えを始めたりしているのは、たぶんあずま衆以外の鬼なのだろう。

「さあ、ほら」

三雲が雪緒をせかす。雪緒は半ば強引に歩かされながら、あることに気づいて、少しぞっとした。彼に手を取られて進むこの状況は、見方によっては、嫁入り行列のようだ。水無月に行われた祭事を連想させる。

「三雲、名残惜しいけれど、私はもう綾槿ヶ里に戻らないと」

頭のなかで警鐘が鳴る。ついていったら、彼らに取りこまれる。

「戻らぬほうがいい。大丈夫だ、ここにいれば、そのうちほかの些事《さじ》など遠ざかる」

「いえ、遠ざかったらだめなので！」

「だめじゃない。三雲が許す」

天然ゆえの発言なのか、意図的にズレた反応をしているのか、三雲は非常にわかりにくい。

「雪緒は、御館の益につながるのだったら、我らの里に嫁げるのだろう?」

「それは――そうですが」

「前にも言ったが、おまえがこの地に残るのなら、綾槿ヶ里は襲わぬ。そうだな、各里が、神を祀るように三雲たちにも貢物を納めてくれるのなら、御館の代が続くあいだは、できる限り若子も人や怪を食わぬように、注意を払おうか」

「え……本当に?」

「どうだ、御館のためになるだろう? むかしむかしには、我らと手を結んだ御館もいたと聞く。が、ここしばらくの代で、これほどおまえたちに譲歩した誓言を立てた鬼はいないぞ」

三雲の申し出に、雪緒は心を動かされた。魅力的な案だ。綾槿ヶ里のみならず、他里にも鬼は手を出さないという。これが現実になれば、間違いなく白月の手柄となる。

「ああ、三雲の言う通りだな。雪緒を奪えば、しばらくは御館の怒りを買うかもしれぬが、それだって、まわりが宥めるに違いない。であれば、結局、御館も呑まざるを得ぬだろう」

背後から、耶花もそう後押しをする。雪緒は振り向いた。

「そうでしょうか」

そうかもしれないと思いながらも、戸惑いが残る。いまの自分は、爪の先まで白月に捧げると決めている。なら一時、不興を買おうとも、彼の徳につながる道を選ぶべきなのだろうか。

いや、それにしたって、だれかに一度、相談したい――でもだれに？

「ほかにもまだ懸念があるのか？　確か雪緒は薬屋を営んでいたな。三雲の里には薬師という薬師がいない。商いなどについては、おまえたちの里と成り立ちが違うが、見世を持ちたいなら好きにしろ。祓えの儀や怪我の手当てのできる者が増えれば、皆も喜ぶだろう」

「見世を移してかまわないのですか？　……でも、綾槿ヶ里を見捨てるわけにはいきません」

「我らに脅かされずにすむとわかれば、そいつらも、功労者の雪緒に感謝こそすれ、恨みはしないだろ。新たな長もすぐに指名されるのではないか？」

それは――確かに。

鬼穴問題さえ解決すれば、鬼の襲撃も警戒せずにすむ。綾槿ヶ里に平穏が戻るなら、政《まつりごと》に無知で短命な人の子を掲げるよりも、力ある怪が長として立つほうが皆、嬉しいに決まっている。

（……白月様の許可さえ得られるのなら、本当に大団円じゃない？）

もう反論できない。

雪緒は三雲の誘いにすっかり心を奪われ、その手を少しにぎり返した。三雲は何度か瞬きをして雪緒を見下ろすと、恥じらうような微笑を浮かべた。耳の端が淡く色づいている。

「三雲は、おまえがそばにいると、楽しい。雪緒も、きっと後悔はしない」

「……そうなるでしょうか？」

「なる。三雲が雪緒を見初《みそ》めたからだ。どんなおまえであってもいい、このおまえがいい。ふしぎだが、絶えず胸をつく飢餓感が、雪緒を見ると薄まっていく。耶花も、もう雪緒を食べようと言わなくなる」

「すでに唆されていた……。私を食べないでくださいね」

耶花のあれは本気だったのか。知りたくなかった。

「死んだら、食うと言ったろ。骨も食う」

「いえ、お願いですので食べないで」

「食う。死んでも雪緒が恋しいからだ」

「……すぐそういうことを言う！」

雪緒はうろたえた。乙女《おとめ》心が死んでいると評される自分であっても、猛々《たけだけ》しくも美しい武人のような姿の男から情熱的に口説かれれば、わずかなりとも羞恥《しゅうち》心くらい生まれる。

「私、口が回る方を信じませんからね。……耶花さんなんて逆に、必要な説明すら面倒がるのに、なんで！　あなた方、両極端なんですよ」

背後の耶花から、こっちに飛び火した、と恨めしげにつぶやかれる。三雲は、心外だ、という顔をした。

「三雲は軽薄じゃないぞ。夢の岸さえ渡ろうかというほど、雪緒を想っているんだ」

雪緒はその言葉に、一瞬足を止めかけた。

「――あなた、まだ私を」

祟っている？　――声にしなかった部分を、三雲は正確に理解した。妖《あや》しく笑っている。

振り向けば、そっくりな笑みを、耶花も、ほかの鬼たちも浮かべていた。

(夢を渡っていたのは、白月様だけではなかった！)

三雲もやはり、来ていたのだ。

雪緒は、あれだ、と気づいた。鬼神の面を装着していなかったときが、本物の三雲だ。

彼らは花で川を埋めようとしていた。あの光景は、今日の日、花害の日に迎え入れるという予言だ。夢が先か、現が先か。時間の回帰を、この葵角ヶ里で何度も意識させられている。

なんだか、頭がくらくらしてくる。だが。

「……三雲、私は、あなたに言わなきゃいけないことが」

雪緒には、彼らに隠していることがあった。

「ああ、知っている。三雲はちゃんとわかっている」

思わぬ返事にこわごわと仰げば、三雲が恍惚《こうこつ》とした表情を浮かべて雪緒を見つめていた。

――が、ふいにその甘ったるい瞳が凍りつく。

不自然に彼は立ち止まった。雪緒も困惑しながら足を止めた。耶花や鬼衆までも、険しい表情をして後ずさりする。雪緒と三雲から遠ざかるようにだ。

雪緒は、何事かと彼らを見渡し、そして身を強張らせた。雪緒の影が、八尾の狐の影に変わっていた。棘のように荒々しく毛を逆立てたその尾で、ぐるりと幾重にも雪緒を囲んでいる。そうして――影の手、人の手めいたその前肢《まえあし》で、三雲の足にぎちりと爪を立てていた。

「――獣臭い」

耶花が真顔でそう言った。確かに獣の臭気……血と、土と、腐った肉のようなひどい臭いがあたりに広がっていた。雪緒を囲う影を中心にして、地面が乾涸《ひから》び、雑草が枯れ始めている。

「いつ御館に影踏みをされた、三雲」

耶花が視線を動かし、叱責《しっせき》の口調で尋ねた。

そういえば、と雪緒は思い出した。白月が、三雲の影を踏んだと言っていた。

それに、おそらく気づかぬうちに、雪緒も自身の影を白月に踏まれているに違いなかった。

(この影は、白月様だ。白月様が送ってきた影だ)

許すものかと言っている。鬼と添い遂げるつもりか、おまえたちの婚姻を認めると思うのか。祟りを忘れたのか、逃げられるつもりでいたのか。そんな怨言《えんげん》が聞こえてくるようだった。

「三雲……、いえ、白月様。帰ります。帰りましょう、一緒に」

雪緒は、三雲の足元を凝視したまま懇願した。爪を立てられた場所から、どくどくと血が流れている。それればかりではない。沓《くつ》が色褪せ、溶け始めてもいた。

白月の前肢の影は、三雲の足までも腐らせようとしている。

「雪緒」と、三雲がこわい顔を見せ、雪緒を窘《たしな》めようとした。雪緒は小さく首を横に振り、耶花に視線を移した。狐憑きの恐ろしさを、思い知る。自分が去らねば、いまの白月は葵角ヶ里の地を腐らせるだろう。「全滅」はしない程度に、だが大幅に、鬼たちの数を削ぐ。

「帰りますね、耶花さん。……綾槿ヶ里の仮の長として、あなた方の尽力に感謝します」

耶花はわずかに眉をひそめると、ふうと息を吐き、撤退の合図の舌打ちをした。

彼女は冷静な頭だ。もし白月の影を退けられたとしても、三雲は間違いなく犠牲になる。祭りの日に、これ以上の不浄は好ましくない。祭神が見ている。引くしかないと判断する。

鬼という種族は、御館の白月よりも、怪たちよりも、もしかしたら精霊たちよりも、神々や自然に対して礼儀正しいように思われる。

耶花の命を受けて、鬼衆がじりじりと雪緒たちから離れる。雪緒のほうも、三雲から遠ざかるように後退した。そこでやっと、彼の足から影が前肢を放した。

「さようなら、鬼様方」

深く頭を下げて、雪緒は身を翻《ひるがえ》し、麓へ続く小径のほうへ駆け出した。

最後まで三雲の顔を見ることはできなかった。

✽

辻を三つ越えたとき、小祠の横にうずくまる獣を雪緒は見た。

自身の影を肉体から切り離したために、意識を朦朧《もうろう》とさせている白狐がそこにいた。そうであっても気を失うまいと、自身の尾に噛みついて、牙の隙間から荒い息を吐いている。

影は本来、おのれの身から切り離すものではない。心を捨てるに等しい危険な所業だ。離脱状態が長時間続けば、やがて魂までも肉体から離れてしまう。

白月がその危うさを知らぬはずがない。だから郷の維持のために、尾を切り落としても、その影だけは手放さず、ずっと隠していたのだ。

雪緒は白狐に駆け寄った。雪緒にまとわりついていた影がずるりと地中を移動し、白狐に戻ったが、彼の苦痛はやわらいでいなかった。

(どうしてそんなに私を引き止めるの?)

あなたの益しか求めない、といくら心を尽くして伝えても、白月は頑なに受け入れない。こちらの信心を、疑わずにはいられないのかもしれない。

いまは偽りなく敬虔《けいけん》な素振りを見せていても、そのうちほかの者に情が移ると。

「私、本当にあなたを裏切らぬ硬い駒ですのに。もう二度と食事の味が変わることも、落ちることもありません。あなただけの私です、全部……」

雪緒は、忙《せわ》しなく上下する白狐の腹に顔を埋めた。

白狐がさらに、自身の尾に深く牙を立てた。

◎陸・見れども御生《みあ》れども、

事前に白月《しろつき》が葵角ヶ里《きづぬがさと》の境に用意していたらしき車を発見し、雪緒《ゆきお》はそれに乗って綾槿ヶ里《あやむくげがさと》を目指した。

白狐《びゃっこ》姿の白月も途中までは車の横を歩いていたが、よろめく姿を見られたくないのか、引き止める雪緒を振り切って木立の向こうに消えた。

途方に暮れる暇もなく、車を引く青い牛は雪緒を乗せて勝手に山道を進む。本当なら、山を越え、谷を通過せねば、綾槿ヶ里には辿《たど》り着かない。どうしたものかと雪緒は悩んだ。

しかし、山越えの途中で、神獣獬豸《かいち》と遭遇した。

鹿《しか》のような、犬のような、霊力に満ちる厳《おごそ》かな獣だ。顔には黒い尉面、頭頂部には捩《ね》じれた角が一本。四肢は足長蜘蛛《くも》のように細い。体毛は羊《ひつじ》のようにくるくるもふもふとしている。が、葵角ヶ里で見た鶏形の『客』同様に、腹部が透けて見える。臓器の代わりに、小さな森がその体内におさめられている。

「獬豸、あなたとよく会うね」

語りかけても、返事がもらえるわけではない。

獬豸は前肢《まえあし》で地を軽く掻《か》くと、雪緒の乗る車のまわりを一周した。

顔を近づけられたので、雪緒はおずおずと首元を撫《な》でた。ふしぎな、優しい感触がした。水に触れているかのような。

やがて獬豸は、ぽくぽくと歩き出した。そのあとを、雪緒の乗る車が追う。

面妖《めんよう》なことに、深い霧を突っ切れば、綾槿ヶ里の境界に到着していた。獬豸の姿はそこで跡形もなく消えていた。

（……大気を捻《ひね》って『近道』を通り、里まで送ってくれたんだろうか）

なぜか獬豸は、雪緒が困っていると時々、気まぐれに助けてくれる。

車が綾槿ヶ里の境界に入ると、迎えに来たらしき黒い羽織り姿の宵丸《よいまる》と千速《ちはや》の両者に出くわした。ひどく懐かしく感じる彼らの顔を見て、雪緒は肩の力が抜けた。

疲労感以上に、安堵《あんど》があった。どんな方法で彼らがこちらの戻りを知ったのかは謎《なぞ》だが、もういい。占で見たか、予知したか。あやかしたちの神秘を、完全に理解などできはしない。

「あああん、雪緒様、会いたかったああっ」

目を涙で浸した千速が、雪緒の顔にバフッと飛びついた。

雪緒は思う存分、もふもふの腹部を吸った。

「宵丸様はこわいし不機嫌だし、あの精霊の古老は変だし、心を落ち着かせようと水浴びしていたら、水面に獬豸の顔と雪緒様の乗る車が浮かぶし！」

……なるほど、獬豸が知らせてくれたのか。

「もう、もう、おれは……心労で毛が抜け落ちるかとっ」

顔に張りついたまま、ぎゃうぎゃうと濁った声で鳴く千速に、雪緒は小さく笑った。

この元気な声を聞くと、本当に帰ってきたという思いが湧《わ》く。

「雪緒様、ご無事ですね、お怪我《けが》などありませんよね。あったらだめですよ。おれが怒りますからね」

「ないよ。……ただいま」

「おかえりなさいっ」

癒やされる。雪緒は少し涙ぐんだ。

「うん……。千速もお疲れ様だったね」

千速を撫でると、頬《ほお》ずりされた。……嬉《うれ》しいが、そろそろ離れてくれないと窒息しそうだ。

「おれをほめて、お稲荷《いなり》さんをいっぱい作ってくれてもいいですよ。おれはがんばりました、ええ、雪緒様に言われたこと、ちゃあんと全部、やり遂げました」

千速がようやく顔から離れて、雪緒の両肩をぴょんぴょんと忙《せわ》しなく移動する。無事の再会に、興奮しているらしい。

「毛玉うるさい。目にもうるさい」

宵丸がうんざりと言って、片手で千速を掴《つか》み、自分の肩に移動させた。

「あれ、おれをそんな軽々しく掴まないでくださいよっ」

千速は、自身の鼻で宵丸の頬をきつつきのごとくつつくという嫌がらせをしたが、肩からはおりようとしない。雪緒の不在中に、彼らは仲良くなったらしい。……いや、なっていないか。仕返しに、千速は鼻を指先で弾《はじ》かれている。

意地悪をして千速を泣かせている宵丸と、目が合った。

「んあー、なにおまえ、白月臭いなぁ」

すんっと不快げに匂いを嗅《か》がれる。形容しがたい顔にもなっている。

「うええ、嫌だ。俺《おれ》の匂いで上書きしよ」

「ただいま戻りました、宵丸さん」

「はい、おかえり。ちょっと動くなよ」

乱暴に頬をつままれた。と思ったら、宵丸はめったに見せない獅子《しし》の尾をひょこっと現した。もふっとした先端部分を、雪緒の腰や腕にこすりつける。……『まーきんぐ』かな？　と雪緒は思った。戸惑う雪緒以上に、千速が大げさに飛び上がった。

「いやああっ、雪緒様に、なにしてるんですか！　宵丸様の変態！　ふしだら獅子！」

「なんだと、おら」

宵丸の尾に千速が飛びかかろうとする。その攻撃を、彼の尾は器用にかわし、逆に千速をばしっと地に叩《たた》き落とした。地に潰《つぶ》れるかわいそうな千速を、雪緒は慌てて抱きかかえた。

「おい、薬屋」

宵丸がむっとした声で呼ぶ。彼の目尻《めじり》に疲労が滲《にじ》んでいた。

どうもこちらが不在のあいだ、本当に手を尽くしてくれていたようだ。

「その生意気な毛玉をむやみに甘やかすな。それから、一番貢献した俺のことも、ほめてしかるべきとは思わんのか」

「はい、思います」

「思うだけか。俺に対して無礼じゃないか」

宵丸が傲然《ごうぜん》と顎《あご》を上げ、雪緒を睨《にら》む。ちょっとやそっとでは靡《なび》かん、という気迫を感じる。

「今宵《こよい》の夕餉《ゆうげ》は蟹《かに》尽くし。蟹汁、甲羅焼き、蟹雑炊、はさみ揚げ」

「あんっ薬屋、愛しているぞ」

蟹三昧《ざんまい》の夕餉と聞いて、不機嫌だった宵丸が手のひらを返した。語尾を甘くし、恋するような瞳《め》を見せる。さらにはかすかに頬を染めて、きゅっと雪緒に抱きついてきた。

雪緒の代わりに、腕のなかで泣いていた千速が毛を逆立て、悲鳴を上げる。

「こんな不純な愛、おれは認めませんよおっ」

「障害があればあるほど愛は盛り上がるって、知らないのか？　俺は愛《いと》しの蟹のためなら、なんでもできる」

「なに恰好《かっこ》いい顔で言ってるんですかぁ！」

雪緒はこらえ切れず笑った。

脳裏には、荒い息を吐きながら尾を噛《か》む白狐の姿が焼きついていた。

そういえば、いつの間にか狐毛の組紐《くみひも》もどきが、雪緒の手首から消えている。

手首にあった、祟《たた》りの証明のような傷跡も、幻であったかのように消えていた。

❁

雪緒は、賑《にぎ》やかに喧嘩《けんか》し合う彼らとともに、鳥居めいた特徴的な形の屋城《やしろ》に戻り、不在中の雑事をさばいてくれていた六六《ろくろ》と合流した。

「無事のようで、なにより」

満足そうに言う六六に、雪緒は微笑《ほほえ》んだ。癖は強いが、彼は頼りになる精霊だ。

「ゆっくりと休息を……と労《いたわ》りたいところだが、玖月祭《くげつさい》はまだ続いているのでな」

六六はせかせかと雪緒を執務の間に追い立てた。

夕餉に、最愛の蟹が待っている宵丸も、神妙な態度で従った。

❁

雪緒は今日《きょう》も夢を見た。

星の輝く夜空のような、きらきらした巨川に浮かぶ舟に雪緒は乗っている。一人ではなかった。三雲《みくも》も乗っていた。

「……最初に約束したからな。こたびは贄《にえ》なくとも雪緒を助けるって。攫《さら》った綾槿ヶ里の怪《かい》どもを、返してやる」

彼は不機嫌な顔をしながらも、そう言った。

「満月のなかに、そいつらを放り投げておいた。気が向いたら拾いに行け」

「……満月のなかって、どこですか？」

「ほら、あっちだ」

三雲は川のずっと向こうを指差した。なるほど、星空のように輝く川の果てに、丸い月が映っている。あそこにいるのか。

——そんなわけがないのに、夢のなかの自分は当然のように納得した。

「どうも悩ましいな。残忍でいたほうが、雪緒は振り向いてくれる。だが三雲は、おまえを泣かせるのは好きじゃないんだ」

「そのままの三雲でいてください」

泣かされるのは、ちょっと。

「雪緒を生きたまま食いたくもない。なら、やはり御館《みたち》を殺さねばならないかあ」

「だめですってば」

三雲は、嘆息した。

「雪緒、あまりあやかしどもを信ずるなよ。あれらは、根本的に人とは違うんだ。不用意におかしな約束もするなよ」

「……鬼様は、人と違わないのですか？」

「違うけど。あやかしよりましだ。──ほら、邪魔をしに来やがる。ああ、邪魔くさい……」

三雲が瞳を冷酷な色に変えて、星空のような巨川の果てにまた目を向ける。突風が吹いた。

真っ黒い楓《かえで》の葉を大量に運んでくる風だった。雪緒はとっさに顔を庇《かば》い、目を瞑《つぶ》った。

ふたたび目を開けば──綾槿ヶ里の屋城にある執務の間、いや違う、ほかの階にある寝泊まり用の部屋の布団のなか。ああ、どちらだ。どちらの自分だ。

雪緒は混乱した。掛け布団を撥《は》ね除《の》けて、上半身を起こし、両手で思い切り頬を叩く。

「──寝泊まり用の部屋だ。起きた。これは、現《うつつ》」

深く息を吐き、それから雪緒は、はっとして、布団を蹴《け》散《ち》らして部屋を出た。

単衣《ひとえぎぬ》のままで縁に出て、昇降機に飛びこむ。舵《かじ》を回し、地上へ。

「満月……！」

綾槿ヶ里の屋城は、満月の形に群生するすすきの中央に建てられている。

（夢のなかで三雲が言っていた、満月、ってこのすすきをさしているんじゃない？）

あれは夢だ。けれども現に変わる夢だ。現が先か、幻が先か。もうどちらでもいい。

地上に下りたのち、雪緒は自分の背丈と同等の高さがありそうな、黄褐色《きかっしょく》のすすきを両手で掻き分け、あたりを探した。満月のなか。きっとこのどこかに、攫われた綾槿ヶ里の民がいる。

「——雪緒!!」

すすきを掻き分ける手を、背後から強い力で掴まれた。

驚いて振り向けば、闇《やみ》に溶けこみそうな墨色の衣に身を包む白月がいた。

なぜここに白月が？

そう疑問を抱いた雪緒を、白月が怒りで瞳の色を赤く変え、睨み下ろした。

「おまえっ、何度言えば……！　また鬼のもとに——！」

雪緒は背伸びし、白月の口を両手で押さえた。白月が、むぐっと唸《うな》り、目を瞬《まばた》かせる。

「民！　民です、民！　綾槿の。返してくれるって！　白月様も一緒に探してください」

「——はあっ⁉」

白月は乱暴に雪緒の両手首を掴み、睨み下ろした。……と思ったら、はあー…、と疲労感たっぷりの溜《た》め息を落とす。狐耳もぺそぺそだ。

「……もしかして、私を心配して来てくれたんですか？」

「違う」

「そんなに私が三雲のもとへ行くの、嫌ですか」

「うるさい。紛らわしい。祟る」

「あなたのものです、私」

「──知ってる」

「私を祟るの、やめましたよね？　また新たに祟るのですか？」

「……本当にそうしてやろうか。ああ……本当になあ、俺はもう、めちゃくちゃだ。めちゃくちゃなんだ……」

白月は、わずかに身を屈《かが》めると、雪緒の肩にぐりぐりと狐耳をこすりつけた。絹の糸のような髪が頬をくすぐった。

狐耳をもふもふしたかったが、あいにくと、両手首を白月に掴まれたままだ。

「──雪緒、俺はな。昔、おまえを……道に迷い、震えるおまえを見つけたとき、こう思ったんだ。おまえを光の珠《たま》のようだと。命の燃え立つ、輝かしい強烈な珠だ。涙に濡《ぬ》れた目が、水鏡のようだった」

白月は、雪緒の肩に額を置いたまま、静かな声で告げた。

「その水鏡に、俺が映っていた。おまえが輝いていたから、そこに映るおのれもやはり、まるで綺羅《きら》のように輝いていた。だからな、おまえは、俺のだと思った。ずっとそう思っていた」

「──報われました。その言葉で、私はもうじゅうぶんに」

ちゃんと選ばれていた。ずっと前から自分は白月に、恋情は抱かれずとも選ばれていたのだ。

雪緒は喜びに微笑んだ。嬉しいのに、なぜだか、視界がゆらゆらと涙に滲んだ。

（このお狐様と寄り添って、幸せに暮らしたかったな）

すぎた望みも、すぐさま胸の底に沈める。滲んだ涙もこぼれないよう、きつく目を瞑る。

――そして次に瞼《まぶた》を開けば、雪緒は、布団のなかだった。

へたくそな折り紙の狐が頭の横に置かれていたが、触れる前にそれは、ふっと幻のように掻き消えた。

しばらくのあいだ、雪緒は両手で顔を覆った。嗚咽《おえつ》なんか漏らしてやるものかと思った。

その後、宵丸や千速を起こして屋城を出た。満月のようなすすき群を、手分けして捜索し、蠢《うごめ》く大袋を発見する。袋には、鬼に攫われた綾槿ヶ里の民が入っていた。

今度こそは、本物の現だった。


翌日。うららか日和《びより》。六六から引き継いだ作業をこなすのに必死で、白月を思い出して感傷に浸る間もなく、時間がすぎていった。

――そして、九月の末も近づく頃《ころ》。

最後の大祭、いざかし月見祭《つきみさい》が始まった。

「祭りの場として使われるのは、この隠れ門の向こうにつながっている地だ。出入りができるのも、隠れ門のみとなる」

今日も今日とて陰気な顔をしている六六が、雪緒の肩に張りつきながら淡々と説明した。

雪緒は現在、六六や綾槿ヶ里を代表するほかの古老たちとともに、屋城内に設けられた黒い扉の前に立っている。

「大気を捻り、べつの空間につなげている。我らとて、そこがどの地に作られているのか、正確な位置は知らぬ。隠祭《いんさい》中の隠祭だからな。まあおそらくは、八つの里に囲まれた中央の一画のどこかであろうと思うが」

ほかの古老たちが、雪緒にべったりとくっつく六六に時折微妙な目を向けてくるが、不躾《ぶしつけ》だと注意する勇敢な者はいない。これでも六六は上位精霊なのだ。

雪緒はこれまでになく豪奢《ごうしゃ》な装束を着用している。

綾槿ヶ里の仮の長《おさ》にふさわしい華やかさというか。深緋《ふかひ》の対襟の上衣《うわぎ》に薄紅の領巾《ひれ》、流れるような襞《ひだ》の濃紺の裙《くん》、銀の裙帯《くたい》。髪は二つにやわらかく結い上げ、玉をあしらい黄金の花を象った簪《かんざし》を差しこんでいる。大袖《おおそで》や裙には、里を象徴する木槿《むくげ》、それらの花弁の裏に潜む金魚たち、といった図がうっすらと施されている。古老たちも、揃《そろ》いの黒紫の筒袖の上衣に紫の袴《はかま》を合わせ、赤い皮帯を締めているが、生地はやはり木槿の模様を取り入れたものだ。

だが、彼らのほうには金魚の図は入っていない。雪緒の衣だけだ。

金魚たちは、朱闇辻《あかやみのつじ》で着用していた衣同様に、袖のなかを自由に泳ぎ回る。

この場には、宵丸と千速は同行できない。彼らは紅椿ヶ里の者だからだ。

宵丸は直前まで不服を唱えていたが、これぱかりは雪緒も無理を通せなかった。隠れ門を設けた広間は、秘儀の間でもあるため、他里の者の出入りを固く禁じている。

（少なくとも大事な秘儀の間に通されるくらいには、私も古老の方々に認められたのか）

雪緒はぼんやりとそんな考えを弄《もてあそ》びながら、隠れ門を観察する。門とは言うが、その形状は真っ黒に染められた両開きの木戸にすぎない。部屋の壁を貫り抜く形で設置されている。

古老が二人、進み出て、左右から貫木を引き抜き、手前に扉を開いた。

扉の向こうは濃霧に覆われ、なにも見えなかった。

「そら、行け。あなたには私の守りがあるので案ずるな」

六六が意味深に言って、雪緒の肩を軽く押した。

雪緒は深呼吸したのち、扉の向こうに足を踏み入れた。しゃらしゃらと髪飾りがゆれ、衣の裾《すそ》がゆらめいた。

次の瞬間、景色は様変わりした。

黄色と橙《だいだいいろ》色に染まる秋の山々に四方を囲まれた、盆地のような場所に出る。そこの中心には、跨《また》ぐのも苦労しそうなほどの太い俵で仕切られた土俵があった。盛り上げた土の上に、正方形の角土俵、その内側に丸土俵。巨神用かと思うほどに大きい。土俵の真上には、二枚の的をぶら下げた、切妻屋根の方屋《かたや》が浮かんでいる。もちろんその上空に、方屋を吊《つ》り下げられるようなものは、なにも存在しない。妖力《ようりょく》で方屋を浮かせているのかもしれない。

土俵の外周には榊《さかき》も立ち、ぐるりと八つの雛壇《ひなだん》めいた台が用意されている。といっても、そこに座っているのは桜月の雛人形ではない。各里の長たちと、その従者や古老の姿がある。

月見祭は、うしつき祭とも呼ぶ。

各地の産土神《うぶすながみ》に見立てられた長が、力比べをするという。要は、妖力合戦だ。

北東側の雛壇に敷かれているのは黒毛氈《もうせん》で、無人。ぼんぼりだけが赤く輝いている。

(あちらは葵角ヶ里。やっぱり鬼様たちは、こっちの祭りには参加しないみたいだ)

ほか七つの雛壇には、すでに大半の者が着席している。雛壇は、どこの里も五段分作られている。ただし今回は白桜《しろざくら》と梅嵐《うめあらし》の長が不在のため、上段は空席だった。

雪緒は全体を見渡し、白月の姿を探した。土俵が巨大すぎて、他里の雛壇までは遠いため、集結した怪たちのそれぞれの顔貌《がんぼう》を確認するのは、難しい。けれども里の方位に合わせる形で雛壇は置かれている。ということは、白月は東の壇に座しているはずだ。そちらの上段に、金色の装束に身を包む者の姿がある。あれが白月だろう。

雪緒は古老たちに促されて、西の壇に向かった。紅椿ヶ里の壇とはちょうど真向かいの位置になる。最も遠い。その遠さが、いかにも自分たちの絆《きずな》の距離を示しているように思われた。

雪緒も、最上段に座らされた。

他里の長たちがこちらをうかがっているようだったが、隣となる南西の紺水木《こんみずき》ヶ里《がさと》でさえ、かなり離れている。気安く会話ができる距離ではなかった。……が、面布で顔を隠している最上段の男……おそらく紺水木の長が、なぜか雪緒に向かって親しげに手を振ってくる。

(なんで?)

謎に思いつつも、雪緒も小さく手を振り返した。

すると、本当になぜなのか、逆隣となる北西側の黒芙蓉《くろふよう》の長までもが、そそそと手を振ってくる。ひょっとして隣同士だから、どちらの長も挨拶《あいさつ》代わりに手を振ってくれたのだろうか。

(人の子が長になるなど許せん! 始末してやる! ……くらい言われるかと覚悟していたんだけど、全然違った)

——このときの雪緒はまだ気づいていないが、彼らの正体は七夕祭《たなばたさい》で知り合った烏那《からすな》と化天《かてん》である。

どの怪たちも、基本は自身の里を象徴する花の図が入った装束を身にまとっている。たとえば紺水木ヶ里の長は藍染《あいぞめ》の衣に白い小花を散らしていたし、黒芙蓉ヶ里の長は芙蓉が咲く柄だった。

各方位の雛壇に、その里の者たちが全員おさまると、どこからか触れ太鼓の音が聞こえてきた。晴天の下、その音はよく響いた。

まずは、家屋よりも大きな黒牛が二頭、土俵にやってきた。

「つきまする」「むかえまする」「わしまする」と、二頭が交互に、男の声、女の声を出し、挨拶した。と思ったら、大気がびんと張るほどの鳴き声を聞かせ、角で争い始めた。

二頭の首に下がる鈴が、派手な音を立てる。

角合わせは通常、雄牛同士で行われるものだが、この祭りでは、片方は雌牛のようだ。

雪緒がぎょっとこの仕合を見ていると、雛壇の下段におさまっていた古老の一人がこちらを仰ぎ、そっと囁《ささや》いた。

「いいですか雪緒様。一戦だけでもよい、どうぞ勝ちをおさめてください。それが無理なら、あいこでも。ひとまず里の体面が保たれます。このところ、我らが里は負け続きなのです」

「……はい」

雪緒は袖の表面を撫でながら、うなずいた。大丈夫だ、六六の守りがある。

前座の雄牛、雌牛による角合わせが終わった。面布をつけた水干姿の童子が現れ、土俵に塩をまいた。出し物が続く。独楽《こま》の怪の御神楽《おかぐら》に、兎《うさぎ》の怪の餅《もち》つき、暴れ馬を躾《しつ》けながらの流鏑《やぶさ》馬《め》、大蜘蛛の追物射《おいものい》、山伏に扮《ふん》した女妖《にょよう》の大鎌《おおかま》の演舞。花姑《かこ》たちと蝶《ちょう》の乱舞。

どれも興味深く、物珍しい演目ばかりだったが、雪緒は集中できずにいた。緊張もあってか、すぐに気がそぞろになってしまう。

次の演目を知らせる触れ太鼓が響く。雪緒は我に返った。いよいよ長たちの仕合だ。

軍配を手に持った触れ役たる狐耳の童子たちが各壇に歩み寄って、告げる。

「白桜ヶ里と梅嵐ヶ里の長様はご存じの通り、果ててしまわれた。ゆえに代理の者が仕合うこと、ご了承くだされよ」

童子は、太い声でこう続ける。

――御清聴、御清聴、まずは我らが札を引き、一戦目の相手を決める。勝ち越した者で二戦目を、さらに勝ち越した者で三戦目を。道具を使うもよし、術を操るもよし。とにかく負かせばよい、殺してもよい。負かした者からひとつ、なんでも盗めばよい。命であろうとなんであろうと、気の向くままに。月見泥棒は祭りの醍醐味《だいごみ》である。こたび、白月様は立たぬとおっしゃる。であるからして、楓殿が祭主に代わられる。最後に残る者が、方屋に下げられた二枚の的のうち、兎の絵のほうを弓で打つ。あれは偽の太陽の見立てである。郷の繁栄のために必ず貫くべし。外せばその年に日食が起きる。――そういう口上だった。

童子の札の合わせの結果、雪緒は四番目、梅嵐と当たった。

最初に競うのは、紺水木と鋼百合《はがねゆり》の長だ。

(梅嵐……伊万里《いまり》さんの故郷の里が相手かあ)

整備される土俵をぼうっと眺めながら雪緒は嘆息した。

伊万里とは、以前に知り合った娘のことだ。せめて馴染《なじ》みのない里と当たってほしかったが、これればかりは運だろう。祭りの場で、童子が札の不正をするわけもない。

「……えっ。待って、これ私、勝てる？　やばくないです？」

意識を目の前の仕合に戻し、雪緒は愕然《がくぜん》とした。

最初の長たちの競い合いが、飛ばしすぎている。

土俵の内を火炎に変えたり、召喚した大蛙《おおがえる》に、その火を吹き消すよう命じたり。……鋼百合の長は、壇から下りずに妖力のみを操っている。とにかくどんな方法でもいいから相手を負かせば勝ち。わざわざ土俵に立たずともかまわない。が、仕合相手の紺水木の長は、勝敗の行方《ゆくえ》よりも、とことん楽しみたいのか、土俵に下りて派手に妖力を操っている。

というより鋼百合の長が仕掛けてくる攻撃に対して、いちいち眷属《けんぞく》を召喚し、大げさに弾き飛ばしている。観戦者たちも知らず知らず力が入ってしまうような、謎の勢いがあった。

（ああ、そうだった、祭りの本質は、大いに楽しむことにあるんだっけ）

以前に白月とそんな話をした覚えがある。あれはいつのことだったか。

追憶に浸るうちに、彼らの仕合に決着がついた。

いや、上衣の裾を靡かせてはしゃぎ回る紺水木の長の姿に、鋼百合の長が苦笑して、「こうも私の術をわくわくと待たれてはなあ。童子のようなあの男に勝たせてやろう」と、気前よく身を引いた。紺水木の長はもっと遊びたかったのか、勝ったというのにしょんぼりしている。

その姿がまたほかの者たちの笑いを誘った。

二戦目は黒芙蓉と白桜で、長代理として鵺《ぬえ》の由良《ゆら》が招かれていた。

由良とは顔見知りの仲。向こうもこちらの様子が気になるのか、何度も視線を感じた。

由良はそれで気が散ったか、一戦目と比較すると、呆気《あっけ》ないと感じるほど早く決着がついた。黒芙蓉の長の圧勝だ。いや、由良が弱いというよりは、あちらの長の幻術が凄《すご》かった。祭りの場の地面を『まんだら』に変えて、天地を逆さにしようとした。

(えっ、本当に私、こういう長たちと仕合うの？　一瞬で殺されるんじゃない？)

顔から血の気が引く。袖を泳ぐ金魚たちも、「無理。これは無理」というように、端のほうに身を寄せ合って震えていた。

三戦目は紅椿と葵角ヶ里だ。が、鬼たちは招かれていないので、この仕合に関しては、祭りの場に来ている者を、だれでも対戦相手に指名できる。対戦相手側のほうは、ここで負けても黒星はつかないが、紅椿のほうは敗北すれば、そこで終わり。

長代理の楓は、しょんぼりしたままの紺水木の長を指名し、皆を笑わせていた。

紺水木の長は、ふたたび思う存分はしゃぎ回ってから、勝ちを彼に譲った。

重要なのは、勝ち負けではない。やはり楓も、『楽しむ』ことに焦点を当てている。

そうして雪緒たちの番が来た。

「綾槿ヶ里の長様は、下へ参られますか？」

童子が雛壇を見上げて、尋ねる。雪緒は思案の末、うなずいた。段を下りるのに、古老の手を借りる。地上に下りてからは、童子に手を引かれて、土俵へ向かう。

高さも太さもある仕切りの俵をなんとか跨ぎ、というより乗り越えて、土俵内に入り、雪緒は背を伸ばした。がんばろうと気合いを入れて目線を上げ、そこで仰天する。

雛壇に座っていたときにはわからなかったが、山よりも背丈のある透明な神々──「だいこくてん」や「きっしょうてん」などによく似た風貌《ふうぼう》の者たちが土俵の周囲に詰めかけていて、それぞれ酒杯を掲げ、肴《さかな》をつまみ、楽しげにこちらを見下ろしていた。

（──これは神々のための余興なんだ）

この祭りの真意を、雪緒はようやく悟った。紺水木の長の振る舞いは正しかった。勝ち負けなど二の次だ。衣がはだけ、髪も乱れるほどにはしゃぎ回り、楽しんで、この『観客』たる大きな神々を満足させねばならない。そういう祭りなのだ。

（なら、私も派手にやらないと）

対戦相手の長も土俵に上がっている。いや、代理の者だ。梅嵐ヶ里も現在は長が不在だった。

彼は雪緒を見て、言った。

「覚えておいででしょうか。補佐役の塩々《えんえん》という者を。私は彼の眷属です。あなたには複雑な思いがある」

「ああ……覚えています」

雪緒は困惑した。

長代理から、敵意とも親しみとも、侮蔑《ぶべつ》とも言えるような、本当に複雑な視線を寄越される。

塩々とは、七夕祭のときに顔を合わせている。象の姿を持つ怪だ。彼も色々あって、いまは行方知れずとなっている。

目の前に立つ長代理は眷属と名乗るだけあり、塩々同様に頭部は象そのもので、胴部は人間と同じ。恰幅《かっぷく》がよく、大きな耳には環《わ》の飾りを複数つけている。

「ここで私に跪《ひざまず》いてくだされば、手荒な真似《まね》はせずにすませましょう」

長代理は、緋色《ひいろ》の袖を振って威厳たっぷりにそう持ちかけてきた。

「あなたは妖力を持たぬ人の子と聞きました。殺《あや》めるには、惜しい。たおやかな女人を傷つけるのもまた気が引ける」

「心配しないでください。私には守護があるので」

雪緒は胸を張った。ここまで来たらもう、怖《お》じ気《け》づいてなどいられない。

は？　とあちらの代理が怪訝《けげん》そうにする。

雪緒は、袖の表面を撫でた。

「どうぞ来られよ」

声をかければ、袖のなかから勢いよく金魚の群れが飛び出した。

「は⁉」

長代理が大声を上げる。人の子に大したことなどできないだろうと、侮っていたようだ。

金魚の群れがぐるぐると土俵内を泳ぎ回る。そのうちの一匹が、しだいに膨らみ、尾びれも伸ばして、優美な鯉《こい》と化した。大きな大きな鯉だ。一抱えどころではない、一頭の龍神のような巨大な鯉になる。色は白と黒の二色、白写りの錦鯉《にしきごい》に似ている。目玉は桃色だ。銀色に透けて見える鱗《うろこ》が非常に美麗で、目を奪われる。

巨躯《きょく》を誇るのも当然の話で――この霊威満ちる大鯉の正体は、六六だ。

鯉の別名を六六魚という。名は体を表すという言葉の通りに、彼は鯉の精霊である。

六六は、隠れ門を通る際、雪緒の衣に潜りこんだ。

「精霊か？　まさか上位の精霊が、人などの眷属に落ちたのか？」

だいぶん失礼な発言を代理の者にされたが、これにはちゃんと理由がある。

(朱闇辻で着た衣の金魚たちって、六六様の眷属だったんだよね)

あの装束は、半神の沙霧《さぎり》が用意してくれたものだ。

どうも精霊同士は意外と友好的で、なおかつ種族によっては頻繁に交流もあるらしい。六六は、水を渡る魚の精霊というその属性柄、黄泉《よみ》……死の国の瘴気《しょうき》にも耐性がある。

だから沙霧の頼みを受けて、自分の眷属を装束に潜りこませたのだとか。

朱闇辻に滞在中、眷属の金魚たちはずっと雪緒の袖におり、一部始終を見ていた。それで、

「なんか人の子、すごく大変な目に遭っていたけれど、われら途中でこわくなって逃げちゃった。主様《あるじ》、われらの代わりに助けてあげて」……と、六六は前から彼らに切々と訴えられていたらしい。

こうした眷属たちの願いもあるし、雪緒様にはもっと前から個人的に馴染みもあるので、魚

霊でよければ守護してやる、と六六に言われ、かりそめの誓いを結ぶ流れになった。

彼が雪緒の支配下に入ったのは、金魚たちの訴えに根負けしたからとも言える。当の六六は、「ただ眷属たちに屈したわけじゃない、まことにあなたには馴染みがある」などと、取ってつけたように訴えていたが、雪緒は、そこのあたりは嘘《うそ》臭いので話半分に聞いている。

綾槿ヶ里の古老のなかで、六六だけがはじめからやけに協力的だったのも、こうした裏事情があったためだ。自分の振る舞いや生き様が他者の目にどう映り、またいつどんな助けとなって返ってくるか、本当にわからないものだと雪緒は思う。

大鯉が白銀に光る尾びれを滑らかに動かして長代理に接近し、ふうっと口から虹色《にじいろ》に輝く大量のシャボン玉を噴き出した。

長代理が真っ青《まさお》になり、転がるような勢いで土俵の外へ逃げ出す。

「溶かしてやろうと思っていたのに……」という、残念そうな大鯉のつぶやきを、雪緒は聞かなかったことにした。なにを溶かすつもりだ。

大鯉がぐるりと土俵内を優雅に泳ぎ回る。眷属の金魚たちは、「やったあ、勝ったあ」と喜ぶように、雪緒のほうに集まってきた。雪緒は金魚たちに全身を啄《ついば》まれた。

土俵内の様子を、透明な神々が興味深げに眺めている。

(あっさり勝ってしまったけれど、観客に楽しんでもらえただろうか)

紺水木の長などは、手を叩いて喜んでいるが。

……どうしてあそこの長の好感度が異様に高いのだろう。

「えー、勝ち。勝ちですね、綾槿ヶ里の長様の」

雛壇に逃げ帰って震えている梅嵐ヶ里の長代理を、童子の狐がなんとも言えぬ目で見つめながら宣言する。

自由に泳いでいた六六がくるんと方向転換し、雪緒の背側に回って、のすっと白く輝く髭《ひげ》を肩に乗せた。

ひれが水を打つ音が聞こえるのに、空気が水のようにゆらめいて光が淡く乱反射する様も目に映るのに、もちろんのこと、周囲が水に満たされているわけではない。六六は、同じ場所に存在しながらも、こちらと次元の異なる世界に生きている。そういうふかしぎな雰囲気がある。

雪緒はその巨大な錦鯉の顎……たぶん顎あたり……を、優しく撫でてやった。胸びれの下も掻いてやった。雪緒の頭部よりもまだ大きい桃色の目玉が、人間のそれみたいに細められた。透ける尾びれは繊麗《せんれい》で、身を覆う鱗も宝石のようにきらめいており、知らず見惚《みと》れてしまうが、同時に畏怖《いふ》も覚えずにはいられない。精霊はやはり、妖怪《ようかい》よりも神々に性質が近い。

「次、次の仕合はまたあなた様と……おや、紅椿ヶ里の楓様がお相手となりますね。一度雛壇へ戻られますか？　お望みでしたら、少し休まれてもかまいませんよ」

童子の狐が円《まる》い目を瞬かせて尋ねる。

「……いえ、このままで大丈夫です」

観客を飽きさせないためにも、時間をあけないほうがいいだろう。

そう考えながら、雪緒は東側の雛壇へ視線を向けた。楓と白月がなにか言い合っているようだ。引き止めようとする楓を振り切って、白月が段を飛び降り、土俵に近づいてくる。

「ああっなりませぬ、白月様は参加なさらぬと申しましたのに、これでは道理が！」

困り果てる童子も無視して、白月は土俵の境界である俵を乗り越え、ずんずんと中央に進み出た。椿が咲く華やかな黄金の装束は、彼によく似合っていた。

「これは俺がやる」

「白月様、御館自ら横暴な真似をされては、ほかの者にも示しがつきませぬ」

「うるさいな。そうは言ってもおまえ、まじりものではない太古の精霊相手にだれが戦える？ああ、こんなの、禁じ手に等しい」

んぐっと童子が喉《のど》を鳴らす。

「ですが、はじめに申しました。とにかく勝てばよいと。綾槿ヶ里の長様はなにも反しておりません」

「太古の精霊自ら下僕となって戦いに来るとは、だれも思わなかったからだろ。そうとも、思いつかぬくらい、原種たる古き精霊が人にかしずくなど本来はありえない。そのありえない現実が目の前にある。竜紋を持つ者を殺せば災いが降る。なら俺以外に相手はできぬだろうが」

白月が雪緒を見据えて、薄ら笑いで言う。

「しかし、ええ、この方は、白月様のお嫁様だったのでは……？　負けて差し上げるつもりで？」

狐の童子が、ほかの怪の耳を気にしてか、小声で白月に尋ねた。

「いや、俺が勝つが」

「白月様!?」

無慈悲！　と言いたげな童子を土俵の外へ追い出して、白月は触れ太鼓の鳴るより早く、いきなり術を編み出した。大量の白鷹《しろたか》を狐尾の毛で作り上げる。

「邪悪な狐め」と、大鯉が罵《ののし》り、髭を好戦的にそよがせた。

合図を受けた眷属の金魚群が、いっせいに動き出す。赤い金魚と白鷹がせめぎあった。

魚群の尾びれが宙を叩けば七色の火花が散り、鷹群が力強くはばたけば、黄金の光が舞った。観客の神々を楽しませるように煌《きら》びやかに、派手派手しく争っている。

雪緒に近づこうとした白月を牽制《けんせい》するように、大鯉がぐるりと巡った。

「退《ど》け。たかが魚霊にすぎぬ身だが、浅き生まれの妖狐《ようこ》に後れを取るほど脆弱《ぜいじゃく》ではない。私は雪緒様を勝たせる」

ひょっとしたら白月の先制攻撃に、多少なりとも煽《あお》られていたのかもしれない。大鯉姿の六六は、使命感に燃えた発言をした。

彼の白く輝く髭がそよぎ、白月を追い払うような仕草を見せる。

「それに胸のうちをあかせば――私は獣臭い怪が嫌いだ。御館が相手だろうと知ったことか。合法的に罰して許されるのなら、そうするまで」

なんですって。

土俵上での堂々の仕置き宣言に、雪緒は仰天した。

大声ではないし、周囲の雛壇までは距離があるが、ここは祭りの場で、どんな仕掛けか、土俵上での会話はしっかりと皆の元まで届くようになっている。攻防を続ける魚たちの水音や白鷹群の鳴き声で、六六の言葉が掻き消されていることを、雪緒は祈った。

「精霊がどれほど人の種を大事にしていると思う。これと、鬼の種は、精霊が守るべきものだ。なのにいまの御館は、どちらも虐げる」

「六六様っ」

雪緒が声を潜めて窘《たしな》めても、立腹中の大鯉は耳を貸さない。

「先の雷王《らいおう》は横道者だったが、まだ許せた。あれは雷神の下僕だったから。だがその前の代、その前の前の代も、生まれの不確かな獣どもが頂の座を乗っ取った。雷王までが長かった。ようやく世も安定するかと息をつけば、あれはあっさり沈んでくれた」

大鯉がぎょろりと目玉を動かす。

「そして次の戴天《たいてん》が、卑《いや》しい野心を抱えた狐だ。――ああ、私は下界の身分なんかをあげつらっているわけじゃない。徳の有無を懸念しているんだ。無い者が立てば、当然、その代の世

の守護も弱くなる。だから、妖の力ばかりを執拗《しつよう》に求める獣の怪が嫌いなんだ」

六六は、反論を挟ませないようにか、厳しい声音でそう告げると、左右の髭を大きくゆらめかせた。途端、白鷹群の猛攻に押されていた金魚たちが、六六の合図を見て、息を吹き返したように力強く宙を泳ぎ始めた。小型の鮫《さめ》のように姿を変え、白鷹たちに食らいつく。

よく見れば、白月の顔は不調を伝えるように青白い。目ばかりが爛々《らんらん》と輝いている。

(鬼里《おにざと》で影を切り離したときの疲労が、まだ回復し切れていない?)

その可能性に思い至って、雪緒はうろたえた。

「言いたいことはそれだけか」

六六に痛烈に非難されようとも、白月にこたえた様子はない。

「言われ慣れている。そんな言葉は。年寄りどもは文句ばかりを口にするが、ではなにをしてくれるのかと言えば、おのれはなんの犠牲も払わない。そんなやつらの話ほど退屈なものはない」

言い捨てると、彼は雪緒に目を向け、苛立《いらだ》たしげな表情を見せた。

「無駄に長きを生きる石頭の精霊なんぞを巻きこみやがって」

白鷹の相手をしていた鮫群が、その皮肉に腹を立てたかのように荒々しく旋回し、突如白月に狙《ねら》いを定めた。

「万が一、こうした原種の精霊が死ねば、それを見守る神々が不貞腐《ふてくさ》れるぞ。その危うさを知らないのは、おまえ様が短命な人の子だからだ。ああ、いや、設楽《しだら》の翁《おきな》がおまえ様にずっと目隠しをしていたんだったか。だがこの場で、そんな話は関係ない」

雪緒の無知を詰《なじ》りながらも、真実はべつのところにあるような、どこか不安定な話し振りだ。

白月は、悩ましげな目をした。雪緒はふと、先日の、幻の夜に出会った彼を思い出した。

「俺は、おまえ様がこういう化石のような精霊を従えてくるとは、思ってもいなかった。きっと術を使ってくると思っていたんだ。蛍雪の術。人に与えられたその秘術でもって、許容できぬほどの大きな者を生み出すだろうと。──それを止めるために、俺は来たつもりだった」

──白月の予想は、正しい。

雪緒は、本当は自分の術を行使する気でいた。格上の怪との妖力合戦で勝利を掴むには、大物の力が必要だ。神か、鬼か。そのくらいの。

なら、鬼神だ。

偽物の鬼神を禁術で作ってやろう。

それくらいの迫力を見せてやろう。危険を冒さねば、力ある怪たちとは到底渡り合えない。

そう読んでいた。そしてそれを実行するための札を、懐に忍ばせていた。

ところが──葵角ヶ里をあとにしたいまもまだ、雪緒はろくに術を使えないでいる。

無理をおして使おうとするなら、この身を犠牲にする覚悟を抱かねばならない。それをやってこそ、自分にようやく価値が生じる。価値があると、綾槿ヶ里の古老たちが感心する。やろう。――そう心を決めていたのに、六六が、雪緒を守護しようと申し出た。

彼が持ちかけてくる前にも、宵丸が一時的に従属の結びをしてやると言ってくれた。大妖《たいよう》が、たとえ一時の契約だろうと被支配者側に甘んずるなんて、普通では考えられないくらいの破格の申し出だ。だが残念ながら、他里の宵丸の力を借りるのはためらわれた。

雪緒の心がいまでも紅椿ヶ里にあり、そこの者しか信用していない、と判断される恐れがあった。だから綾槿ヶ里の者たちの心情を考慮し、そちらの案は感謝とともに断った。それで六六の手を取った。

だけどもこの状況は。

雪緒が最も回避したいのは、白月が不利益を被ることだ。たとえ味方の六六の行動が、雪緒に花を持たせるためのものであっても、それが白月を排除してしまうなら受け入れられない。

防御し切れなかった魚群が、白月の尾や腕に噛みつく。袖が裂け、血が滲んでいる。

だが白月は、痛みを気する様子もなく、群がる凶悪な魚群を乱暴に振り払った。雪緒を見つめたまま荒っぽい動きで跪き、声を張り上げる。

「退け、俺のために!!」

怒鳴るように命じながらも、実際に跪いているのは白月だ。

精霊を退かせる代償として、わかりやすい態度で敬意を示している。が、視線は雪緒から外れない。心と身体の矛盾と、それがもたらす苦痛が、ありありと感じられた。

雪緒のなにかを案じるような、仄《ほの》かな不安もその眼差《まなざ》しに潜んでいた。

雪緒は、白月と目を合わせた直後、その場に膝《ひざ》を落とした。頭《こうべ》を垂れて宣言する。

「私の負けです、白月様」

「――」

「御館様に、人の力が届くはずもありません」

献身を無下にして勝手に負けを認めた雪緒のことが、至極憎らしかったのだろう。

大鯉が、髭でぺちっと雪緒の肩を叩いてきた。ついでに胸びれでもぺちりと叩かれたし、なんなら口の先で脇腹《わきばら》をつつかれた。雪緒はその勢いに押されて身体《からだ》が傾《かし》ぎ、横座り状態になった。怒れる髭の先端に、ざくざくと頬を刺されながらも、ようやく雪緒は顔を上げた。

正面側に跪いたままの体勢でいる白月と、ふたたび目が合う。

彼本人が雪緒に身を引くよう要求したのに、なぜか、ひどい裏切りを見たと言うような顔を白月は晒《さら》している。そんな表情を無防備に見せるくらいの衝撃を受けた理由を、雪緒は急いで考えようとして、だがすぐに放棄した。いらない。自分は、理由があろうがなかろうが、最後まで白月の駒《こま》でいる。彼の心を暴くことまでは、許されていない。

我に返った白月が、袖を払って立ち上がる。もう彼の白い面に、先ほどの無防備な感情は浮かんでいない。御館らしい、穏和で底知れない微笑だけが浮かんでいる。

「……では、俺の勝ちなら、ひとつ盗もう。そりゃあ無論、俺に挑んできたかわいい人の子を連れ帰るに決まっている」

こちらの腰に鬣を巻きつけていた大鯉が、ぶわわと怒気を膨らませ、忙しなくひれを動かした。「ほらこうなるだろ！」と言わんばかりに、ひれで雪緒をふたたびべちべちと連打する。普通に痛い。濡れた布で叩かれているみたいだ。たぶんこれでも加減してくれているのだろうが。

（この大鯉様、だんだんと私に対して容赦がなくなっている……）

雪緒は口を開きかけて、結局なにも言えずに閉じた。白月のために取った行動は、味方の六六を大いに失望させたに違いない。ひれ攻撃も、罰として受け入れよう。

白月が仮面のような笑みのまま近づいてきて、雪緒に手を差し伸べた。

「さあ来い、雪緒。これは祭りの場の決まり事であり、覆せはしない」

もしかしたら白月にも折檻《せっかん》されるのかなあ、と雪緒は真実から目を背《そむ》けるように、浮ついた思考に逃げた。

「――はい。はい、白月様」

恭順の姿勢を取る雪緒を見下ろして、白月はわずかに笑みを強張《こわば》らせた。疑《うたぐ》る光が目の奥にあった。どれだけ信用がないのだろう。――信用がなくとも、雪緒はもうかまわない。

「この雪緒は、白月様のものです。ですので――」

言葉を続けようとして、雪緒はふいに、頭上の視線に気づいた。

酒杯を掲げながらこちらを観戦していた『観客』たる透明な神々の一人、「きっしょうてん」に似た、はんなりとした顔立ちの神が、おもしろそうに雪緒を見ていた。雪緒だけを、見ていた。たとえるならそれは、椀《わん》のなかにひとつだけ残った米粒を発見したような眼差しだった。

その『観客』が、米粒——雪緒のほうに、人差し指を伸ばしていた。

風変わりな米粒を見つけたからちょっとつついてみよう、潰してみたらどうなるだろう。そういう無邪気な好奇心を、雪緒は感じ取った。

あちらにとってはたかが米粒だが、雪緒にとっては、その迫り来るたった一本のもっちりした優美な指は、巨大な柱が天から降ってくるのに等しかった。

なおかつ恐ろしいことに、その観客は雪緒しか見ていなかったので、このままだと白月までもが巻きこまれてしまう。巻きこむことに、いっさいの躊躇《ちゅうちょ》も罪悪感もない。

なにしろ相手は米粒なのだから、ついでにもうひとつ潰したところでなんだというのか。

雪緒は戦慄《せんりつ》しながらも、勢いよく身を起こした。

かつてない反射神経だと自分でも驚くくらいの反応だ。

突然、飛魚のように跳ね上がった雪緒に、白月はびくっとした。

白月が頭上の様子に気づいて仰ぐよりも早く、雪緒は両手で力いっぱい彼の身を突き飛ばした。巨大な指の腹が、目前まで迫っていた。

雪緒は悟った。

自分は逃げられない。

大鯉が愕然と観客を見上げている。おそらく、いままで観客が祭りの最中に手を出してくることなどなかったのだろう。これまでにない特異の存在である雪緒が、観客の気を引いてしまったのだ。弱い人間の身で、原種だという精霊を隷属させてきたから。

透明な指が、雪緒の胸から腹部全体に触れた。そのまま押し倒された。

空気の球体が身体に乗せられたような感覚を、雪緒は抱いた。

突き飛ばされて茫然《ぼうぜん》としていた白月が目を見張り、ぞっとした表情になって、這《は》うようにこちらへ駆け寄ろうとする。

その、いつにない必死な姿が、観客の指の腹で押し倒された雪緒の目の端に映った。

(あっ、壊される)

そう思った。私、壊される。

首から下の全体を圧迫する柱のような指に、力がこもった。

やわく自分の胸部と腹部がへこんだ。指の圧迫は止まらない。骨も軋《きし》む。

ぐっと息が詰まり、急激な吐き気と悪寒を雪緒は覚えた。その悪寒は激痛を超えたものだった。目の奥で光が明滅していた。幻の鬼火と狐火が、くるくるかごめかごめ。耳鳴りが、蝉《せみ》の鳴き声のように頭に響く。それが狐たちの鳴子のようにカチカチ、騒がしくなった。

柔和な顔の観客の向こうに、蒼天《そうてん》が見えた。

透き通った神々は皆、興味津々の顔で雪緒を見下ろしていた。

ふしぎなことに、見知ったような顔もある気がしたけれども、すぐに思考はほどけた。

身体もほどける。開かれる。――指でなにもかも壊される。

もうだめだ。私、終わる。

「白月様」

雪緒は最後に、無意識につぶやいた。

そんな顔をしないで。大丈夫。

本当に。

大丈夫です、私。

「白……」

ぷちっ、という自分の身体が潰れる音が耳の奥で響き、肋骨《ろっこつ》が砕けた。臓腑《ぞうふ》もぐちゃりと。

それで、世界は真っ黒になった。

＊

白月は、生まれながらに地獄を知っている。

けれども、新たな地獄もあるということを、このときまで知らずにいた。

(これはなんだ)

これはなんなのだ。

見守るばかりであった『観客』がいきなり、祭りの邪魔をした。斎《いみ》の庭である土俵内に、指を差しこんできた。そんな気まぐれは、少なくとも白月の代では起こり得ず、前御館の代でも、その前の時代でも聞いたためしがない。

だからだれもが信じられず、動けなかった。そこらの石が急に自我を持って飛んできたに等しい、まこと予期せぬ行いだったからだ。

『観客』は、事をなすと、真理を得たように満足して指を引っこめた。

その行為がもたらした結果を、血だまりのなかに転がる肉体の残骸《ざんがい》を、白月はまじまじと見つめた。

これはなんだ。

押し潰され、腹の中心から二つにちぎれた身体。骨もなにもかも一緒くたに潰れて、ちぎれた皮膚からはみ出ている。

指の腹の形に、血やその他の体液が、まあるく広がっているのが、なんだか滑稽《こっけい》だ。

頭部は無事で、長い黒髪が美しいまま彼女の顔の周囲に流れていた。外れた簪は、顔の横に落ちている。青白い頬の輪郭は優しいが、半分開いている瞳は虚《うつ》ろで、どこも見ていない。

(――雪緒)

白月が言葉もなく、肉体の残骸を見下ろしていると、楓が転ぶような勢いでこちらに駆け寄ってきた。他里の長の烏那や化天、それから白桜の長代理の由良なども、同じように土俵の内へ乗りこんでくる。

白月は、御館という立場にある者だから、こらえねばならなかった。

睨み上げることも、恨《うら》むことも、『観客』にしてはならなかった。

なぜなら彼らは、『書紀』に記される〈おおもの〉――大神だ。

そんな巨たる存在を恨めば、郷全体に大禍が雨のごとく降る。雪のごとく積もる。

自分たちは、彼らの宴《うたげ》の肴として祭りを行うにすぎない。前座として競わせていた黒牛と自分らの役割は、なにも変わらぬ。

こらえねばならない。

こらえねば……。

「んふ、見ろ、おまえたち」

白月は笑った。

笑うのは得意だった。他者の目を引きつけて魅了するのは、とてもたやすい。

「見事じゃないか。勝ちはしたが、策で負けた。これは、してやられたなあ」

白月がそう言うと、狂者を見るような目を由良に向けられる。

「――なにを言っている？　これが……この惨状が見えていないのか？　雪緒――人の子が、

こんな……っ」

由良のつき添いの怪が、やめろというように袖を引いた。

畏怖する以上の怒りで身を震わせる由良を、烏那や化天が冷静な眼差しで観察していた。

(ばかな鵺だ)

胸中で、白月は罵倒《ばとう》する。おのれの一族の最期を雪緒に重ねて、憎悪で目を濁らせている。

由良も、自分も、なにも変わらない。それがやるせない。

「どうしてこんなことに……!」

肉体の残骸に触れようとした由良を、白月は冷たく見下ろした。

「まだ気づかないのか」

白月の言葉に、嘆いていた由良が動きを止める。

「これは傀儡《かいらい》だ、よく見ろ!」

肉体の残骸に視線を流し、白月は笑い声を響かせる。

潰され、裂けてしまった腹。ちらばる臓腑。

それは、人のものではなかった。獣や魚、果てには藁《わら》や呪符《じゅふ》までが、はみ出している。骨だって、いったいなんの獣のものを使っているのか。

(――雪緒本人ではない!)

雪緒の皮を被《かぶ》った人形だ。

「綾槿ヶ里の頂の座に上がろうとするだけはある。この人の子は大胆にも我らを欺《あざむ》いた、おのれの傀儡を操って競い合いの場に参じたのだ。ああ、怪は人の子を好む、もしも我が身を盗まれては困るものな。精霊を支配下に置き、観客の興味をも独占し、御館の俺まで騙《だま》し切った」

あはは、と白月は明るく声を上げて、それぞれの里の頂点に立つ怪たちを眺め回した。

「どうだおまえたち。この娘は長に立つにふさわしい者だと思うか？　人の子の大戴《だいたい》を認めるか？」

沈黙ののち、はじめに地に片膝をついたのは鳥那だ。面布を外し、にこりとする。その後、他の者も続いた。由良も、怒りや畏《おそ》れをどう消化していいかわからない顔を見せながらも、肯の意を示す。

そうだろう、と白月は思った。鵺の由良は、雪緒に恩がある。まがい物であろうと、こんな非業の死も目にしてしまった。この先もう、鵺が彼女の働きを否定することはない。

ただ一人、鋼百合ヶ里の女長のみが、憂鬱《ゆううつ》そうな、それでいてどこかもの悲しげな気配を漂わせながら、肉体の残骸を見ていた。顔に面布を垂らしているため、女長の実際の表情はわからない。この女長は、人前で顔を晒すことがない。

「やるわねえ、子兎ちゃん」

鳥那が一瞬観客に視線を向け、好戦的な表情を浮かべて唇を歪《ゆが》めた。

子兎とは、雪緒のことだ。七夕祭でそう呼んでいた。

「だろう、これだから、人の子はおもしろい。眺めることをやめられぬ！」

白月はひたすら笑った。笑い続けた。こらえねばならない。

❁

「盗むと宣言したんだから、これは俺が持ち帰ろう」

潰れた上半身と下半身をそれぞれ抱えて、全身血まみれになろうとも笑みを貫き、白月はさっさと祭りの場をあとにした。全員への挨拶はすませている。御館としての義務も果たした。残りはせいぜい、締めの儀くらいだ。今回の月見祭の祭主には楓を登録しているので、白月がこの場に留《とど》まる必要はもうない。最後まで見守る必要もない。

紅椿ヶ里の屋城内、その秘儀の間につながっている隠れ門を通り抜けて、白月は自室へ急ぐ。通りかかった屋城仕えの怪が、肉体の残骸を腕に抱えた血まみれの白月を見て、ぎょっとした。

「白月様、何事ですか」

「案ずるなよ。これは『戦利品』だぞ」と、笑みをひとつ返して廊を渡り、自室に飛びこむ。

肉体の残骸を抱え直して、戸を閉めようとしたとき、腕の力がゆるんだ。

残骸の下半身が、どたっと重い音を立てて板敷きの上に落ちる。

それをとっさに拾い上げようとしたのが、まずかった。ちぎれた領巾に爪先をひっかけてしまい、白月はよろめいた。結果的に、上半身のほうまで床に落とすはめになる。

白月は膝を落として放心しながら、板敷きの上に転がる肉体の残骸を見つめた。

血臭。腐臭。泥の臭い。白月の罪悪の臭い。部屋中におぞましい臭気が広がっていた。

（ああ、髪飾りを拾い忘れてきたか）

肉体の残骸を一刻も早く持ち帰ることで頭がいっぱいになり、地に落ちていたあの髪飾りの存在を忘れていた。雪緒によく似合っていたのに。

「この眺めを招いたのは、俺なのか」

白月はひとりごちた。

観客の大神が、羽虫を殺すように雪緒を潰す地獄を招いたのは、自分なのか。

――大神。

白月の大望の果てにある巨大な存在。

『書紀』に名を記される者。

毎年、月見祭の時期が来るたび、白月は屈辱と妬《ねた》みを噛みしめて自身に誓っていた。

必ずあれになってみせよう。見下ろされる慰み者ではなく、見下ろすおおものになろう。

白月は、ひとかけらの影から生じた。ある化け狐が、最も忌むべき凶事とされる日食の暗闇《くらやみ》に落としていった、ひとかけら。そんな無情の生まれの自分が大神、大明神として玉の座に登り詰める。それが叶《かな》えば、胸を焼くこの恨みもようやく晴れる。

もう自分の生まれの不確かさ、振り返る者もない卑しさに怯《おび》えずにすむ。

白月がこの凍える冬のような、深々とした暗さを胸に抱え続けていたことを、だれが知っているだろう。そこらの怪にさえ蔑《さげす》まれる無益な生まれであることを、臓腑の裏まで掻きむしりたいくらいに疎んじていると、だれが知っていただろうか。

だれも白月を振り向きはしなかった。凶事がもたらした薄汚い生まれだ、目もなく手足もない、泥の塊のような存在にすぎなかった。放置すれば腐り果てて消滅するはずのものだった。

だが、だれかが白月を撫で、穢《けが》れを祓《はら》った。

そんな業が可能なのは、大神だ。藩《はん》と呼ばれる異界の大神。観客として祭りのたびに訪れる者。彼の気まぐれの慈悲が、白月の自我を目覚めさせた。

あれになろう。ああいうさいわいたるものに、おのれも生まれ直すのだ。

その野望のためなら、なんだってする。徳を積むために、まわりのすべてを利用し尽くしてやる。二度と他者の慈悲など受けてたまるか。

(これはなんだ)

立ち上がれない。板敷きを掻く指先が震えている。

これは傀儡だ。雪緒本人ではない。ああ、してやられた。よくも騙してくれた、いいや、とっくに気づいていた。祓えを得意とするこの娘は、鬼里でいっさいの術を使おうとしなかった。だから、おかしいとわかっていた。

夢路を渡って祟っても、なぜか娘の精神は犯せない。それも奇妙だった。

（傀儡の肉体が、意図せず雪緒の魂の盾代わりになっていた。それに原種の精霊の加護も受けていたのだ。あの水音が、俺の祟りを撥ね除けた）

ただし肉体のほうは、順調に弱り始めていた。本体ではないために、禍月毘《まがつひ》の瘴気の影響を強く受けていた。昼間でも雪緒はぼんやりすることが増え、度々会話が止まった。どこか反応が鈍い。いつもの娘なら、もっと積極的に問題の解決に挑む。

おそらく鬼どもも、うっすらと気がつき始めていた。女鬼がわざわざ湯浴みに招き、雪緒の肉体を確認した。それで確信したに違いない。以降は、守りもどこか手薄になった。

それでも三雲という鬼は、傀儡を通して雪緒の心を掴もうとしていた。白月は、許せなかった。危険と承知していても、影を飛ばして雪緒を取り戻した。——傀儡とわかっていたのに。

（おまえ、おのれの傀儡を、火薬玉に見立てるつもりだったな）

もしも鬼が禍月毘退治に協力的でなかった場合、傀儡の身を餌《えさ》にし、仕込んだ呪符で討つ気でいたに違いない。最終的におのれを差し出せばいいのだから、それまでのあいだ、できる限り禍月毘の力を削いでおきたい。それで毎日、禍月毘が衰弱するまで待っていた。

だが結果的に鬼衆が役に立ってくれた。

討伐に成功したから、自分の身を……傀儡の肉体を犠牲にせずともすんでいる。

ただの傀儡だ。けれども、本体と意識を共有させている。食事や睡眠も当たり前に取れるほど同調していた。それくらい傀儡の完成度が高い。なら、痛みを負えば、それもまた間違いなく本体に跳ね返る。呪符でもって傀儡の身を燃やせば、自身も同等の苦痛を味わうだろう。傀儡を操る恐ろしさを知りながらも、雪緒は簡単にその手段を選択した。擬似的に死を味わうことを厭《いと》わず、本気で白月の駒になろうとしている。

白月は呻《うめ》き、肉体の残骸をかき抱いた。

ただの残骸なのに、どうしてだろう。

「息ができない、息が」

ずっと認められずにいた。所詮《しょせん》は人でなしの身、野望以外におのれを燃やすものはない。この娘だっていつか自分の野望の糧となる。そのはずだった。

だがそれこそ「傀儡」のように従順になった雪緒を見て、なにか、途方もない過ちを犯した気になった。

これではない。これを求めていたわけではない。元の、すぐに怒って、ちょろくて、恋に目をきらきらさせながらはにかむ雪緒が、もうどこにもいない。白月のことがとても好きなのだと、どんなに手酷《てひど》く振っても懸命に恋を伝えてきたあの雪緒が、もう。

白月自身が、花のような娘の恋をむしり取った。踏みにじられ、涙にまみれて、そうして娘はとうとう傀儡に成り果てた。味気ない傀儡など、白月はほしくない。

ようやく煩わされることがなくなったのだと喜べばいいのに、実際に壊れた傀儡の肉体を前にして、白月は間抜けのように震えている。傀儡とわかっていても、たまらない気持ちになる。

寒気のように這い上がってくる恐怖が、白月の心を切り裂く。

（俺が、こんなに恐怖を）

取り返しのつかないところまで落ちて、白月は、はじめて恋を知った。

（俺の雪緒が、壊れている）

残骸の上半身をかき抱く手に力をこめ、その首に白月は顔を埋める。我が身を流れる血潮の音が、耳の奥で響く。人でなしでありながら人そっくりなおのれの身体に、血と熱があったのだ、こんなにも。頭に血がのぼり、呼吸の乱れが激しくなる。

「息が」

白月は歯を食いしばり、また呻いた。

雪緒はもはや、なにを願っても、跪いても……脅してもこわがらせても、愛おしんでも、白月を信じないだろう。信じないまま、それでも一途《いちず》に白月だけを追うだろう。

（――恋にあらざる信心だけを捧ぐ娘に変わったのだ）

本当にいつか雪緒は、この傀儡のように死ぬ。来る悲劇を雪緒は本懐と定めた。

白月がそうなるまで追い詰め、じっくりと時間をかけて丹念に壊したから。

最初の目論《もくろ》み通りになった。ほしくてたまらなかった光り輝く珠のような信心を、白月はようやく得られた。高みへの階《きざはし》に足をかけた、喜べ、思い通りになった！

（そして新しい地獄を作った）

白月の心は晴れない。いまも昔通り、暗がりに落ちたままだ。

いつからこんな、心と身体が矛盾するような思いを抱いてしまったのだろう。

白月にとってやはり恋は、星ではない。

少しも美しくなく、輝いてもいない。

「息がっ」

身のなかに芽生えた、泥のような恋が、白月の息を止めようとしている。

——知らなかったのだ。娘を壊せば自分も狂い、壊れるだなんて、考えもしなかった。

せめて、と思う。

祭りの場を見下ろす観客のなかに、天昇して高みへの階を駆け上がったあの者、育ての親たる設楽の翁の存在に娘が気づかなかったことを祈る。

白月とて、以前と姿形が変わってしまえば、祭りの場に来臨された観客がどの神名にあてはまるのかは、わからない。あらかじめ来訪神の御名を知っていようとも。

各月の神事に照臨する神妖の名を記したものを、〈見《み》丶《み》垂迹《すいじゃく》會簿《えぼ》〉という。これに、志多羅《しだら》の神《かみ》という神名があった、と半神の沙霧から聞いている。設楽の翁の新たな御名だ。

きっとあの場に観客として、設楽の翁もいた。惨《むご》い真実を知れば、娘はまたひとつ壊れるだろう。だから気づいていなければいい。白月は、息苦しさのなかで切実に願った。

◎漆・撥《は》ね掛《か》くばかりで

瞼《まぶた》を開けば、ぼやけた視界に天井の梁《はり》が映った。

雪緒《ゆきお》は、ぼうっと考えた。

（私はどうしたんだっけ？）

確か殺されたのではなかったか。いや、米粒相手に殺すもなにもないか。ものを考える必要もない。恋も愛も知ったことではない。自我を持つ意味もない。

ふたたび眠りに落ちかけると、あたたかなものが額に触れ、雪緒はまた瞼を開いた。

「ねぼすけめ」

安堵《あんど》と、からかいのまざった声が聞こえた。

「起きられるか？　水はいらんか？」

「私は米粒です」

「ん？　わかった。寝ろ」

「……いえ、大丈夫です。目が覚めました」

何度か瞬《まばた》きをすると、少しずつだが頭が回転し始めた。

自分の額からあたたかなもの……男の手が離れる。

黒髪の、文士めいた優しげな風貌《ふうぼう》の男が、雪緒の横に座っていた。

「本当に起きて大丈夫か？　自分はだれかわかるか？」

「米……、雪緒です」

「怪しいな。じゃあ俺《おれ》がだれか、わかるか？」

「ほべなすかくもの、北方守護神のひとかみしかみそれより生じたるもの……」

「なんだって？」

「――いえ、宵丸《よいまる》さん。あなたは宵丸さん」

「だめだ、言い直せ。俺は健気《けなげ》で男前な宵丸さん、だろ」

「うん、間違いなく宵丸さんですね。おかげで意識もはっきりしました」

雪緒は、片手をついてゆっくりと上体を起こした。

文句を垂れながらも宵丸が背に手を回し、身を支えてくれる。

てっきり布団の上に寝かされていたのかと思いきや、板敷きの床に直接しかれた織物の上にどうもしばらく倒れ伏していたようだ。周囲には、様々な道具類が散乱している。

大量の札、書物、画具一式に、愛用の煙管《キセル》、その他仕事道具、薬草の詰まった袋……。とにかくそれなりの広さのある部屋が、足の踏み場もないほどに雑然としていた。

「いきなり胸を押さえてぶっ倒れたんだぞ、おまえ。さしもの宵丸さんだって、驚いて怯《おび》えちゃうだろ」

宵丸がしかめっ面で言った。

「怯えるんですか」

「怯える。か弱い獅子《しし》だぞ」

どこが……と反論しようとしたら、めったに出さぬ獅子の尾で背中をはたかれた。……怯えていたかどうかはともかく、尾がつい出てしまうくらいに驚かせたのは間違いないようだ。

（――ちゃんと思い出した）

米粒のごとくぷちりと潰《つぶ》されたのだ。操っていた傀儡《かいらい》のひとつが。

「――こうなるから！　俺は反対した！　傀儡を生むなどならんと反対いたしました！」

いきなり、がうっと宵丸が吠《ほ》えた。怒りで言葉遣いが妙に畏《かしこ》まっている。

「おのれの傀儡を複数動かすなど正気の沙汰《さた》じゃないし、危険がすぎると、すーっごく何度も繰り返し！　呪《のろ》う勢いで止めたのに！」

「いえ、呪われるのはちょっと」

「お黙りやがれ！」

お黙りなさい、と、黙りやがれが、ごちゃまぜになったのだろうか。おもしろい獅子様だ。

「おまえってやつは、俺が最後の手段で赤子のごとくじたばた駄々をこねても、意志を曲げなかった！」

「だってどう考えても、この身体ひとつでは玖月祭《くげつさい》全部とそれ以外の問題を同時に片付けていくなんて、できそうになかったんですもの」

「いーやー、あー！　嘆かわしー！　言い訳なんてぇ、はしたないと思いませぬか！」

「宵丸さん、変な口調になってます」

なにか奇妙な節をつけて裏声にもなっているし。

怒りを噴火させた宵丸は、この場に転がり、またしてもじったんばったんし始めた。言わずもがな、邪魔だった。

見た目はこんなに冷静沈着な雰囲気の漂う青年なのに、やることがおかしい。

（でもやっぱり、負担がすごかったな）

雪緒の操る呪法《じゅほう》、蛍雪禁術の基本は、煙からほかの物質を生み出す……本質を根本からべつのものに作り替えるというものだ。いままでは、この術で薬草やら魚やら蟹《かに》やらといった、生活に直結する類《たぐ》いのものしか作り出してこなかった。

けれどもそろそろ禁術の本領を花咲かせるべきだ、と雪緒は考えていた。禁術とされるだけあって、精錬し、高めていけば、いい意味でも悪い意味でも、使い道が広がる。

自分の血と爪《つめ》、涙、童子の髪、胎盤《たいばん》、おがくずに藁《わら》、清水、百舌《もず》の舌、孔雀《くじゃく》の嘴《くちばし》、提灯花《ちょうちんばな》、猿《さる》の脳髄と左手、膠《にかわ》に煤《すす》など……貴重な素材をふんだんに使って、特殊な墨を作った。

それを用いて札に自分の姿を描く。札を燃やして丸めたのち、煙管に詰めて煙を吐けば、自身と瓜二《うりふた》つの傀儡の出来上がりだった。

「でも、たった三体を生み出すだけで限界でした、それでこの有様です」

「当たり前だ！　傀儡と一日中意識を共有させれば、魂だって疲弊するに決まってる！」

跳ね起きた宵丸が叱《しか》り飛ばす。

「薬屋はわかっていない！　いいか、すっごいすっごい禁術なんだぞ、それ。すごい悪いぞ！……おい。なぜいま、ふっと笑いやがった、聞けよこいつっ」

幼子のような言い方につい微笑《ほほえ》んでいたら、獅子の尾で腰を叩《たた》かれた。

「ですが、怪《かい》の方もよく自分の分身を出現させるでしょう？　じゃあ私も、やってみてもいいかなと」

「んあー！　ああー!!」

とても高い声で叫ばれた。本当この獅子様、おかしい。

「人と怪を一緒にすんなよ！　だいたい怪の分身は、意識をつないでいるようで、つないでない。ほとんど独立させてるんだ」

「へえ！」

「わくわくすんじゃねえ！　分身を消し、自分のなかに取りこんだときにはじめて、それの取った行動が本体に溶けこむ。もちろん操作もできなくはないが、それをすると、いまの雪緒みたいに霊力……妖力《ようりょく》を消耗すんだよ」

「肝心なときのみ意識をつなぎ、それ以外のときは自由にさせておく？」

「そうだ。だから分身を出している最中だって、本体にはそこまで負担がかからん」

「へえ～！　怪の方の術って効率的なんですね」

「んあああー！　感心するんじゃない！　違うぞ、巷《ちまた》の説話を聞かせているわけじゃないんだ。薬屋のやったことは、まことに新しい肉体を用意して、そこに意識を落としこんでる。魂分けしている状態じゃねえか」

「はい。それでだったんでしょうか。一の者にはこの作業、二の者にはこの仕事……と割り振っても、どれか一体に意識を強く持っていかれると、ほかの傀儡の動きが鈍る。改良が必要ですね。怪の方の分身みたいに動かしたほうが、確かにいいのかも。私の術で、そこまで応用できるかが悩みどころですが」

「無駄に職人気質を出すんじゃないっ。だめだと言ってんだろ」

「でもなんとか、九月の祭は、『私』自身で指揮できました」

一の傀儡は六六《ろくろ》や井蕗《いぶき》とともに綾槿ヶ里《あやむくげがさと》で開かれる玖月祭を進行させ、二の傀儡は千速《ちはや》とともに穢れた祓具《はらえぐ》の祓《はら》えの儀を取り仕切り、三の傀儡は葵角ヶ里《きづぬがさと》へ禍月毘《まがつひ》退治をしに行った。妖力合戦にも当たらせた。

複数の傀儡を使わねば、完遂できなかっただろう。

「だがそのせいで、本体のおまえ自身は、この部屋から一歩も動けなくなったろうが」

じたばたしすぎて髪が鳥の巣状態になった宵丸が、胡座《あぐら》をかき、苦々しい顔を見せる。

「そこは、宵丸さんを信頼していましたので」

「……確かに俺は強くて偉くて、おまえ一人守るのなんかたやすい利口な男だけれども！」

頼られて嬉《うれ》しくなんかないぞ、という素直じゃない反応をされてしまった。

宵丸は、傀儡を各場所で動かすために立ち上がることさえままならなくなった雪緒を、この執務の間で見守った。

無防備な状態だ、万が一、変な気を起こした民に襲われでもしたら、どうにもならない。

「無理をしたから、二の傀儡はすぐに壊れたろ。一の傀儡も、八つ目の祭りが終わった直後に壊れた。当然だ、人は神々のように魂を分けられない。そういう生き物じゃないんだぞ」

「はい。宵丸さんの言う通りです。ごめんなさい」

「っんもー！　返事だけはいい！　でも薬屋はまたやる。神妙な顔をしながら俺を騙《だま》すんだ」

「人聞きが悪いです……」

やるけど。

「だめだぞ、もう二度と傀儡の術は使うな。分けた魂を戻せなくなる。獅子の怪たる俺に誓え。傀儡の術は、使うな」

「……」

「返事が聞こえない！　なに、白月《しろつき》の尾でもぶっちぎってくるぞと脅せば誓うのか？　千速の皮でも剥《は》ぐ？」

「………はい」

「不承不承というのが丸わかりなんだよ、こいつめ」

雪緒は目をそらした。

「いきなり倒れたおまえを見る俺の気持ちにもなれ……」

急に宵丸は肩を落とし、深く息を吐いた。雪緒は彼の態度の変化に戸惑い、視線を戻した。

「どれほど言い聞かせても、無茶苦茶な真似《まね》をしやがる。人の子こわすぎだろ。脆《もろ》いくせに、なんでそんな元気なんだ？　わけわかんねえ……こわい……」

深刻な顔で宵丸が悩み始めている。

「俺がいなきゃ、薬屋はとっくに百回くらい死んでるからな。俺が有能でよかったな」

「はい、ありがとうございます」

「素直に礼を言えるなら、俺の忠告もちゃんと聞けよ」

「聞いていますよ」

「それ、聞いてはいるが従うとは言っていない、ってやつだろ。まったく……」

宵丸は呆《あき》れたように言うと、じっと雪緒を見た。彼の目にはこちらを案ずる色と、親しい者だけに向けるやわらかさや甘さが滲《にじ》んでいた。蜜《みつ》のような、どろりとした情念の一歩手前の、特別な色だ。雪緒はこの場面でそれを意図せず認めてしまい、密《ひそ》かに喉《のど》を鳴らした。

気づかないふりをすべき情念だ、と頭の片隅で冷静に判断するが、このときの雪緒はひどく精神を摩耗《まもう》させていた。やはり魂を割るに等しい術の使い方は、危険がつきまとう。

まだ告げるべきではない決定的な言葉までも、軽率に吐き出してしまいそうになる。

「意識をつなげば傀儡の受けた苦痛だって、すべて本体に跳ね返る。おまえ、一瞬息が止まっていたんだぞ。三の傀儡が惨《むご》たらしく死ぬようなことが、月見祭の合戦場で起きたんだろ？」

宵丸が怒った声に労《いたわ》りもこめて、尋ねる。

「……傀儡を酷使しすぎました」

「真実はあとで吐かせるからいいとして。……魂は全部戻ったな？　どこも欠けてないか」

眉根《まゆね》を寄せて宵丸がにじり寄り、雪緒の状態を確認する。

「俺が祓具をぶっ壊して、ついでに気に食わん鬼どももぶっ殺してさあ、祭日にはとりあえず百足《むかで》どもを走らせておくって言ったのに。わざわざ遠回りすんだもんなあ」

「なにひとつ安心できないんですけれど、それ。どうして受け入れると思いました？」

「一時的にならば従属してもいいとも言ったろ。なのに、合戦場には鯉《こい》野郎を連れていくし。はー、俺が薬屋のしもべでーすってやって、白月を絶望させたかったのに」

「本当に悪巧みがすぎません？」

雪緒はおののいた。宵丸にまかせなかった自分の判断をほめ称《たた》えたい。

「なんであんな偉そうな魚を重宝するんだ？　怪より精霊のほうが好ましいとでもいうのか？　偏見だぞ。俺はこんなに強くて賢いのに、薬屋は見る目がねえなあ」

このまま軽口を叩き、笑い合って、気負いなく付き合える仲でいたい。

白月に向けるものとはまたべつの、それでも特別な思いが宵丸にある。

なのに雪緒はいま、言わずにはいられない。

人に口がある限り、言葉を吐かずにはいられないのだ。唇を縫ってしまえたらよかった。

「ねえ、宵丸さん」

「強くて賢いという言葉が頭から抜けてる」

「強くて賢く、人の子に甘い宵丸さん」

「甘くない。調子に乗んなよ薬屋め」

「私が、恋しいですか」

「……あ？」

雪緒の腕を持ち上げて傷がないか検分していた宵丸が、動きを止めた。訝《いぶか》しげな目とぶつかる。

「私に従属なんかしてはだめですよ」

「……なんだ？」

「約束してください」

「だから、なんで？」

「それは、恋をする者の行いです。気まぐれな精霊ならわかりますが」

宵丸は、雪緒の腕から手を離した。

「なにを言ってる？　俺はそのときの気分で、楽しいと思うことをするだけだが？」

「ええ、そうですね」

雪緒は一度、うなずいた。ここで話を切り上げれば、まだごまかせた。いままで通りの関係を継続できたろうに、疲労した心に入る亀裂《きれつ》から、次の言葉が勝手に漏れ出ていく。

「そのあなたでいて。楽しく私で遊んで、気が向いたら手を貸してください」

「そうしているだろう」

「私に、恋などしてはいけません。私はもう変われない。白月様のために死ぬんです」

宵丸がすっと身を引く。ゆるゆるしていた雰囲気が、張り詰めたものに変化する。

「俺を窘《たしな》めているのか？」

「違います。……私には、あなたが必要です。身勝手ながらも、そばにいてほしいんです」

「確かに身勝手だ」

宵丸が横を向き、固い口調で吐き捨てた。心を落ち着けるように深い息を吐く。

こちらに戻った視線には、かつてない険があった。

「つまり――惚《ほ》れるなと退けながら、そばにはいろって？　人ごときが傲慢《ごうまん》すぎないか？」

「……このままだと宵丸さん、また私を攫《さら》おうとするでしょう？　あなたが、懐に入れた者には優しいことを知っています。私に甘くて、宵丸さんなりの方法でいつも守ろうとしてくれる。

ですが、翁《おきな》の加護が消失して以来、私のまわりがどうしてか騒がしくなって――」

理由があるのだろうが、いまの雪緒には正確な事情がわからない。

「普通に守ることが難しくなってきたから、だれの手も届かない場所に私を攫おうとしている。でももういまの私は、水無月のときのように、あなたに攫われることができません」

宵丸の目が冷酷な色に染まっていく。

「私を、たまに遊べる退屈しのぎの存在でいさせてください」

雪緒は、速くなる鼓動を無視して、言葉を続けた。ここまで明かしてしまったなら、もはや、どれほど傲慢であろうと最後まで告げねばならない。

(宵丸さん、私に恋をしたでしょう?)

怪が人に従属するとき、それが力量を競った結果の支配でもないのなら、恋をしたのだとしか思えない。

同じだけの幸福な恋を返せないから二度と会うのはやめようと、そう提案するのは簡単だ。相手が同じ人間であったなら。

だが、彼は怪だ。それも大妖《たいよう》だ。触れるな、近づくなと、完全に突き放せば――祟られる。

白月の祟り、三雲の祟り。この二つがいま、雪緒の身に降り注いでいる。白月のほうはもう振りほどけたかもしれないが、それにしたってこれ以上祟られるわけにはいかなかった。

祟りも問題だが、見て見ぬふりを続けるあいだに、もしも三雲と宵丸が一時的に手を組んだ場合、御館《みたち》たる白月ですら討たれかねない。

雪緒はなにより固い駒《こま》の役目として、白月を襲う危機を回避しなくてはならない。

恋情は返さずとも黙認し、そばにいながら、誠実に畏まる。神霊を、いや、怨霊を祀《まつ》るに等しい。高位の怪相手には、そうするしかない。

振って振られて、という単純な別れの儀式だけですむ話ではない。

「おまえさあ……」

宵丸が溜《た》め息とともに言う。

「俺の執心に気づいてながら、知らぬふりをしてきたな」

「あなたは、私が白月様しか見ないことを知って、ずっと一歩引いていましたのに」

「しかたないだろ」

宵丸は憂鬱《ゆううつ》そうに反論した。

「おまえは俺にとって変で、なんかぐらぐらしていて、懐に隠しておきたい者なんだ。たまに遊ぶだけでよいかと思っていたはずが、やっぱり我慢ならなくなった」

高位の怪だからこそ、本気の興味を抱いてしまったときは、もう我慢がきかない。思い通りに事を運びたくなる。その力がある。

「あとしばらく知らぬふりも続けられただろうに、ここで言うのか。人の子をおもしろがる怪としてならそばにいてもかまわない、だが恋慕うなら去れって」

宵丸は雪緒を睨《にら》みつけた。けれど瞳《め》には不安のゆらぎがある。そのゆらぎは、恋する者だけが見せるひたむきな輝きでもある。

本当にこの黒獅子様は自分に恋をしてしまったのだ、と雪緒は悟る。

ほかの男にいまもうつつを抜かす、決して振り向かない無情な女にどうして、と思う。

「じゃあもうおまえに従属すると言わなきゃいいのか？」

「そういうことじゃないんです」

ここで本心を聞いてしまった。互いにごまかせない。なかったことにはできない。

それは雪緒が変わったせいでもあるし、宵丸がおそらく本気になったせいでもある。

「これは笑える。人ごときに俺が抗《あらが》えぬだろうと高みから言いやがる、その、人ごときが。俺が怒りのままに殺さぬだろうと、恋しいならそれをせぬと、そう侮りやがる」

宵丸は乱れていた髪を手ぐしで整えると、ゆったりと座り直した。所作をあらためるだけで、急に近寄りがたい雰囲気になる。

「――私の、驕《おご》った勘違いというのでしたら、それは」

「驕っている。だが勘違いと切り捨ててしまえば、俺は一層の屈辱を抱く」

雪緒の言葉を遮って、宵丸は薄く笑った。

「なんで俺のものにならない？　何度も諭しただろ、白月はおまえを愛さない、労りもしない。隣に立ってずっとおまえを支えてきたのは、俺ではないか？　それは俺の幻想か？」

「宵丸さんです。いつも助けてくれた。あなたがいなければ、私はとっくにおかしくなって、怪の種族全体を憎んでいます。宵丸さんの慈悲が、私をこんなにまともでいさせてくれた」

「だったらなぜだ。ああ、ひょっとして建前が必要なのか？　――なら、俺が無理やり、鬼からも白月からもおまえを奪えばすむ話だよな」

「いいえ、やめてください」

彼は瞳から冷酷な色を消し、今度は、土俵を見下ろしていた観客のような、波のない、穏やかな視線を寄越した。雪緒は密かに戦慄《せんりつ》した。

「俺は――俺は高らかに声を上げる者、異界を超えて名を響かせる北方神の望みで生まれた者だ。郷で生じたどの精霊よりも生まれは貴い。本来なら白月が這《は》い寄ることさえできぬ者だ。俺なら、どこへでもおまえを連れていける。七重の奥の高山にだって、迎え入れてやる」

「行けません、そんな遠いところ。私は人だから」

「人。人か。人は恋を紡ぐものだな。俺は知ってる。好きだぞ雪緒。ああ違う、『雪緒』ではない、真の名はべつにある。でもいまのおまえがそう呼ばれているなら、それをおまえが受け入れているのなら、もう雪緒と呼ぼう」

「宵丸さん、お願いです、やめて」

「神隠しの子、本当は俺が最初におまえを見つけた。好きだ、恋をした。恋しい、狂おしい。ずっと見守ってきた」

「私が、白月様を一番と思ったままでも？」

強い力で肩を掴《つか》まれた。見下ろす宵丸の表情は硬かった。

「だめだ」

「記憶も故郷も失って、私はずっと曖昧《あいまい》な者でした。だから、時間をかけて築き上げてきた『雪緒』を、手放せないんです。その『雪緒』の土台を守ってくれたのは、白月様です」

「だめだと言っているじゃないか」

「――いまの私では、宵丸さんに渡せるものがありません。でも、もしも立ち去ることもできないと言うなら、ずっとずっとそばにいてください。私がこの先どうなろうとも」

いままで以上に危険な日々が待っているかもしれない。綾槿ヶ里の長《おさ》の道を進むのなら、おそらくその危惧《きぐ》は現実になる。鋼のように研ぎ澄まされた力を持つ味方が必要だ。

雪緒はそんな考えを抱いたが、宵丸は、そこには目を向けていなかった。彼は本当にいま、恋しかその瞳に捉えていなかった。――雪緒はそれに気づいて、怯《ひる》んだ。

「ああおまえ！　白月と結ばれようが、それ以外と結ばれようが、俺に、健気で賢い宵丸さんとしてそばにいろと言っているのか？　指をくわえて見守り続けろ、それだけを許す、だから祟ってくれるなと、俺に――」

宵丸が顔を歪《ゆが》めて笑った。

雪緒は、肩を掴んでくる彼の手の強さも忘れて、あっと驚いた。

宵丸の目からぼろぼろと、恨みと恋のこもった涙が落ちてくる。

「――そうか、祟りか！　俺の祟りがこわいのか。俺が執心の果てに、白月を打ち砕くかもしれぬから、こわいんだろ」

雪緒は返事に窮した。その通りだったからだ。

「俺は強いものな。すまなかった、おまえはちゃんと、俺の強さをわかっていたんだな」

わかっている。宵丸を侮ったことなどない。

「俺のほうこそ、おまえを侮っていた。人は凄《すさ》まじい。はは、白月のためだけに卑劣にも非情にもなるおまえを、欲をかいて俺が恋に狂い祟り神にならぬよう小賢しく立ち振る舞うおまえを、守れと……」

あははは、と宵丸が雪緒の肩から手を離し、腹を抱えて笑う。

「ばかな人の子、そう俺に誓うのか！」

「宵丸さん――」

とっさに伸ばした雪緒の手を、宵丸が振り払った。

「違えるなよ。その言、もらい受けた」

笑みを消して、ただどくどくと血を流すように宵丸が泣く。

「その言――？」

「おまえのそばにいてやる。その誓いを呑《の》み干す」

彼は涙を拭《ぬぐ》わずに、力強く宣言した。

「俺は決しておまえに背を向けず、見捨てもしない。跪《ひざまず》きはしないが、ああ、どんな頼みだって聞いてやる。親以上に、伴侶《はんりょ》以上に、友以上になってやる。そうだ、守護神となろう。おまえがだれと口づけようとも、もう怒り狂いもしない。ずっとだ。違えるな人の子」

雪緒は、自分が焦りに追われて失言をしたことに気づいた。

ずっと、と言ってしまった。

それは、いつまでだ。

「おまえは人だ、人として生きて死ね」

先の言葉を取り消そうと口を開いた雪緒を、彼はその命で黙らせた。

「人以外になれると思うな。おまえの生死をこの宵丸が見守る。今生もずっと。その先も、その先の先も、ずっと。ずっとずっとずっと。白月さえ追いつけぬ世の涯《はて》の先まで、い続けよう。これが神に連なる者、力輝く神から生じた者との誓いだ。違えぬぞ。おまえが輪廻《りんね》を繰り返し、俺を忘れ去っても手放すものか」

「あ――」

「ずっと俺の手の上で生きて踊れ、人の子。この意味を、きっといつか遠い世で思い知れ」

雪緒はもう、なにも言えなかった。

宵丸が部屋を出ていったあと、雪緒は肩から力を抜き、深呼吸した。

しばらくしてから、ゆっくりと立ち上がる。

観客の指で潰された衝撃がまだ身体に残っていて、足元がふらつく。

一歩一歩、足の裏で板敷きをこするようにして進み、閉ざされた障子に手を伸ばす。半月以上も執務の間にこもりっ放しだった。光を浴びたかった。

(九月はまだ終わっていない。大きなものは片付いたけれど、小さな祭りがいくつか控えている。それに三雲《みくも》……、鬼衆の様子を知りたい。鬼穴《きけつ》はどうなっただろう。変化はあっただろうか。月見祭はあのあと、どうなったのか)

すぐにでも取りかからねばならない問題が山積みだ。立ち止まっている時間はない。

障子に手をかけ、かすかな音を立てて開く。

足を踏み出し、雪緒は目を見開いた。縁に、古老たちが集まっていた。六六は月見祭の場に残っているのか、姿は見えない。

古老の一人が縁の床に膝《ひざ》を落とすと、ほかの者たちもそれに倣った。雪緒はこれにも驚いた。恭順の意で間違いなかった。

「お見事でございました」

はじめに跪いた古老が恭しく言った。

「あの――それは」

「他者を動かし、悪しき気を払い除《よ》け、これはよい長になると、御館様方の是を引き出された。ええ、まこと不足はない」

次々と驚かされて、雪緒は喜びよりも先に、不信感を抱いた。

「許されるのなら、雪緒様をこのまま我が里にお迎えしたかった。無念でなりません」

その古老の嘆きに、嘘《うそ》は感じられない。

「無念とは、どういう意味ですか？」

雪緒が問うと、ほかの者たちもやはり無念の吐息を落とす。

「祭り場でのいきさつを、六六様の使いから聞きました」

観客に潰されたくだりでも詳しく訊《き》いたのか、と雪緒は狼狽《ろうばい》したが、そうではなかった。

「あなた様に恩を返したいというお方がいるそうです。あなた様の大戴《だいたい》に異論はないが、しかし綾槿ヶ里におさまれば、今後も鬼に苦しめられるだろう、ならおのれが鬼を引き受けようと、そうおっしゃる方が」

「……どなたです？」

「白桜《しろざくら》ヶ里《がさと》の元長の子、由良《ゆら》様です」

「まさか。由良さんが、本当にそう言ったんですか」

「ええ、鬼の女に婿入りをなさる。そして綾槿ヶ里の長にもなろうとおっしゃった。他里の長の方々は、由良様の意を承諾された」

「はっ……!? なんでそんな話に――由良さんは、白桜ヶ里の長になるはずでは？」

「――我らは雪緒様を本心からお迎えしたいと思いましたので、真実を申し上げる。白桜ヶ里の浄化は進んだが、どうしてもすべての澱《おり》を祓い切れぬようです。ゆえにあなた様を我らの里ではなく、穢れの侵食を続ける白桜に据えたほうがよい、と皆様方が判断されたのです」

雪緒は声も出ないほど驚いた。

（綾槿ヶ里ではなくて、白桜に？）

ここにきて、なぜそうなる。

「わかっております、雪緒様は紅椿ヶ里の古老の方々の不興を買った。濁さず言わせていただくが、彼らはいっそ厄介払いのつもりで、我らの里にあなた様を押しつけたのでしょう」

そうだろう。そのあたりの事情は雪緒も察している。自分は都合のいい生贄《いけにえ》だ。

「だが、状況が変わった。予想する以上に雪緒様の禁術が優れている。ほかの長が感心なさるほど。これならあなた様を再興の旗印として掲げ、浄化の儀をおまかせしたほうが、白桜のためにもよい。そう考えをあらためられたのでしょう」

「待ってください。白桜は、七夕祭《たなばたさい》で他里の方々の力を借りて、すでに浄化の儀をすませています。厄を内に閉じこめておけばいいと、白月様も指摘されていた」

「それでも浄化が終わらなかったということです。いえ、それ以上はどうにもならなかったと言うべきか。祓えとは本来、怪が行うものではない。人が清め、祀ることで成立します」

――似たような話を、以前にも白月から聞いている。

「我らの里の問題は、由良様が鬼の女の元に婿入りすることで解決するでしょう。となれば、紅椿ヶ里と隣り合う穢れた白桜ヶ里のほうが、長い目で見たとき、厄介なものになる。なにかの拍子に閉じこめていた厄が解放されたら、真っ先にその被害を受けるのは、御館様のおられる紅椿ヶ里です」

「この話は――紅椿ヶ里の古老の方々ではなくて、他里の方々が承認されたんですね？」

「そうです。……由良様は、白桜の長となるには難しい。その地に留《とど》まれば、殺された一族の恨みをいつまでも捨て切れぬと。彼を遠くへやらねば、むしろ白桜は復興が叶《かな》うどころか沈むに違いない、と七夕祭で判断された。こうした長様方の危惧を、由良様自身も認めなさった」

古老が苦い顔を見せる。

「六六様の使いからこの知らせを受けたとき、井蕗と狐の子――千速と申しましたか、その者たちも我らとともにいたのですが。激高して使いを襲おうとしたために、いまは捕らえて、座敷牢《ろう》に隔離しております。彼らの頭が冷えたら、こちらへお連れします」

千速たちの姿が見えないと思ったら、あちらはあちらで、そんなことに。

「いえ……、待ってください。それなら、そうです、梅嵐ヶ里《うめあらしがさと》はどうなるんですか？　あそこだって危うい状況だと聞いています」

「雪緒様。どうかお気をつけください。このままでは、あなた様は浄化の道具として里を巡らされる定めになる。我らが梅嵐の様子を気にかけましょう。それが雪緒様への恩返しとなればいいが……。そうであってもきっと、白桜へのお渡りは、止められぬ」

古老は悔しげに言って、深く頭《こうべ》を垂れた。

❀

——白月は、一刻も早く雪緒に会わねばならなかった。

綾槿ヶ里の古老の六六などと名乗る精霊に先導されながら、白月は奇怪な構造をしている屋《や》城《しろ》の渡廊を急ぐ。歯を噛《か》みしめて耐えねば、怒りのままに妖力を滲ませてしまいそうだった。それもこれも自分が去ったあとの祭り場で、愚かしい話し合いがなされていたせいだ。もう少しあの場に留まればよかったと後悔するも、どうにもならない。

(鵺《ぬえ》め)

余計なことを言ってくれた。女鬼——三雲の姉の耶花《やか》に婿入りするだと。

後先を考えぬ浅慮《せんりょ》なその決断が、雪緒の助けにもなると本気で思っている。

おまけに黒芙蓉ヶ里《くろふようがさと》の長の化天《かてん》までが、余計な追撃をしてくれた。雪緒の禁術は観客の目にもとまるほど、優秀だ。だがとくに優れているのは浄化術だろう、由良よりも雪緒を白桜に置くほうが正しい。そうぶちまけた。

――つまりは、白月がはじめの頃《ころ》に思い描いていた、「雪緒を天神とする」という密やかな企みが、ここに来て実を結んだのだ。

笑ってしまうくらい、あれもこれも、かつて望んだ通りに事が動いている。

（因果とは、こうもいやらしく噛みついてくるものなのか）

いまの白月はわかっている。雪緒を天神に据えてはならない。

そうとも、人の子の禁術は恐るべきものだった。あれは自由にさせてはいけない。そこに長の役目まで与えたら、どうなるか。いまの雪緒は喜んで請け負うだろう。自分は使い勝手のいい駒なのだ、と白月に証明するため、そうする。――たとえ白月がそれを望まなくとも。

かと言って鬼に……三雲に雪緒を嫁がせるわけにもいかない。それは白月の心が許さない。

だが、梅嵐ヶ里に逃がしても、やはり便利な道具扱いの未来が待っている。

人とはどうしてこう、利用価値があるのか。

（白桜には、宵丸を据えたかった）

白月は、そう考えたことがある。あれは生まれの清らかさにより、人ほどではなくとも、それなりの浄化能力を持っている。ところが、肝心の宵丸自身がうなずかない。

いや、雪緒の件を持ち出せば、多少はゆらぐだろうか。そう策を巡らせていると、渡廊の途中に、いましがた思い浮かべたばかりの宵丸の姿があった。白月は眉《まゆ》をひそめた。

（泣いている）

あの宵丸が、滂沱《ぼうだ》と流れる涙を拭いもせず、深い憎悪をこめて白月を睨み据えている。

「……私は先に雪緒様のもとへ行く」

案内役の六六が、こちらのいがみ合いには興味がないというように、一言告げて、宵丸の横を通り抜けた。宵丸は精霊を見もしなかった。

「……宵丸」

白月は、彼の前で足を止めた。

「――溷は溷らしく、腐り果てればよかったものを」

宵丸が怨言《えんげん》を吐いた。白月は一瞬、それが自分に言われたものだとは気づかなかった。

「身の程を知らぬ野望など抱かずに、鈴音《すずね》を御館に立てるべきだった。古き律を重視する精霊どもは軽んじるかもしれぬが、あれこそが九尾の化け狐《きつね》の種だ。欲さえ捨て去れば、いずれは不動の名を持つ守護獣にもなったろうに」

白月を見据える宵丸の顔に、いつもの軽薄な笑みはない。泣いてさえいなければ、その顔立ちは紛れもなく強者《きょうしゃ》の持つものだった。

「鈴音が嫉妬《しっと》に沈んで自滅したとき、おまえは運がいいと舌なめずりしたろうな。あれはおまえが渇望する、正しい妖狐《ようこ》の姿だ。雪緒も、あれの庇護《ひご》の下なら安らかにすごせた。藩《はん》に帰るそのときまで」

宵丸は傲然《ごうぜん》と言い放った。

「なぜ鈴音が、一族の宝の鋏《はさみ》でおまえたち二人の縁を強引に切ったと思う。――ありえない縁だと、あれは本能で悟ったからだ。本来は鈴音のそばで、時をすごす者。鈴音に徳を積ませ、格を上げさせるための娘だった。だから鈴音は無自覚なまま、おまえたちの縁に、狂ったように反発しただろう?」

――宵丸の話を、白月はまともに聞かなかった。

その与太話以上に、なにが宵丸をこうも憎悪に浸したのかが気になった。

「……宵丸、いったい雪緒となにがあった?」

「敬え」

宵丸は厳しく言った。

「雪緒は神隠しの子、澱の一滴にすぎぬおまえが気安く触れられるような者ではない」

「……なんだと?」

「おまえが、おまえたちが、よってたかって、雪緒をおかしくした。神隠しの子の役目をろくに知らぬけだものどもが……」

「宵丸、いい加減にしろ。俺に絡むな」

白月はいま、とても気分が悪い。

「――なぜ俺を呼び捨てる」

宵丸が怒気を放つ。

「俺は四方のひとつを守る神〈くべーら〉の眷属《けんぞく》だぞ。狐が、一個の名無しの怪が、軽々しく呼べると思うのか！」

向こうの層塔に入りかけていた六六が、顔をしかめて振り向いた。ひょっとしたらこの場で争いが起こると危ぶんだのかもしれないが、白月は他者の手助けなどいらない。

「畏み、袖《そで》を地に落とせ」

「――宵丸」

「意味がわからないか。袖を、地に伏せろ。跪かねばならぬ者の前に、おまえはいる」

大妖という立場で言えば、白月と宵丸は同等の存在だ。御館としてなら、白月のほうが上だろう。そうした一瞬の、つまらぬ矜持《きょうじ》が宵丸の怒りを燃え上がらせた。

「俺は生まれながらに役割を持つ者だ。そのために、あえて『怪』に身を落として生じた。それがわからぬのは、おまえに役が与えられていないからだ。――跪け、淀《よど》みのけだもの」

「……いくらでも」

白月は、笑った。笑うのは、得意なのだ。

ああ宵丸のおかげで、正気が戻る。この瞬間だけは、生ぬるい恋情の霧が晴れる。

「いくらでも跪こう、美しき生まれの者。地を這うことになんの抵抗があるだろうか。四つ這いになり、卑《いや》しく睨み上げるおのれを、なぜ俺が今更恥じるだろう」

挑むように切り返せば、宵丸は唇の端を歪めた。

「俺はとうに誓った。仰ぐ先にある、あの慈悲深い、気まぐれなおものに、いつかなってやろう。その恨みを新たに胸に刻めるのなら、獅子にも人にも魔物にも、喜んでかしずこう」

白月は地に膝を落とした。

「遙かな高みの者よ！　羨望《せんぼう》の果てにおわす方よ、俺の宿願たる姿の者よ。このあやかしの非礼を許されるだろうな？　おまえの言うように、卑しい者は礼儀も情も知らぬのだ」

白月は頭を垂れて、妖《あや》しく上がる口角を隠し、宵丸へと這うようににじり寄った。

「美しい髪だ、美しい目だ。泣き濡《ぬ》れてさえ誇り高い。とくと見せておくれ、とくと」

宵丸の袖を掴み、色気を滴らせ、舌先で飴《あめ》をねぶるような声を出す。

(屈辱さえ舐《な》め回し、俺を忌み嫌う者であろうと惑わせる。狂わせてやる)

憎悪を組み敷いて、顔を上げれば、宵丸と目が合った。

「――おっまえなあ！」

は、と耐え切れぬように宵丸は笑い、その場にどかりと座りこんだ。

「そう来るかよ！」

「来る」

「どうであろうと大妖に登り詰める野郎は、胆力が違うか。ははっ！」

「そうだろう、振り向きたくなるだろう？」

振り向いたが最後、食らわれるときなのだ。

(だから軽んずるな。いつか噛みつく)

白月はその高揚を腹の底に沈めて、穏やかに宵丸を見た。もう妖しい気配もない。

「嘘は言ってねえが、俺は思いっきり煽《あお》ったんだぞ。かわいげなさすぎだろ。腹を立てて襲ってくれたら、おまえを殺す名分ができたのに！」

「そんなことだろうと」

どちらも演技だが、本気だった。

それを白月も宵丸もわかっているし、どうでもいいことでもあった。

「白月、おまえを殺してやりたい」

さっぱりとした表情で宵丸が言う。それでもまだ、泣いている。時々、ぐすんと鼻を鳴らす。

泣き顔を隠す必要がないと思っているのだ。弱みにもならないと。

生まれながらに気高くて恥を知らぬ者の傲慢さを、白月は心底憎く、好ましく受け止めた。

「奇遇だな、俺だって」

白月も微笑む。それから互いに顔を背《そむ》けて、笑う。笑うのは、白月は得意だ。

「やだあっ、こんな性格の悪い狐とお揃いなんて」

「赤子のように泣くおまえに言われたくないんだが。ざまあみろ、どうせおまえも雪緒に泣かされやがったんだろ。もう一回言うぞ、ざまあみろ！」

「それが本音かよ。やっぱ跪け。平伏しろ。宵丸様か主様《あるじ》と呼べ、狐野郎め」

「うるさい。よくも俺を、そこらの名無しの怪扱いしたな。千年先まで忘れないからな」

宵丸が、勢いよく白月を見た。正気を疑う目だった。

「なんなのおまえ。ふりでもいいから、もう少し殊勝な態度取れんの？」

「取れん。取ってたまるか。誇り高い狐様だぞ」

「ふざけるな。だいたいさっきだって、全然目が敬ってねえんだよ。もっと畏みやがれ」

「図に乗るなよ宵丸。おまえが感じる前からずっと俺のほうが妬《ねた》んでいたし、殺したいと思っていたんだ。とても我慢している狐様を、宵丸こそ敬えよ」

「なんで雪緒はこんなに性悪な狐を好きになるんだよ！　俺のほうが絶対いい！」

「ざまあみろ、雪緒は壊れた。俺しかもう求めない。なあ、雪緒の直し方を知らないか、獅子野郎様」

「知るかよ、……本当におまえ、蟹以下」

その暴言に、白月は本気で腹を立てた。

✿

「――雪緒」

宵丸と別れたあと、白月は雪緒と面会した。

（ああ、生きていた。生きている……）

それを真っ先に思った。

白月の胸に、安堵があふれる。

なあ、便利だからって、鬼神の類いを決して生み出してはならないぞ。おまえ様の考える以上に、それはまことの『神』と成り果てる。傀儡も二度と作ってはならない。あんなもの、おまえ様を病ませて、衰弱させるだけだ。無謀な真似をしやがって。白桜ヶ里や由良の話を聞いたか。天神にはなるな。なるくらいだったら、俺と添い遂げてくれ。なにもかもを差し出す。

――過ちだった、俺がよくなかった。悔やんでも悔やみ切れない。許されないことをした。

いや、本当はそこまで悪いとは思っていない。俺の大望は命そのものだ。これを否定すれば立ち行かぬ。だけども、ひとつだけあらためる。ずっと恋を知る必要はないと信じていた。

それは違った、望まずとも知ってしまった。恋は狂うものだ。狂いたい。

だが、言葉を口にするよりも、白月はしたいことがあった。

恋した娘の身を、ちぎれても血を流してもいないそのあたたかなやわい身を、胸が潰れるほどかき抱く。

そうしてやっと、白月は息ができた。

あとがき

こんにちは、糸森環です。『お狐様の異類婚姻譚』六巻です。

お手に取ってくださり、ありがとうございます。主要登場人物は既刊と同じです。

前巻は少々祭り成分が不足していた気がするので、今回は祭り特化の巻にしてみました。和風シリーズということで民俗的要素を取り入れておりますが、創作をふんだんにまじえていますので、ご注意ください。裏モチーフの童謡は、うさぎです。

謝辞です。担当者様にはいつも大変お世話になっております。ご助言ありがとうございます、そして原稿が遅くなりまして申し訳ありませんでした！

凪かすみ様、毎巻イラストをとても楽しみにしております。本当にどのイラストも素敵です、ありがとうございます！

コミカライズ担当のいなる様にも全力の感謝と喜びを捧げます。雪緒かわいい！

編集部の皆様やデザイナーさん、校正さん、書店さんにも厚くお礼申し上げます。

家族や知人にも感謝を。

このシリーズが読者様方にどうか楽しんでいただけますように。

お狐様《きつねさま》の異類婚姻譚《いるいこんいんたん》
元旦那様《もとだんなさま》は元嫁様《もとよめさま》を盗《ぬす》むところです

2022年5月1日　初版発行

著　者■糸森 環
発行者■野内雅宏
発行所■株式会社一迅社
〒160-0022
東京都新宿区新宿3-1-13
京王新宿追分ビル5F
電話03-5312-7432（編集）
電話03-5312-6150（販売）
発売元：株式会社講談社
（講談社・一迅社）

印刷所・製本■大日本印刷株式会社
ＤＴＰ■株式会社三協美術

装　幀■AFTERGLOW

ISBN978-4-7580-9454-2

この本を読んでのご意見
ご感想などをお寄せください。

おたよりの宛て先

〒160-0022
東京都新宿区新宿3-1-13
京王新宿追分ビル5F
株式会社一迅社　ノベル編集部
糸森《いともり》 環《たまき》 先生・凪《なぎ》 かすみ 先生